朱辉文集

参差的齿痕

朱辉——著

江苏凤凰文艺出版社
JIANGSU PHOENIX LITERATURE AND
ART PUBLISHING

图书在版编目（CIP）数据

参差的齿痕 / 朱辉著 . -- 南京 : 江苏凤凰文艺出版社 , 2024.1

ISBN 978-7-5594-7454-4

Ⅰ . ①参… Ⅱ . ①朱… Ⅲ . ①短篇小说—小说集—中国—当代 Ⅳ . ① I247.7

中国国家版本馆 CIP 数据核字 (2023) 第 003135 号

参差的齿痕

朱 辉 著

出 版 人　张在健
选题策划　陈　武
责任编辑　孙建兵　李珊珊
责任印制　刘　巍
出版发行　江苏凤凰文艺出版社
　　　　　南京市中央路 165 号 , 邮编 : 210009
网　　址　http://www.jswenyi.com
印　　刷　三河市华东印刷有限公司
开　　本　880 毫米 × 1230 毫米　1/32
印　　张　9.5
字　　数　187 千字
版　　次　2024 年 1 月第 1 版
印　　次　2024 年 1 月第 1 次印刷
书　　号　ISBN 978-7-5594-7454-4
定　　价　58.00 元

总　序

我的写作始于 20 世纪 80 年代。第一篇公开发表的作品是散文《水杉林畅想曲》，1984 年，那时我还在华东水利学院农田水利工程专业学习。我没有读过中文系，引导我写作的，是阅读和天性。

第一篇小说《夜谭随录·三题》，发表于 1987 年的《青春》，居然是用文言文写的。无知无畏，现在想来不免汗颜。这是我的小说起点，此后又有一些习作发表，直到 1990 年的短篇小说《在劫难逃》，我的小说才有了点模样。

多有论者指出，我的小说风格驳杂，难以归类，有两套“语言系统”。这是有原因的。时光漫长，人在变，作品的风格也会变；激起我心灵感应的题材很多，我更在意风格与题材的匹配。

语言自然是极重要的。语言关涉小说的内核，但有时候，作家的语言也如他穿的衣裳。总穿一套“好”衣裳，而不随季节、场合换装，未见得是有衣品，也可能是缺衣服。我只想写出好的小说，至于它们的风格是否方便分拣、归置，我并不在意。

迄今为止，我大概写了一百个中短篇。这些篇什，被 2000 年前后一连四个长篇小说拦腰分开，《我的表情》《牛角梳》《白驹》和《天知道》。这并非刻意规划，只是情之所至。

这套文集只选了小说。短篇小说五卷，中篇小说两卷，长篇小说三卷。中短篇小说按时间流编列。除了少量散佚的或实在难以见人的——譬如那个文言文小说，基本都在这儿了。这是我的道路。

文集截止于 2021 年，我的写作之路还在延伸。到文集出版时，我已写出了长篇小说《万川归》。

对我的创作予以关注、批评和褒奖的师友们，你们的慷慨令我心存感念。流风所至，文集用了腰封，文字来源于师友们的评论，没有一一注明；也有一些摘自我自己的创作谈。

感谢出版方。感谢为文集的搜集、整理提供帮助的朋友们。

是为序。

朱辉，2022 年 10 月

目 录

疤痕在黑暗中闪亮

最终的结局我早已知道。终有一天，我将带着身上的伤痕离开人世。我知道了，我永远无法抹去这些疤痕，就像只要我继续活着，就会有更多的疤痕在身上出现一样。它们就是我的一生，我的历史。

已经是晚上八点多，天已完全黑了。我站在窗户前，远处是城市边缘稀疏零落的灯火。身后的房间黑沉沉的，一盏灯都没有开。七点左右，我按自己的生活习惯把电脑打开，可我一个字也写不出。我的手下意识地在键盘上敲击着，敲下了一长串古里古怪的符号，仿佛电脑病毒掠过的痕迹。现在电脑被我关掉，残留的荧光呈长方形，孤零零地悬在墙角的黑暗里，像一只失神的独眼。我一个字也写不出了，至少是今天晚上，我写不出什么像样的东西。那封意外的来信反复地念叨说：我觉得你可以写写我，你真的应该写写我。还说，你可以把我作为素材。可正是这封信，让我什么也写不出了。信的末尾留下了她的电话号码，因为用力过猛，纸被划破了，她又重新写了一遍，好像是一种强调。那封信散落在我凌乱的被子上，轮廓模糊。它似乎在提醒我，我应该打开灯，看清这个号码，因为除了给这个号码打去一个电话，我今天事实上做不成任何其他的事情。

大约半小时后，我离开住所去看康宁。我听到了她的声音，像她信封上的字迹一样清秀。我感受到她的声音和她的字迹，这使我迫切地希望见到它们的主人。黑暗太遥远了，电话费也实在太昂贵。拿着电话我突然提出我想去看她。她迟疑了一下——大概看了一下表——然后她说：你来吧，我在小区的大门口接你。你会认出我的。我问清了详细的乘车路线，然后我就出了门，踏上了城郊伤痕累累的马路。

已经九点了。离柏油马路上的公交车站还有一段不短的距离。我坑坑洼洼地走着。远处有一些低矮的黑影，那是郊区菜农的房屋。我这是去访问一个素未谋面的独身女人。她只是给我写了一封信。我说不清我为什么要去认识她，而且如此迫切。读者的来信我收到过不少，但我不认识他们中间的任何一个人。今夜的造访就像周围的景物一样暧昧。我知道，和女人的结识方式不拘一格，就像疤痕的来历一样丰富多彩；我还知道，和女人的交往有时会以一块伤疤作为结束，但这样的经验并没有湮灭我心中那一点微暗的火，它就像前方那盏孤零零的路灯，在夜空中明灭闪烁。

昏黄的路灯只能让我勉强辨识脚下的路。有一些岔道在我面前白惨惨地展开，我朝最亮的路灯走过去。一只狗远远地开始叫起来。它愤怒地喘息着，伴随着铁链被挣得叮叮当当的声音。它咬不着我，也没有吓着我。它远远地就开始叫了，不是那种突然蹿到裤脚的狂吠。十五岁时，我唇上的茸毛正慢慢生长，不成气候，可是突然之间，我的小腿就落下了一个伤疤，我的第一个真正的疤痕。那是狗咬的。从出生到十五岁，我的身上出现过不少细碎的伤口，但我后来就不再觉着它们了，有的连我都找不到。因为它们并没有留下长久的疼痛，就像我们的肚脐，它明明是一个疤痕，但我们不会想到它。十五岁的伤痕是黑夜中留下的，每逢阴雨天气，它都会犬牙交错般的发痒。那时我的嘴上刚长出一点茸毛，我注意到了我的前座那条婀娜美丽的长辫子。它摇着晃着，在腰肢上摆动，经常还挂在我的桌面上。它拂来拂去，使我看不成书，只能又想又怕地盯着它黑鳗似的身体。我痴痴地注视着长辫子，但长辫子从来不多看我一眼。终于有一天，我得到了一个机会，长辫子嚷着要去邻村的打谷场看电影，我也跟着去了。但是她不理我，自始至终没有和我说一句话，只和两个男生一左一右地谈笑。他们都很神气地长出了小胡子。回村的路上我孤零零地跟在后面，就像一只野狗。他们谈论着剧情，争相夸耀着自己一眼就看出了谁是女特务。其实争个屁呢，谁最漂亮谁就是女特务，一开头我就知道。可他们假装听不见我的话，我连狗都不如，因为真有一只狗跟在后面他们就不得不重视了。到了一个地方，他们不敢吭声了，谁都知道附近有一条恶狗。他们蹑手蹑脚地走着，勇士般夹拥着长辫子。其实他们心里很害怕。突然我心念一闪，悄悄地追上去，我猛地蹲下身，伸出右手，狠狠地捏住长辫子的小腿用力一拧，“汪汪汪”一声嘶叫……

倒下来的是三个人。长辫子一屁股蹲在地上号啕大哭。那两个也倒在地上。然后我也倒了下来。真正的狗不知从何处扑了出来，它甚至连叫都没叫一声就咬住了我的小腿。等我站起来摸着一块砖头，那狗早已遁入黑夜，不知去向了。我好不容易才向他们证明是真的有狗，直到我亮出腿上血淋淋的伤口他们才没有揍我，但从此我成了他们嘲笑的对象。

紧接着，第二个伤口又不期而至。伤痕很小，但是很深。那是一个尖锐的伤口，在手上。我的小腿还包着一圈纱布，他们的挖苦和嘲弄就像一只手，狠狠地勒着我的伤口。“哎，讲个故事给你们听，好不好？”然后他们就开始添油加醋。一群同学把他们围在当中，我深深地低着头坐在圈子的外面。“你们猜，那只狗是谁？是谁？”那臭小子洋洋得意地瞟着我，冲大家使着眼色。我的头嗡的一声，血往上涌。我抓起桌上的铅笔对准他的屁股戳了过去……他根本来不及躲闪，其实也不需要躲闪。愤怒中铅笔被我拿倒了，尖锐的笔尖戳破了掌心，我的右手立即被鲜血染红了。

晦暗中，我的疤痕辐射着无形的闪光。从我惯常的写作姿势中翻过手掌，在键盘的衬映下，我的掌心有一个小小的黑点，那是铅笔尖残留在肌肉里的痕迹。它是如此地深刻，以致我梯田般规则的掌纹被洪水冲决似的改变了走向，而且永远残留在那里。多年后的现在，我常常记起我身上的疤痕，不仅在它们阴天发痒的时候。我注视着我的双手，它们在台灯的光线下静止在键盘上，呈现出一种欲语还休的姿态。我研究我自己，思索这些疤痕来历和可能的意味。有一天我突然发现，这个铅笔的印记多像是那排犬牙的延续或注解啊。也许所有前后相承的疤痕都是这样的吧。

狗咬的疤痕将会永远留在我的身上，但黑暗中的狗吠已经离我很远了。现在那只夜色中的狗还在有一声没一声的叫着，仿佛黑夜中湿重的拍门声。九路车的站台上空无一人，只有我独自等待着末班车的来临。我站在一棵大树下，车来的时候司机几乎没有发现我。直到我扬起手臂，汽车才戛然而止。

康宁居住的小区位于城市的另一侧。这辆汽车将带着我进入市区。汽车正驶向都市，驶向霓虹灿烂的城市，但它依然只是一辆郊区的汽车，就像进城的乡下人。它的简陋和寒酸使得它也许只在夜里才能开得如此坦荡和放肆。除了我和司机，车上只有一位姑娘，她坐在另一侧的车窗前。车开得很野，简直像要散架，我和姑娘就像是骑在并辔而行的两匹马上，此起彼落。她的轮廓很好，这是在郊区的路途中她提供给我的唯一印象。车入市区，车外明灭的灯火投射在她的脸上，她的眼睛炯炯发亮。对她的打量连我自己都觉得有些唐突了，她一直没有注意我，也许是不屑搭理。我移开视线，但我依然能看到她的眼睛。那是一对有别于双眼皮的丹凤眼，一种稀有品种。我曾经拥有过一双这样的眼睛，差不多有两年。我喜欢这样的眼睛，没有边饰的眼睛也许不擅传情，但是更为清澈。但是有一天丹凤眼神秘地对我说：下一周我们不要见面，我要去做一件事情。说话时她调皮地眨眨她令人留恋的丹凤眼。我没有去找她，直到一周后一个戴着墨镜的姑娘到我郊区的小屋来找我。她戴着墨镜还是我的丹凤眼，可是摘下墨镜我却几乎不敢相认了。我愣在那里，愣在她尚未消肿的双眼皮前面。也许此前彼此的陌生感早已时隐时现地出现了，只是由于我的过于自信而疏忽。终于到了这一天，她成了一个更为通俗的双眼皮，这时我才察觉彼此业已形成的距离。那两道丹凤眼上的美丽疤痕使她的目光变得复杂和飘忽，常常游离在我们的约会之外。我努力过，但是一切都和以前不一样了，所有的努力常常产生相反的效果。我们渐行渐远，她的身影终于消失在城市边缘的那一边，金碧辉煌的水西门商城里。“我变了。”说话时她哭了，哭得很安静，仿佛被扰乱的轻轻水纹，然后渐渐地，她神色冷峻起来，复杂的双眼宛若刚刚断流的水帘洞。她说她变了，“我不能再和你在一起。我要过得好一点。我还会再变的可是你不会变。你离开我吧。”我站在那里，站在白天和黑夜的交界线上，没有离开。我们的周围是黄昏。黄昏的图景经常出现，就是现在这辆一路颠簸的汽车将要停靠的终点站。然后她就越过马路，走进了商城，再没有回头。我木然地徘徊在巨大的橱窗下，透过姿态做作的塑料模特儿，看到了那个挽着她手的男人。直觉告诉我，这就是那个收获双眼皮的人，甚至他就是提议者。他们站在豪华的灯光下，好像看见了我，那个男人和她说着什么。但是我只能走开。

汽车停下时刹车很急，简直像是撞在墙上。车门开了，司机迫不及待地下了车。等我想起车窗边丹凤眼的姑娘时，她早已不见了。水西门商场的外面有无数的女孩在来来往往，我一个也不认识。我们遇上过太多的人，绝大多数也就像这样匆匆而过了。我的心早已没有感觉，即使在那个黄昏之后的黑夜，以及此后无数个黑夜里。直到有一天我的左腕在灯光下冒出吱吱作响的黑烟，真正的疼痛才奔袭而来，我的泪水夺眶而出。

下车后我没有在水西门商场周围停留。刚在马路上站住，一辆出租车停在了我面前。我迟疑一下，还是拉开了车门。我只知道康宁所在小区的大概方位，即使按她在电话中的提示找到下一路车站，下车后能否顺利地找到小区的大门也还是个问题。

已经是晚上九点多了。大街上还有数不清的人在活动。一辆洒水车刚刚经过，水落下了，音乐还浮在路面上尚未消散。洒过水的路面像是由无数的镜子拼接而成，映照着变幻的车影和人影。人影模糊，车影飞掠而过，那是影子的舞蹈，是欲望驱动下的影子。出租车穿越着巨大的舞台向郊区疾驰，马路两旁的灯火逐渐稀疏，车速也慢了下来。车拐上了小路。郊区的路况明显地变差，汽车颠簸得好像在恶作剧。司机骂了一句粗话，打开了前灯。车灯下的道路坎坷起伏，无疑是一项市政工程草草收尾的结果，潦草得就像是康宁那封信最后的字迹。四张信纸的最后一张我已经很难辨认，就像此刻的司机在坑洼中艰难地择路而行。这是类似的过程。难怪古人把阅读和行路相提并论。读信的时候我的目光好不容易才推进到最后的地址上，头脑里一片恍惚。汽车此刻颠簸得像一只小船。到了，到了，就快到了。司机像是告诉我，也像是安慰他自己。话音刚落，汽车咯噔了一下，熄了火。

司机不肯再开了。他说小区就在前面已经不远，你可以自己走过去。我付钱下了车，这才发现自己是站在一片泥泞之中。回头看看出租车，司机已经开始飞快地倒车，仿佛再往前就有一个可怕的深渊。其实深渊是没有的，只是泥泞之中有一个深深的陷落。一不小心就会掉到城市的伤口里。我心里微微地有些后悔，后悔自己如此急切地赶到那封信上的地址里。我小心翼翼地在泥泞中移动，避免鞋子被弄得一塌糊涂。回想起刚才出租车由平坦的大道驶入坑洼小路的过程，回想起康宁的那封信，那封信的字迹也许正预示了我现在的茫然四顾。信是上午收到的。和大多数的读者来信差不多，信的开头称我为“作家先生”，还对自己的贸然打搅表示了歉意。但这封信同时又是不同寻常的，整整四页纸，除了在开头提到了我的一篇爱情小说，还不时地念叨一下让我写写她的故事，整封来信其实与小说无关。康宁的字可以说很漂亮，体现着某种应有的矜持，但一说到自己年已三十六，她明显地陷入焦灼和痛苦。此后康宁的叙述包括字迹都开始失去了节制。她坠入了一种迷乱的记忆里。她记述了和他（一个比她小五岁的男人）的初识、同居以及最后分手的过程。整整四年的时间变为文字落在纸上，一片烟云，没有一处分段。原本娟秀的字体也逐渐散乱了，从开始的楷书变为草书，最后成为狂草，那些尖锐枝蔓的笔画仿佛女人说话时凌乱的头发和激动的手势。“我在守护爱情多年之后，为什么还会失去爱情？这难道就是我命中注定的结果吗？”康宁在最后说，“你是研究人的人，我时刻期待着你的回音。”有几处地方纸被划破了，洇出墨水，令人想起某种蓝色血液的动物的伤口。我现在正是站在创口上，站在城市尚未痊愈的创口上，不管我怎样小心，城市的渗出液还是浸透了我的鞋子。连袜子也被弄湿了。大约在去年，那个人工眼皮的姑娘曾经对我说：下雨天应该挑好皮鞋穿。当时我觉得她矫情，简直不可理喻。她向我解释了她的理由，我还是觉得她太娇气。现在我终于尝到了破皮鞋的滋味，可即使出门前我想起了她的话又有什么用？我大概找不出一双能防水的皮鞋了，就像我捉襟见肘的生活一样，这一只勉强能对付，另一只却又要穿帮——况且，我又怎能想到我将会在晴朗的夜空之下奔向一片泥泞呢？

我索性不再顾及鞋子了，只管不跌倒就行。小区的前面有一对摆馄饨摊的老夫妇，他们远远地望着我，这使我不愿显得过于狼狈。泥泞的边缘和小区相接。我跺跺脚，四下张望，我没有看见其他的人，没有看见康宁。这是一个非常简陋的小区，我相信它原本只是一个地处郊区的住宅群，而且年久失修，它被称为小区只是这个城市流行起小区这个名词的结果。大门倒是有一个，虽说没有看门人，但大门上的字迹能证明我没有找错地方。我在小区前的空地上来回踱步，看看自己的手表。卖馄饨的老夫妇已经不再看我。他们是老生意人。说不定这地方还没有叫小区之前他们的摊子就已经摆在这里了。他们对我没有兴趣，因为他们知道谁也不会坐着出租车来这里吃馄饨。

记得先于康宁出现的是她的影子。我抽着烟，大门上唯一的电灯把一条长长的影子投射在我的脚下。影子慢慢地移动过来。我转过身，一个一袭黑衣的女人站在我的面前。“我没有认错人吧……”她迟疑地说。“你没有认错，”我说，“你好，康宁。”

我们没有握手。我的手含混地伸了一下，因为没有得到回应就很自然地放下了。“我们走吧。”她轻声地说一句，走在我的前面。我们不约而同地看一眼那个馄饨摊。不知什么时候一辆出租车停在那里，老夫妇正忙着给司机下馄饨，不再注意我们。他们是我们的局外人，只有我们自己是自己的主角。我不能预料今夜将会发生什么，就像我没料到今天上午我会收到这个叫康宁的女人的来信。我的心里奇怪地平静，跟在康宁的后面慢慢向那个现实中的地址靠近。小区很安静，路两边数不清的楼房上有一些窗户还射出朦胧的灯光，电视节目的声音和不知从哪里传出的鸽子咕咕的叫声仿佛黑夜的梦呓。我悄悄地紧走几步，打量着康宁模糊的侧影。她的轮廓很柔和，和她的黑裙一样，几乎消融在浓重的夜色里。康宁的声音有些沙哑，后来我才知道，这是她最近开始抽烟的结果。她向我道歉，她说她第一次下来时看到了那片泥泞，她以为我会让司机把车子直接开到小区里面。她没等到我，就先回去了一下，再下来后就一直等在大门后面。我笑笑，跺跺脚算是回答。鞋子发出了奇怪的噗噗声。她朝我鞋子的方向看看，扑哧笑了出来，加快了脚步。

我们一直走到小区的最深处。这里的视野陡然开阔。那栋楼房的南面大概是一条灌溉渠，微微发亮的水面上飘来些许田野的气息。走进楼门时康宁抢前几步打开了楼道里的路灯。她沿途一层层地把灯打开，直到七楼。这是我在夜晚所走过的最高的楼道，这个时候我还不知道，在这个夜晚我还将狼狈地走下来。康宁走在我的上方，不时回头看看我，黑裙上是一张苍白的笑脸，像是一个梦。她显然爬惯了七楼，脚步轻盈，我拖沓的脚步声回响在楼道里，仿佛撞在梦的四壁。她的黑裙在我的前方晃动，我可以清楚地看见她的腰肢和圆润白皙的小腿。突然间我感到一丝慌乱。她的肉体上射出的银狐似的白光好像突然揭发了我，但同时又歪曲了我。这白光和夜晚十点的黑暗混杂在一起，令我感到无从置辩的羞愧。等待她开门的时候我有些发愣。她叮叮当当地开着门，无意中我看见斑驳陈旧的墙上有一个黑色的脚印。它离地有一人高，真是个奇怪的脚印。

“请吧。”康宁推开了门。她注意到我的目光，苦笑了一下。这是一个两居室的房子。厅很小，只能算是一个过道。但比我那间从农民手里租来的平房强多了，除了电脑电话和一张床，我别无长物。这是郊区和小区的区别。康宁让我到客厅里坐着，自己转身进了厨房。茶几上摆着香烟和一个洗得干干净净的烟灰缸，康宁从厨房探出头来让我自便。我点着一支烟，随意打量着四周。靠墙的桌上收拾得很清爽，摆着砚台和镇纸，这让我感到奇怪。我已经多年看不到这样的东西了。紧接着我看到了墙上的一幅字，那是康宁的墨迹："惊霜寒雀，抱树无温；吊月秋虫，偎栏自热。知我者，其在青林黑塞间乎！"我感到似曾相识，不仅仅是因为字迹，我想起来了，这是蒲松龄《聊斋志异》自序的最后几句。大学一年级我初次读到它时就被其中的孤愤所洞穿，迄今为止，它仍然是我唯一折服的序言。没想到今天会见到它，而且是在一个独身女人的房间里。我的视线下意识地掠过书桌边的书架。书架在暗处，玻璃的微弱反光使我完全看不清里面的东西，但我相信里面一定有一本《聊斋志异》。

康宁从厨房出来时端着一盆热水。她让我洗洗脚。然后她点着一支烟，坐在我的对面。第一口烟就让她剧烈地咳嗽起来。这是一张曾经盛开却已开始凋零的面容。她化了妆，但这掩盖不了她脸上的憔悴。她没有我想象的那么漂亮，也没有我想象的那么平庸，她的长相位于我想象的中间。在这安静的夜晚，令我怦然心动的是她饱含沧桑的表情。那封信被我留在我城西的房间里，现在她因为咳嗽而扭曲的面容又让我想起了她狂草般的字迹。

洗脚水被我抢着去倒掉了。穿着一双尺码很大的男式拖鞋使我感到很不自在。几乎是刚踩进拖鞋的一瞬间我就想起了门外墙上的那个奇怪的脚印——后来康宁告诉我了，那是她的“前男友”有一天突发兴致时一脚踹上的痕迹，他会武术——回来时我看到走道的饭桌上摆着两碗馄饨，冒着热气。康宁跟过来告诉我，这是她第一次下去等我时带上来的。我确实感到有点饿了，就没有再客气。康宁陪着我吃。吃完了馄饨我们重又回到客厅的茶几前。客厅里只开着一盏台灯，康宁告诉我日光灯坏了，她没有办法修。也许是为了弥补光线的不足，台灯里装的是一个很亮的灯泡。它远远地从书桌上照过来，把我们罩在光圈的里面，就像是一盏追光灯，就像是一只洞察一切的独眼，使我感到很不自然。这个时候我们很需要一个话题，我想起了《聊斋志异》，但是我没有开口。在这样的夜晚和灯光下，正如少不读水浒老不看三国，我不愿提聊斋。

接下来是长久的沉默，夹杂着康宁被烟呛着的咳嗽。我朝她做了个手势，她把烟掐灭了，顺手把烟缸朝我面前推了推。我弹烟灰时她注意到我的手腕。她的目光跟随着我的手腕一起移动。我习惯于把烟夹在左手，灯光下，左腕上疤痕在熠熠闪亮。

话题正是从这块圆形的疤痕开始的。我平静地向她说起了我和那个原本是丹凤眼的姑娘的感情经历。“你看，它像个句号，”我苦笑着说，“一切都已经结束了。我已经快忘了。”语气倒好像在劝慰她。康宁怔怔地看着我，看着我的疤痕，然后抱紧双臂靠在椅背上，她的脸淹没在光圈以外的黑暗里。“你们就没有再联系过吗？”我说联系过的，她给我打过一个电话，我立即就听出了她的声音，可是她只说了声喂，你好，就让我猜，她说你猜猜我是谁。我立即忍住了心里无数的话，我咬着嘴唇说我听不出来，我没有猜电话的习惯。她愣了一下，说了声再见，就把电话挂了。我拿着嘟嘟作响的电话呆在那里很久很久。我告诉康宁，真正的疼痛就是那个夜晚出现的。烟盒里最后一根香烟的烟头狠狠地按在我的左腕上，淡青色的烟雾立即就熄灭了，皮肤上发出吱吱的爆裂声。“说起来很可笑啊，”我摸着疤痕故作轻松地说，“我们两个一人留下一个纪念，她在自己眼睛上，我的在手上。”

这时我听到了康宁轻轻的啜泣声。她慌张地看了我一眼，又拿起了桌上的烟盒。她抽出一根烟，我手里的打火机凑了过去。房间里的气氛太沉重了。写信的是她，可是在我们相见时首先说起的倒是我自己。这一点我始料未及。此后还是我继续说。我说疤痕和疤痕是不一样的，她的疤痕是对美丽的增益，我的是丑陋的。可是我和她的疤痕又有一个共同点，因为我们的伤疤都是自己主动制造的，和那些切菜跌跤留下的疤痕完全不同。我还说关于疤痕的分类我是有研究的，所有的疤痕还可以根据位置分成两类，一类在显眼处，另一类长在隐秘的地方，平常是看不见的。不过这也是相对而言的啊，我说也许一切都是相对而言的，生死是相对的，爱情是相对的，疤痕也是相对的。长在大腿根部的疤痕是隐秘的，游泳裤也不见得能遮住……

说着这里，我轻轻地笑起来。我们像是老朋友在谈话，至少我把康宁当成了一个旧友。康宁这时插话了。她不反对我的说法，但是她说不，不仅仅是这样的，她说长在显眼处的疤痕也可能是隐秘的，主人不愿说出它的故事，而隐秘处的疤痕也许倒光明正大，譬如见义勇为的勇士小肚子上的伤疤，他们甚至会在摄像机前面展示它。我点着头，鼓励她说下去。康宁的两颊有些发红，她还要再说什么，这时电话响了。突如其来的铃声仿佛打在墙上的冲击电钻，让我吃了一惊。康宁看看我，好像问我要不要去接。她说声对不起，站起身，走向隔壁的卧室。电话铃继续响着，康宁临出门时回头对我说："其实最隐秘的疤痕是看不见的，它不长在身上，可能是留在心里。"

电话摆在卧室里。仿佛在这个深夜的电话响了以后，我才意识到卧室的存在，这使我心底的某种东西聚气成形了。我看见了欲望的影子。我坐在沙发上有些走神，心不在焉。我不断地在想，我怎么会坐在这个地方，我怎么会成为现在的自己？从十五岁时在家乡的土路上留下第一个伤疤开始，我穿越了多少个黑夜呢。康宁的电话接得很短。我几乎完整地听到了他们的对话。康宁说喂，你好。（对方说你好，你听得出我是谁吧？）康宁沉默了一下，说我还有个朋友在这儿，我没有时间跟你猜谜。（对方问他是谁？）康宁说，我连你是谁都不知道，这与你又有什么关系？对方也许还说了句什么，也许立即就挂了电话，康宁满脸酡红地走回了客厅。

经过冰箱那儿康宁带来了两听可乐。她自己大口地喝着。我回想着他们的对话，感到奇怪，甚至有点可笑。为什么有人在自己过得很好时都要让人猜一猜他们的身份？是衣锦回乡吗？这是不是很快活？我问康宁，你们现在是不是还经常联系？康宁说不。她说他已经有一阵子没来了。她说他只有在想到我的时候才来，他需要我了他才要求过来。我的心里咯噔了一下，我尖锐地问："什么叫他需要你？他过来干什么？"康宁怔怔地看着我，突然捂住脸哭了起来。"他和现在的女朋友闹了别扭就再来找你，是不是？"康宁呜呜地说他没有固定的女朋友，他在外面瞎混。"他来了你们还做爱，对不对？"康宁突然大声说："你不要问了，你不要问了好不好？！"她的泪水突出指缝流了下来。

我很想过去安抚她，但是我没有这么做。我的头脑里一片恍惚。我站起身开始在房子里来回走动。我看到了卧室里的床，看到了床头的电话。它们沉在淡淡的阴影里。来到这里以前，康宁就是在这里和我通过电话。我觉得那部电话似乎随时都会再响起来。甚至，卧室里还会走出一个人，阴鸷地看着我，他的嘴角挂着一丝讥讽。

接下来的经历在我的记忆里呈现出一片混乱。我时常会摸着下巴回想起那一夜经历的后半部分，但除了我下巴上的疤痕触手可辨之外，剩下的只是个模糊的脉络。康宁似乎是跟到卧室里来了。她泼墨狂草似的说起了她大学中文系的同学，她的第一次婚姻。也说起了那个电话里的男人。她说他很强壮，从小习武，她说他们同居了四年，曾经很幸福。她说她其实很爱他，可他从她的生活里逃脱了，他的心再也不回来了。她现在还在爱他，可是更恨他。她还说她想彻底离开他，可是他连东西都不彻底拿走。他每次都说要来拿东西，但每次从床上一下来他就轻松地离开了……她絮絮叨叨地说着，我的头脑有点发木。这个时候我看到了那堆东西。一堆杂乱的衣物，一把吉他，一根特大号的臂力器。

真的是乱了。也许我还能理清事情的顺序，但我理不清我当时的思维。说不清我为什么会拿起那根臂力器。说不清我为什么要走过去。我并不是一个特别强壮的人。少年时因为羞辱而曾经练出的肌肉早已被我的电脑吸干了。反正我抓起了它。这似乎证明了绝大多数的疤痕都是突如其来的。康宁似乎问过我行不行，我没有回答她。我抓起了我力所不逮的臂力器。我开始用力，两个把手之间的粗壮的弹簧吱吱作响，我好像抓着谁的两只手，和黑暗中的某种力量在角力……

袭击是瞬间发生的。闪电般的力量划破黑夜。紧接着划破黑夜的是康宁的尖叫。臂力器从我手上弹出，蛇一般蹿入床底。我猛地捂住下巴。鲜血立即挤出指缝洒在地上，黑黑的像是墨迹。

彻底的混乱开始了。康宁手忙脚乱，倒是我显得出奇的冷静。记得出门时她几乎忘了关上防盗门，还是我提醒了她。她关门时我轻轻地松了一口气，好像心里某个地方一直绷着，现在终于释然了。不知过了多长时间，我坐到了医生的面前。她见怪不怪地注视着我，没有多问我一句话。尖锐的缝合针在我的皮肉里出没。

下巴好像变长变大了，大得脸上只剩下一个下巴。大脑似乎已经消失，整个人成了木头，医生就是那个修理着节疤的根雕师。

康宁要送我回去。我谢绝了。我只告诉了她我的电话号码。我独自坐车沿着一条新的路线回到我的住处。康宁电话打来时我已经打开电脑，但是我告诉她我已经睡了。我什么也没有写出来，我只是想写点什么。第二天康宁又来过一个电话。拿起电话我就听到了一阵啜泣声。我沉默了一下说这与你没关系，这不能怪你。她不哭了，但是什么也没有说。然后我就把电话挂了。从此以后我们再也没有联系过。我常常摸着我的下巴，摸着上面的疤痕，试图把这段经历写出来。我写了很久，断断续续，今天我终于写完了。我知道这道疤痕将和我其他的疤痕一起永远陪伴着我，直到我离开尘世；我也知道今后我还将落下新的伤痕，除非我现在就死掉，不再活着。但我还是要把我的故事写出来，写给那些陌生的朋友。我不会指着下巴对什么人讲述我自己，因此，我身边的朋友们永远也不会知道这道疤痕的来历。

2001 年

别人的眼睛

通往樱洲的路有两条。一条是从玄武门进去，经菱洲、翠洲，而后走过一座白石拱桥，那就是樱洲的入口。另一条是从解放门走。进了大门，你就踏上了那道著名的长堤。“无情最是台城柳，依旧烟笼十里堤。”十里也许是没有的，但你也得走上十几二十分钟，才能看见那座白石拱桥。其实还有第三条路，只是知道的人不多。樱洲位于玄武湖公园的边缘，它有个边门，开在紫金山下的锁金大道边。那不是一个正式的入园口，要是运气好的话，你可以把那个小铁门喊开。

所谓运气好，其实就是你能把看铁门的老头喊醒。光喊醒还不行，还得有点小意思。就我的经验，这个小意思就是一包香烟，好坏倒是不拘。我住在锁金村，以前我的女友出城来看我，我们就常常步行到小铁门那儿，喊醒看门的老头，把烟塞给他，请他开门让我们到樱洲去；她家住在玄武门附近，有时我也进城去看她，我进城，我们就从玄武门进公园。准确地说，那个女孩现在只能说是我的前女友了。对她现在的情况我一无所知。现在回想起来，那段时间我到玄武湖，走得最多的还是小铁门，原因其实很简单：在她家我是个不受欢迎的人，我去看她的时候不多。我一直纳闷，那个小铁门既然常年都是关着的，那门又有何用？安排个看门人岂不是多此一举？要知道，我们喊门的时候，那个老头要么是睡着，要么就是醉着。

接到聚会的通知，我很自然地想到了那个小铁门。一年来我的生活发生了很大的变化，公园虽说近在咫尺，但我已很久不去了。但是那份通知里有一句话说服了我。通知说："我们决定聚一下，这是一种缘分啊！"是啊，缘分，我们是有缘的。我们的缘分不是卡拉ＯＫ对唱里的"缘"，那种"缘"基本上和情歌一样的长短，唱完也就完了；我们是真的有缘分，另一种长久的缘分。我现在之所以能够清晰地阅读这份通知，是因为一年前的那次手术。我接受了来自异体的器官：角膜。参加聚会的其他人和我一样，只不过他们有的接受的是肾，有的是肝，或者是心脏。我们得益于同一个器官提供者。医生给我揭开绷带后，我陡然看到了这个模糊已久的世界，我哭了。那一天可以说是我的新生，我的另一个生日，但我立即想到，有一个年轻的生命死了。他死了，把他的视野留给了我。那是一次车祸，原本不会有人注意。但紧接着的事情却成了整个城市乃至全国的话题——科学的奇迹——是的，奇迹，这是新闻界当时的众口一词。死者是一个器官自愿捐献者。他的遗体被送到市中心医院，华东好几家具备能力的医院立即忙碌起来。媒体开足了马力，在几家医院间穿梭，南方卫视甚至还做了现场直播。经过各自不等的一段时间，除了一个接受骨髓移植的白血病患者没有能抗过手术后的排异反应去世之外，我们都分别出了院。如果你能想象我们等待治疗前的那种如履薄冰暗无天日度日如年的生活，你就会同意那一天确实是我们的新生。同时，今天也是我们的共同母体的周年忌日，你说，我怎能不去？况且，聚会的地点约在樱洲，那个小铁门离我只有一箭之遥。

回想起来，我似乎很久不从小铁门那儿经过了。上一次我匆匆而过时好像还是冬天，百树凋敝。铁门很突兀地嵌在灰色的围墙上。我加快脚步，逃跑一般穿过了马路。我逃离的是一段经历，我的明亮的爱情故事。此时已是春季，草长莺飞，春深如海。我走下马路边的人行道，踏上了一条小径。蜿蜒的围墙上杂草丛生，不仔细看你很难找到那扇铁门，但不管怎么说这曾经是我常走的一条路。我知道沿着这条小径一直走下去，再拐个弯，就能发现那扇铁门。然而走了不久我就愣住了，前面的小径出现了岔道。我的视力现在应该说非常之好，我甚至感觉比我没得眼疾还要好一些。可是小径两边生满了杂草，看来已久无人迹，横逸斜出的树枝遮挡着我的视线。我站在岔道前，有些踌躇，不知道究竟哪一条是通往铁门的路。春天的力量实在是奇妙，它也许不能恢复爱情，但它能够恢复前一个春天的旧观，甚至还能够修改它，就像现在这样。即使没有岔道，周围的景观也已大异于从前。我一时辨不出道路，索性凭着感觉往前走。围墙就在前面，依稀可见，但它很高，我看不见看门老头的小房子，否则事情就要简单得多。我的想法是，只要继续往前走，总能走到围墙，再沿着围墙走上一阵，铁门总是能找到的。

小径很幽静。林间的鸟和虫子鸣叫着，你一声，我一声，似乎在从不同的方位试探着林子的深浅。脚步一响，它们的声音乱了，马上又稳定下来，只是各自变换了位置。我的听力大概是在我生眼病的那段冥想的日子里得到了锻炼，变得非常敏锐，有时敏锐得令我烦躁。没想到这会儿倒是我的耳朵帮了我。走不多远，我无意间从不绝于耳的鸣叫声中辨出了一种声音。它很特别，颤颤悠悠，绵长而含混；走得更近些，我甚至可以从中剔出一丝闪亮的痰音：那个老头，他又喝醉了。以前他不是醉着就是睡着，今天看来他是醉了酒而且睡着了。

看来还是感觉在暗中帮了我的忙，路是没有走错。我加快了脚步。约定的聚会时间是两点，因为住得近，我没有预留多少时间。老头的鼾声越来越响，而且已挟裹酒气。我看到了铁门，茂盛的藤蔓把它封得严严实实，如果你不用手去拨，它几乎就是围墙的一部分。我摇晃着铁门，喊道：师傅！老师傅！

看门老头的鼾声严密得水泄不通。一时间我有些迟疑。但我断定看门的人没有换。即使换了人，在我们这个城市，“老师傅”从来都是不分年龄的尊称，你只管见人就喊，没关系。于是我的声音又增高了几度：老师傅！老师傅！

老头的鼾声一如既往，像是决意要响到某一天的清晨，周围的鸟虫突然噤了声，鸟儿泼剌剌飞上了天，虫子想来是钻下了地。我晃晃铁门，无可奈何地放弃了。

解放门或是玄武门实在是太远了。我现在只有沿原路返回，进入另一条岔道再试试。我心中焦急，手忙脚乱，挡道的荆条毫不客气地在我脸上拉了一道血痕，很疼。突然间我有点恍惚起来。树林幽深，视野中的景物显得迷离，不可捉摸。我像在梦游。小径也许在无意中拐过了一个角度，和不远处的围墙成了平行状态，看上去永远不会重合。我沿着小径一直往前走，像一个梦中的巡视者。我这是在干什么？前面，那是哪里呢？

不知不觉中，我终于走到小径的尽头。围墙立在我前面，上面布满苔藓。墙角下有一垛砖，阳光透过树林，在上面投下移动的斑点。

对任何事情你都不能抱过于确切的期望，譬如那扇铁门。但转机也是会有的，那堆砖头就是一个例证。你找不到这里面的逻辑。它分岔了。樱洲的岔道就更多。它们纵横交错，和夹拥的冬青配合着，把不计其数的樱花分割成一个个相对独立的区域。冬青很茂盛，有半人高，如果不打算从上面翻过去，你常常就要在樱洲兜圈。樱洲以樱花而得名，但此时看上去满目绿叶，花已经全部凋谢了；只有草皮上的花瓣还在提示人们，它们也曾爆炸般的开过几天，但仲春已不是樱花的季节。

游人们也已经散了。樱洲本就是玄武湖最偏僻的一个洲，除了樱花，还有什么呢？樱花盛开的日子还有些恋人们到这里来，现在花期已过，没有多少人星期天的下午还愿意待在这儿。脚下的这条路伸向樱洲的深处。常来樱洲的那段日子我和女友经常在这里散步。樱花下的草皮其实很好，但女友不愿意坐下来。她是个很懂得爱惜自己的人，如果忘了带一张旧报纸，她就宁愿一直走着。说来可笑，我们从来也没有忘记那一盒权当门票的香烟，却总是忘记带报纸。现在是我一个人。脚下卵石小径的缝里钻出了一簇簇嫩绿的小草，离去的游人给它们留下了生长的缝隙，也给鸟儿们留下了一个自在的天空。几只斑鸠在樱洲的两侧彼此呼应着，悠长而凄凉。

踏着砖头翻墙而过时，我曾经很慌张，但现在我倒不那么急了。这也许是一个有意义的聚会，应该像我接到的通知那样郑重其事。可是我觉得，我见了他们很可能会无话可说。此前我曾通过那个心脏移植者提议，我们一起去看望一下那个为我们提供器官的年轻人的父母。结果人没有约齐，只有我和“心脏”一起去了。那是个很普通的家庭，家境一般。我们只见到了老太太，还有墙上她儿子的遗照。那是多青春的一张脸啊。我说不清我的感受，喉头有些发紧。“心脏”和我在同一家医院手术，我们应该算是认识的，可我没看出他是个饶舌的家伙。我想人同此心，他的感情应该和我类似，但他话太多。他夸老太太的儿子，还说自己现在非常好，除了要定时吃药，简直达到两匹马力——他的名字就是马力——“您看，我现在上楼一点都不喘！”他那语气有点像是用了人家的什么物品，来告诉人家使用感受。老太太淡淡地听着。她也许原本有很多话，但轮不到她说。马力说得高兴，一会儿称老太太为母亲，突然又一溜嘴喊老太太“祖母”，让人摸不着头。他解释说：“您儿子是我们的母体，您不就是我们的祖母吗？”老太太苦笑了一下，脸色有些变了。她绝口没提她的儿子，只在分别时要我们不要忘了吃药，“好好过。”出了门我和马力分手，我的泪水突然流了出来。我的泪浸泡着角膜，火辣辣的。不久以后我又单独去过一次，但那片老式的砖楼已经拆了，大片的空地将建成汉中门广场，上面植着一些据说是从樱洲移去的樱花树。

这几天一直在刮风，时断时续。风渐渐大了。从北方刮来的春风挟带着烟尘在天空呼啸而过。天有些发暗，树木轻轻摇晃着。我现在是个耳聪目明的人。我能看见无数的粉尘从天空落下，又被卷起来；受惊的鸟儿尖叫着弓箭一般在林间弹射。我脸上被树枝剐破的地方有点疼，紧绷绷的。已经两点半了，但我对这次聚会感到了一丝畏缩。从墙上往下跳时，我的脚崴了一下，更糟的是，裤子被墙上的钉子划破了，破洞处露出了口袋。口袋是白色的，很显眼。我没想到一个裤子的口袋竟然有那么大，好像我是露出了里面的大裤衩。也许有人还会因此而联想到一个拖着蛇皮袋的拾荒者。想到这个我宁愿在樱洲再转转。如果不是考虑到现在回去还要再翻墙我真想马上就走。

他们来了吗？在哪里？通知是那个“心脏”马力的手笔，他话多，写了满满一页，却没有说明准确的地点。我知道参加聚会的还有一个外地人，为了方便，他们大概会在樱洲的小石桥那儿等。地上有一张报纸，飘着飘着，被冬青挡住了。我忍着脚疼追过去捡了起来。我打算拿在手上，挡一挡那个破洞。我现在已经走到了樱洲的南边，远处的湖面传来了隐约的水声。风紧一阵慢一阵，随着风声的减弱，灰尘从天空飘落下来，我的嘴里有些发涩。这是来自远方的尘土，不知道从樱洲掠去的灰尘现在又落到了哪里。我一直固执地认为春天的沙尘暴和我的生活有着一种隐秘的联系。这倒不是怨天尤人。每年春天，四处飘浮的花粉都会弄得我两眼发红，咳嗽不止。后来在樱洲，也是这样的天气，我和女友从樱洲回去，我带回了导致我手术的眼病。最后一次的樱洲之游就像是一段模糊不清的影片的开始。银幕上人影憧憧，周围一片黑暗。在影片的结尾，她离开了我，我被推进了手术室。这是一个俗套的故事，但俗套本身也许就是逻辑吧。如果不是那次手术，我现在就不会到这里来；如果没有那最后一次樱洲之游，我即使还是要得眼病，甚至也要动手术，但今天聚会的却未必是他们几个。是的是的，这真的是缘分。除了马力，我和其他人没有联系。据马力说，接受肝移植手术的一个是女教授，有五十多岁了。做肾移植的一个是年轻女人，很漂亮；另一个是年轻小伙子，上海人，写小说，还做收藏生意。马力告诉我，这个人很有办法，在艺术圈子里他是个生意人，买单总是他抢着去，可到了生意场上他又自称自己是个艺术家，很清高。

马上就要见到他们了。我找个地方坐了下来。右脚很疼，好像肿了。我皱着眉用力捏着脚腕，脸上的伤痕被牵得发疼，我此时的表情一定很狰狞。我得收拾一下。我小心翼翼地走到水边，撩起水擦了一把脸。风不紧不慢地刮着。沙尘暴带来的阴霾已经消散，天空明亮了些。我回到刚才坐过的地方，却发现垫着的报纸已不知去向。我四处张望着，像是在找报纸，又像是找聚会的那几个人。已经三点了。我这么晚露面恐怕难以避免地要成为他们的话题，这是迟到者的常规待遇。但我既然来了，总是要见他们一下的。对他们一年来的生活我也有些好奇。老太太让我们"好好过"，我是女友跑了，工作也丢了，不知道他们过得怎么样。我绕过拦路的冬青，慢慢向小石桥方向走去。路边的草丛里突然发出一阵动静，哗啦啦乱成一团。我怔了一下。草丛中探出一个脑袋，上面顶着几根草屑。是一只狗，狐狸犬。它抬起亮晶晶的小眼睛看看我，突然又没入草中不见了。

这时候我听到了他们的声音。小石桥的南面有一块草坪，几个人围成一圈，一个男的站着，另有一男两女坐在地上。站着的是马力。他正说着什么，我听不清。风中的声音断断续续。鸟儿们先是怯怯地叫，彼此鼓励着，忽然起了劲，一下子聒噪起来。我现在拥有一双明亮的眼睛，视网膜巩膜玻璃体这些都是我自己的，角膜却是别人的馈赠。那个年轻人，他家在本市，想必生前也到樱洲来过的吧。水边的树丛中又传来了斑鸠忧郁的叫声，声声慢，使我感觉到一丝寒意。他来过的，一定来过的。一年后的今天，有几个人各自带着他的遗赠，又来到了这里，可是他再也不来了。我有些伤感。我的视线透过角膜透过枝丫伸向前方。这时我意外地发现了那只狗。它兴高采烈地在几个人中间绕圈子，仿佛在走着梅花桩。年轻女人伸手按住它，把它搂在怀里。马力说着话，手在用力比画……我现在上楼都不带喘的，他指点着环岛的卵石路，我可以绕着樱洲跑几圈给你们看看！他们都说我现在是两匹马力，二马力！我在家正是老二，你们说巧不巧？

他的话被一阵嘎嘎的笑声打断了。是那个长头发。如果不看仔细点，你可能会把他误认为女人。想必他就是那个艺术家。我也忍不住想笑，马力的话简直就像是我们去老太太家拜访时的翻版，他好像是刚从老太太家出来。马力说：我现在清闲了，忙到头了，每天就是下楼上班，上楼回家，上楼下楼还不喘，你说是不是轻松？坐在地上的年轻女人问：你还在上班？做什么？马力道：看大门。其实就是看报纸。那些小青年说我现在是一不做，二不休妻，人生最佳境界。他的话把几个人都逗得笑了起来。马力问：你呢？我？年轻女人道：我肝不好，没你好。我好，我好什么呀！马力却叹口气，现在酒都不能喝了。以前应酬多，现在看大门……什么？你还喝酒？一直没有插话的女教授突然问。我不喝了，马力说，动过手术就喝过一次，结果是一败涂地动山摇，倒到桌子下面去了。

我觉得很有趣。他又说了一个“一”。那只小狗也汪汪叫起来，好像它也识数。我沿着冬青树悄悄往前走了一段，坐了下来。裤兜里的香烟倒是没有丢，我拆开来，却没有火，只好拿一根在鼻子上嗅着。医生叮嘱我抽烟对眼睛不利，我已经戒了。现在我很想抽。再抽上恐怕再戒就难了。一发，一发而不可收拾残局，瞧瞧，我也“一”了。那边老教授奇怪地问：你怎么会把成语连起来说，一啊一的？马力说：酒席上学的啊。还有呢，——还有什么的？长发艺术家说：一技之长短不拘，一孔之见多识广，一举两得陇望蜀，一石二鸟枪换炮。艺术家讲得忘形，站起身来，双手比画：一箭双雕虫小技，一触即溃不成军，一命呜呼风唤雨，还有一唱雄鸡天下白痴！

众人都有些发懵。马力说：你们那儿也玩这个？艺术家说：哪儿不一样啊。女教授问：你们喝酒就说这个？这说的是什么？马力说：这叫一字令。年轻女人“嘁”一声道：男人！艺术家理理长发，道：也有说女人的呀，你很漂亮，一顾倾城门失守，再顾倾国将不国。男人！年轻女人又哼了一声。女教授道：这是说男女还是说政治？艺术家道：哪里哪里，我说的是自己。他捶着腰自我解嘲道：我现在完了，只剩一个肾了。嗨，真是一触即溃不成军了。没人接他的话。马力大概是看年轻女人不高兴，把话题撇开去。我们现在都算是残疾人了，以后要多多联系，肝胆相照。女教授说：我做的是肝移植，谁做胆移植？胆不需要移植，割掉就是了。她的话有点冷。

我坐在树丛中，腿有些发麻。我已经决定就在这里坐下去，一直坐到他们散时我再露个面就行了。那边的女教授这时提出要走，她站起身，说她的命是捡来的，她手上还有很多事情。谁不是呢，他们几个在挽留她。艺术家说：再坐坐吧，既然来了。我还要坐火车呢。马力说：没关系，让你的腰友送你去车站。我听了一愣。那边艺术家哈哈大笑起来：对对，我们是腰友。我们都换了一个腰子。年轻女人说：我送你？美得你不轻！

几个人重新散坐在草坪上。突然艺术家又站起身，朝这边走过来。他的方向不偏不倚，正冲着我所在的这片树丛。我紧张起来，不知道他要干什么。小狗也跟过来了，它钻进草丛，理都没理我，直扑水边的一只鸟。艺术家停在树丛边缘，开始掏裤子，原来是要小便。我躲又不是站又不是，只好原地不动。他突然探头朝树丛中看了一眼，想来是看见我了，稍稍避过了身去。立即有一股浓烈的尿臊气夹在凌乱的风中飘过来。这就是听他们的一字令的代价啊，我想，只不过别人是在酒桌上闻酒气，我要闻臊气。如果不是接下来他们提到了我，我已经犹豫着打算离开了。我知道我现在已难以现身了。

那个角膜，他不来啦？你不是通知他了吗？艺术家问。当然通知了，马力说，他没准是有事吧。谁没有事？艺术家不满地说，他还比教授忙啊？女教授道：大家都有事，也许人家正好今天走不开。年轻的女人道：你们都有工作，就我闲着。马力问：怎么，你手术后就不工作啦？女人说：不是的，我以前就不工作。

我在心里揣摩着年轻女人的身份。我有点感谢她。她一句话就把话题转到了自己身上。那边年轻女人大概是想抽支烟，可是烟抽完了。教授劝她不要抽，艺术家和马力在口袋里找烟。我手上的烟已经被捏碎了，烟盒里还有整整十九支。我有烟，他们有火。我注意到他们旁边有一个小小的土堆，上面插着一根香，一点星火在闪烁。看来在我到达以前他们已经祭奠过那个年轻人了。但对更多的人而言，今天只是个很普通的日子，譬如我的女友。不知道她现在在什么地方，在做什么。从早上开始她的影子一直断断续续地在我头脑中掠过，就像这樱洲树林中的风，就像这风中起落盘旋的鸟。这会儿我倒挺想和人谈谈她，既然忘不了，说说也好。但是我总不能从树林里忽然跑出，手里举着一盒烟说，来来来，接着聊，接着抽。我明白了，我身上的角膜其实本身就是一个安排，它把我安排在远处，距离就是视线那么长。

视线的那一端是草坪。记得那里原来有几株特别茂盛的樱花，和白石桥相映衬，被称为樱洲一景。樱花映红了我女友的脸，那是几张散落在抽屉里的照片。樱花现在长在汉中门广场，它们被移植了。他们围坐在移植后的空地上，谈着他们接受移植后的生活。他们谈起各自吃些什么药，后来说起了克隆，不知怎么又扯起了亲子鉴定。话题好像是年轻女人先提起的。她说现在报纸上亲子鉴定的报道真多，弄得全中国的男人都回家打量自己的小孩子，真烦。艺术家说：谁烦？是科学烦还是报纸烦？马力说：科学怎么烦？科学好啊，科学治好了我们的病，没有科学，我们死定了！年轻女人说：那就是记者烦。女教授说：这不对，这是他们的工作。科学可以弄清亲子关系，那就要弄清，记者只要写的不是假新闻，他也没有错。要说烦，烦的是人自己——你怎么啦，你脸色不好。

我没事。年轻女人拽着地上的青草，一把一把朝风中扔着。我有个朋友，她丈夫突然怀疑她，闹着要去做鉴定。家里全乱了套了……那就去做，教授肯定地说，话挑开了，只有这个办法。年轻女人说：哪有这么简单呢？她丢不起这个人。教授说：不做就不丢人了吗？她丈夫怀疑她，就已经很屈辱了。可是别人不知道，女人说，也许你们几个算是知道了，但你们不认识她。

那个小孩像她丈夫吗？马力突然说，脸不像身上也像，我儿子脸像他妈，屁股像我。艺术家问：几马力？马力没理他。我儿子屁股上有个胎记，和我的一模一样。艺术家大概看出马力有些不快，连忙附和说：是啊，千年的画师顶不上一根……嘿嘿，不讲了，就那个意思。

女人说：问题是那个小孩确实不像我的朋友。

现在不像以后像呢？马力说，小孩子是会变的。再长长说不定就像了。

可是那个男人一天也不愿意再等了。他说，他不能在怀疑中生活。他每天时时刻刻想的就这件事。他对小孩也像是换了一个人。

可以理解，教授说，这就是排异反应。她话音刚落，马力突然叫起来：不好，我药忘了吃了！他忙不迭地掏药，喂！小狗！

你过来，帮我把矿泉水拿来！小狗，来！

它叫卡尔——卡尔！卡尔！

一阵细碎的足音从远处响过去，卡尔跑到了他们当中。它蹦跳着直往女人身上扑。你先要给它一点甜头，它才会帮你做事，女人掏出一根大概是火腿肠之类的东西塞给小狗，手朝地上一指，小狗乖乖地把矿泉水叼了过去。女人把水递给马力。随着一阵咕咚咕咚的喝水声，艺术家突然又站起了身。我方便一下。他这次没有冲着我来，他换了个地方。但还没等他解决问题，远处就有人吆喝起来。喂，你在干吗？说你呢！艺术家立即缩进了树丛。反正从我这个方向是看不见他了，他全缩回去了。他的肾看来是真不好了，出来的时候他肯定脸色也不好，有点挑衅的姿态。喊话的是看门的老头，他酒醒了，出来了。我不是说你，我说它呢。他手上提了个簸箕。看这狗屎拉的，一、二、三,三泡，我跟过来了——你要讲卫生。

汪汪！

请问几点了？老头问。

汪汪汪汪！

哦，四点了，我们五点清园。老头说了几句话，自顾自走了。几个人都有点下不了台，就是想走一时也不提了。太阳浑浑的，几乎看不清边缘。整个樱洲现在太冷清了。这里虽说偏僻，但我还从来没有见过像今天这样游人寥寥，况且我们还不是游客，我还是一个脸上带伤裤子挂破的人。这有点不正常。风已经停了，正是百鸟归林的时间，满耳都是叽叽喳喳的声音，鸟叫声像樱花树那样一团一团，合起来和樱洲一样大。

他们好像还不想走，或者说是那个女人还要接着说下去。你们说，她该怎么办？

谁？

我那个朋友啊。她话已经说死了，要做亲子鉴定可以，先离婚，孩子归她；她丈夫说，要做过了他才能决定。两个人都没有退路了。

艺术家说：为什么要先离婚？

因为连起码的信任都没有了，婚姻还有什么意思？

教授说：我不理解。这个女人应该心中有数。她去做，澄清了一切，信任不又重新回来了吗？她应该相信科学。

女人说：可是她去做，这本身就是侮辱。

艺术家突然说：我有个办法。他们可以先离婚，再去做鉴定。如果没有问题，再重归于好，复婚。

你这不是儿戏吗！女人说，如果没有亲子鉴定就好了。就这么过下去，时间一长也就罢了。科学不是好东西！专给人出难题。

这倒真是个难题。我一贯害怕难题。可是婚姻离我还很远，它很模糊，而科学又太清晰，就像我现在的眼睛。这时我倒想起了那只狗，卡尔，它多简单啊，一根火腿肠换一瓶矿泉水，鼻子嗅嗅就知道谁是一家人——那个卡尔，他能从我们身上嗅出来自同一个母体的器官吗？那个年轻人，一年前车祸死了，要是他看到这些心肝肾聚在一起谈论亲子鉴定，他会怎么想？

我被自己的想法弄得汗毛森森。看看四周，天色渐渐暗淡下来了。我后背发冷。我总觉得有一双眼睛在暗中窥视着我们。那只小狗在樱洲的那一端叫了起来。它飞快地跑过来，在女人身上拱拱，又飞快地跑走；再跑过来，又跑走。它忙得很。我以为它是因为刚才受了看门老头的委屈，还要跑到他那边去拉泡屎，出出气。后来的事实证明它没有那么复杂。但是我们的聚会却从此走向一个混乱的结局，只不过当时没有谁去注意它。年轻女人还没有从她的情绪中走出来，她喃喃地说：谁摊上这样的事都没有办法的。谁也帮不了她，我那个朋友。哼，全没心肝！

嗨嗨！马力说话了，别骂我们啊，这不是我们惹的事，我换了心，她换了肝。

我没骂你。女人对教授说，男人全没心肝，没心没肺！

狼心狗肺，鼠肚鸡肠，狼子野心，鸡零狗碎，艺术家说，干脆我帮你一起骂了吧。

教授说：可也得将心比心。

有意思。还没等我笑出来，远处树丛中的小狗突然发出了一阵尖锐的叫声，像是有人踩了它的尾巴，或者是谁踢了它一脚。我以为是看门老头出脚了。年轻女人触电般站起了身。卡尔！卡尔！——谁？

我也站起了身。樱洲北边的树丛中，一个男人走了出来。他开始还有点畏缩，但很快又器宇轩昂起来。

是你？——你来干什么？

不干吗，男人冷笑着说，我早来了，卡尔都比你先知道。

这是这个男人最为平静的一句话。接下来事情就不可收拾了。他们开始对骂，几乎要动手。几个旁观者手足无措，干着急。他们的话越来越不堪入耳，那男人不断地抽空怒视着马力和艺术家。艺术家的长发显然成了某种怀疑的靶子，那男人的目标越来越明确。他的话像暗器一样在空中飞来飞去。但是最后，倒下的却是马力。他突然“嗷”的一声，捂住胸口倒了下去，就像中了一枪。

全乱了套了。人喊狗吠。我再也站不住了。我从树林中跑出来，跑到那片草坪上。快！送医院！我对他们喊，我就是——就是角膜，现在不能从前门走！艺术家在打手机叫救护车。我说，快，叫他们在樱洲的后门等！

艺术家背着马力。我在前面跑，卡尔比我们还要快。迷宫似的小路形成了障碍。幸亏我们有卡尔，我们跟着它，完全不再理会曲曲弯弯的拦路的冬青，这样迷宫也就不成其为迷宫了。我在前面开路，冬青被踩得东倒西歪。等我们跑到小铁门那儿，看门老头已经把门打开了。他木然地看着我们，好像他早已料到他的铁门还能发挥急救的作用。我们气喘吁吁地冲出铁门穿越树林爬上陡坡，终于站到了锁金大道边。

车流如潮。救护车还没有出现。

2001 年

和辛夷在一起的星期三

房子里是他所熟悉的气息。

这是一套两居室。厅很小，只能摆一张饭桌；上面的一束花是他前次带来的，已经萎了。两个房间，一个做客厅，另一个是卧室。厚重的窗帘紧闭着，窗外有一盏路灯，探头探脑，使足了劲才在窗帘中央透出了一个淡淡的光斑。卧室里陈设简洁，一张床，一只床头柜，还有一个衣橱。衣橱不是木质的，是布的，简易的那种，一道拉链自上而下，切断了一条河流。这是一个拙劣的工业品，每次他的目光沿着河流扫过去，都要在接缝处咯噔一下。这似乎在提醒他，她是一个旅人，衣橱里随时都会空掉。拉链“滋拉”响一下，半晌，再响一下，衣橱就空了。然后是关门的声音，这房子也就空了。

但是这房子现在是充盈的。弥漫着他所熟悉的味道。一股浓烈的香气，据说是印度香，不知是在哪里燃着，还是已经熄了，总之房间里充满了浓雾似的香味，饿急了似的往人鼻孔里钻。也许还混杂着她的体香，她的体温幽幽地烘着她自己，把她自己放大了。

卧室的斜对面是厨房，她在里面忙碌着。灯光把她的身影也放大了，恍若一个主妇的身姿。但她不是主妇，他们也不是夫妻。显然的，这里，他是熟门熟路，所以他累了，就可以直接到卧室的床上躺着。现在他起身了，走到逼仄的小厅里，用手拨弄一下那束枯萎的花，拔出来，继续走向厨房。客厅的壁灯开着，音响也开着，传出一丝淡悠的音乐，很熟悉，却说不出名字。此刻，厨房才是真正的中心，锅铲在摩擦，油在炸响，抽油烟机在轰鸣，那是一个乐队的打击乐。她既是乐手，也是一个舞者。灯光和火苗勾勒出她的背影，他沿着光亮走过去，手里拿着那束花，悄悄地，以一种舞场上锤炼过的脚步走过去，仿佛双人舞里献花的男主角。她厨师一样颠着锅，火苗突然“轰”一声腾了上来，锅燃起来了。他吓了一跳。她却没有被吓着，左手晃动着，好像在玩着那团火。他定住脚步，痴痴地看着她。火熄了，她放下锅，右手用锅铲挑起一点菜，尝了尝。一个精致的下巴。他走近了，轻轻把手里的花扔进垃圾桶。刚要说什么，她却回过了身，挑着菜的铲子伸了过来。

“你，尝尝。”

菜在铲子上显得很少，到了嘴里却是满的。他“呜呜”地赞着，疑惑地看着台面上魔术般变出的菜肴：红艳的西红柿，翠绿的菠菜，淡雅的韭黄。还有肉和一条鱼，它们还没有变成菜肴，但也快了。一起上楼的时候她的手上并没有拎菜，那么说，她是早已准备好了，今天是什么特别的日子吗？他想不出，也不敢贸然询问，怕她责怪他粗心。他略有些惶恐，还有些不快，似乎她有什么秘密隐瞒着自己。她继续忙碌着，要准备一桌丰盛的晚餐，肯定要把做饭进行到底。他讪讪地问：“要我帮忙吗？”

“不用，”她愉快地笑着说，“你能帮什么忙？——别闹，别耍无赖了。”他从后面抱住了她的腰肢，脸贴着她的背，脸在上面轻轻摩挲着。她晃晃身子挣一下，“你去坐着，听听音乐吧。”

他听不见音乐。过于熟悉的音乐容易被忽视。客厅的灯光很清淡，茶几、地面、墙壁，所有的平面都在反光。很柔和。这是星期三,一个再平常不过的日子，一个星期的中点，但是它现在有点神秘。其实要是深究起来，神秘的东西可真不少。但是不该深究的就不能深究，这是他的原则。何必要深究呢？生活哪里经得起深究呢？就像这个沙发，他现在坐在上面，但他不知道里面有多少根弹簧；卧室的那张床，他无疑是熟悉的，他熟悉那上面时常变换的温暖的床单，那里自然也曾落下过他的毛发，但他不晓得床底下还有些什么，也从没想过要去看一看；即使是那个简易的衣橱，他也只知道里面是她的衣服，却不知道有几件，是什么样的衣服——其实这倒也是重要的呀，现在是秋天，如果里面还挂着冬天的衣物，也许就说明她还准备在这里继续住下去，在这个城市住到天冷，他们还可能相伴到冬季——可是他以前确实没有留意过。

他心里感到一丝疼痛，突然发现自己害怕她的突然离去。他站起身，想去卧室看一看，看看候鸟预先准备的羽毛。但刚走出两步，他就停住了。他看到了墙上她的两幅照片，也是他熟悉的。一幅是纽约的世贸中心，现在已经成为废墟，她站在远处微笑着；另一幅的背景是浦东，她倚栏而立，那是她出国以前生活的地方。光圈八,百分之一秒，他略懂一点摄影，但他们大学毕业距今已经八年，百分之一秒，你能看出什么？

她不说，你也不要问。

他只知道她毕业后就出国了，听别的同学说又离了婚，然后她突然就回来了。有一天他毫无预兆地接到了她的电话。然后他就渐渐熟悉了这套房子，也熟悉了她的身体，直到现在。

菜摆到了小饭桌上。

就像第一个电话是她打过来的一样，第一个菜也是她端过来的。他跟过去，两人穿梭着，把那些红的、绿的、五色杂陈的菜肴一个个摆好。两只高脚杯，一边一个，斟满了美艳的葡萄酒。光线透过酒杯，在桌上落下了两个焦点。餐桌是一朵硕大的花朵，又有点像个迷魂阵。今天到底是什么日子，竟有如此盛宴？这是怎么啦？——不过没关系，且听她说。

他似笑非笑的凝视着她，心里其实充满狐疑。她肤色白皙，指若柔荑，她举起了酒杯道：“我们干杯。”

他问：“为了什么干杯？”

“不为什么，”她一怔，含嗔道，“天下的事都是得问为什么的吗？”许是觉得自己语气生硬了，道，“好，就是为了酒好喝，菜好看，干！”一仰脖子喝了一大口。

他也干了杯中的酒，给她斟上。他决定今天不管是什么背景，决不主动相询。那说不定是在惹事。他永远是谨慎的。这处房子的钥匙，她曾经主动提出要给他一把，他没有要。“我要你的钥匙干吗呢？如果你在，我没有必要拿；如果你不在，我又进来干什么？”他的理由听起来很充分，也许心底还是觉得这钥匙重，拿了就算完成了某种仪式，就有了承诺。

她给他夹着菜，斜睨他道：“你说，一对情人，他们什么时候最想见面？”

他期期艾艾，良久才道：“他们最想见的时候，他们就见。还要有机会。”

“滑头！”她笑了，“那我问你，他们什么时候最应该见面？”

“那应该是一些特殊的日子，譬如情人节、妇女节、春节，中秋节……”他出语谨慎，总觉得她今天的话里有套子，只好随口开个玩笑，“对了，还有儿童节！”

“你才儿童！”她顶了他一句，“儿童节是属于你儿子的。”

他没有接话。他当然知道另有些日子是更深刻的，比如两人初识的日子，初吻的那一天，等等，可他一时竟理不清他们的经历——似乎，她第一次给自己打电话的那一天是一个星期三，可是星期三，每个星期都有，那可多了去了。

他一时语塞。她黯然道：“你说得对的，节日是女人最盼望的日子，也是最怕的日子。她们希望能和情人一起度过，又怕她的情人不能脱身，其实即使脱了身，又有什么滋味？”她垂首道，“节日是属于家庭，属于夫妻的。”

她款款地，夹了一筷子菜伸过来，是爆炒牛柳。他的嘴立即略带夸张地配合着，迎上去。“有你妻子烧得好吗？说老实话！”她微笑着，语气咄咄。他支吾着连连点着头。嘴里虽然塞了菜，但他还不至于说不出话，只是这样的问题让他不由得有点畏闪。妻子是贤惠的，若论烧菜，大概跟她不分伯仲，但生活不只是烧菜呀。他生怕她像电视里那些女人那样，水母一样娇痴地缠上来说：其实我也能做个好妻子的，我也能的，只要你能给我机会！他怕这个。他也一直回避着这个。可你虽然没有拿这房子的钥匙，但你总归是进来了，她真要说了，你怎么办？

也许她今天差点就要说了。但她终于还是没有说。此情此景，如此氛围，她没说，也差不多就是说了。她似乎从来都是乐天的，散淡的，并不追寻未来，但今天显然有些异样。他感到压力，开始后悔，也许他今天原本是不该来的。他们一般在星期二或者星期四见面。见面前会提前通个电话。但是今天他没有预先约她。他这时突然想起妻子，还有儿子来了。现在的妻子和下午的妻子是不一样的。下午的妻子是个唠叨的母鸡般的角色。下了班，他突然不愿回家，想见她，似乎他们已经分开了很久。他把自行车留在单位楼下，打了车子直奔这里。他在车上给家里打了个电话，是儿子接的，他让儿子转告他妈妈，说他出差了，明天回来。他还从来没在她这里过过夜，今天他决定给她一个完整的、一个激情缠绵的夜晚。

但是她不在房子里。楼还是新的，刷着淡黄的颜色，像小孩子的脸。可是别人的窗户都亮着灯，一家家整齐地排列着，只她那里黑着，像缺了一颗牙齿。他站在楼下的树影里，打了她的手机。电话立即就通了，她听说他已经在楼下，显得有点吃惊。她说她在外面，路还比较远，可能要半小时才能到。他夸张着咬牙切齿地说："我等，半小时我等，等到天亮我也等！"

事实上她几乎马上就到了。刚接完电话不久，有谁在他肩上拍了一下。他吓了一跳，回头一看，是她，嫣然笑着，站在斑驳的树影下。他奇道："你不是要半小时才到吗？"

"是啊。走路是要半个多小时啊，骑车可能要十几分钟，我是打车回来的。"她粲然一笑，往门洞里走，回头轻声道，"我归心似箭呀。"

她是空着手回来的。他没有预料到桌上的这些菜。她当时的神色确实是有点喜出望外。

他暗暗思忖，今天肯定不是什么节日，这绝对没有错。他虽然谨慎，却也是个健谈的人。话头既然起来了，又有酒下了肚，壮了胆色，也许，他还是想解开自己的疑惑，他开口了："其实啊，节日也就是个平常的日子，既不是二十三小时，也没有二十五小时；恋爱的人们特别看重这一天，是因为一种集体暗示。”他侃侃道，“新年还没有到，新日历就公布了，提前好多天，大家就都在准备，准备着到那一天团聚，互相祝福。女人比较细腻柔弱，尤其会受到影响。”

“可是男人们有难处，他们分身乏术，对吗？”她冷笑道，“我想我已经不是那种‘细腻柔弱’的小女人了。”她斜靠在椅子上，手里灵巧地玩弄着半满的酒杯，“但并不是所有的日子都需要男人去分身的！”

她的身姿懒洋洋的，但词锋锐利。他感觉到她话里浓重的怨尤。突然他心中电光石火般的一闪，举杯往她杯子上一碰道：“干了，祝你生日快乐！”仰起头一饮而尽，“其实我早就知道了，要不我为什么要今天来？”

“你怎么知道？我好像没有告诉过你呀。”她诧异道，“我本来想打电话叫你来，但我没打，我就是不打，我盼望你不请自到。”

“我这不是到了吗？”他得意地笑着说，“而且今天不走了。”

“真的？”她双颊酡红，又惊又喜。他心中不由一荡。

“当然真的，”他给两个杯子都斟上了酒，嘴一滑道，“而且我——”他猛然收住了口，“而且我永远不走了”，这话差一点就溜出来！他吓得浑身一冷。不知道她的生日不算什么，她也没告诉过，他只知道这是星期三，星期三多了去了，可“永远不走”却不是随便说的。他掩饰地改口道：“而且，我明年要大大地给你过一回生日。”

“明年？”她凄然一笑道，“明年我还不知道在哪里哩。”

他心中一凛。现在连这个话题他都不敢接下去了。他举举杯子道：“其实呀，天下所有相爱的人，生日都应该在一起过的，除非他运气太差，老婆的生日恰巧和情人同一天。”

看来酒真的是能乱性的。他喝了不少。他从来都回避“老婆”还有“情人”这些词，嘴一滑却溜出来了，就像牙齿掉了终于还是要落出嘴一样。他怕她计较，偷眼看看她。女人重视节日，也许还更重视生日，她们习惯于在某个节日里成就一项重要的事情，喜欢把两个好日子叠加在一起。但是万幸，她似乎浑然无觉，不知是沉浸在对明年那个浪漫生日的憧憬里，还是被今后不知身归何处的情绪浸透了，也许，她是完全被他今天不走的喜悦淹没了，或者，仅仅是由于酒的作用，反正，她没有计较他的用词。

瓶中的酒已经空了，艳红的颜色全涂到了他们脸上。菜也吃残了。她问他吃饱了没有，站起身，自己去收拾碗筷。她不要他帮忙，让他去客厅坐着。

他走进了客厅。音响一直开着，早已走到碟片的尽头。空的。他随手打开了电视。里面是“晚间新闻”的末尾，正在播报天气预报。他随意扫了两眼，没有兴趣。他打开了阳台的门。

门一开，才知道外面的喧闹。嘈杂的声音是从远处慢慢靠近的。一群男女簇拥着一对新人，吵闹着，杂杂沓沓沿着楼群间的道路过来了。城区早已禁止燃放鞭炮，于是他们就闹得格外地凶，比鞭炮还要喜庆十倍。这是一场婚礼的尾声，也接近了真正的高潮，如果有兴趣，你可以站在阳台上看他们“听房”，因为新房就在对面的一楼，大红的“双喜”贴在那儿。新娘显然是人群的中心，一袭雪白的婚纱。她的鞋跟大概是太高了，不小心崴了一下，一个趔趄，人群哄笑起来，有一个怪腔怪调的声音在喊：“别急啊！”更大的哄笑鸽群一样轰起来了。

在这阵哄笑过后，一个家庭即将诞生了。

他扑哧笑了。他突然想到要给家里再打个电话，毕竟他那个报告“出差”的电话是儿子接的，毕竟儿子还小。他有些犹豫。他现在怕和妻子说话。他的这次“出差”确实太突兀了一点，而且，他现在是在这边，这套房子里——可是，他为什么就不能出差？他在单位也是个领导，二把手，他工作繁忙，为什么就不能出一个紧急的差？！——正迟疑着，他的手机响了。

他看了看号码，暂时没有接。回头看去，她正在厨房里洗碗，传来一点叮叮当当的声音。他知道他的手机太灵敏了，妻子的耳朵一贯灵敏，声音很可能会传过去。这可不巧，没有谁出差会出到厨房里，他又不是厨师去实习。阳台下竟然还传来了“结婚进行曲”的声音，仿佛全世界都在结婚。真是该死！他退回了客厅，把阳台的门关上了。

手机还在不依不饶地响，仿佛是在敲门，妻子马上就要破门而入。他心念一动，飞快给音响换了张碟子，一张随机赠送的测试碟，录有雷阵雨、飞机起飞、打枪、摔玻璃之类的声音——他虽然不知道那个衣橱里具体的衣服，但这里的碟片他是熟悉的，客厅是他经常的场所。他把音响声音调大，随手把电视关了；电视里刚刚播送过天气预报，他已经得到了有用的信息。

手机接通了。音响里传出了哗啦啦的雨声。他觉得身上有点冷，仿佛真的站在风雨里。“啊，是我。我下午出来的，来不及告诉你。”他镇定地说，“其实也不算出差，是我们自己的事。”

“什么？”妻子的声音很清晰。

“我帮一个作者在其他出版社弄了个书号，必须要我亲自来处理一下——钱的事情你不知道吗？只能自己经手。”他语气有些不耐烦了，“你要知道那么多干吗？回去再向你汇报行不行？！”

“你那边下雨呀？有没有多带点衣服？”

“没有。问题不大，再冷我会去买一件。挣了钱就是要花的嘛。”他哆嗦一下，似乎打了个寒战，“下雨也不能不来呀，明天回去还要防着单位的暗箭哩。让那些家伙知道就麻烦了。”

漫天风雨。那边的妻子大概也能感觉到冷。他还真觉到了阵阵寒意。这仿佛是一对站在冰库里的夫妇在通话。妻子叮嘱他，事办完早点睡，最好泡个热水澡；儿子不用他操心，他已经睡了。

电话挂了。他抓着手机坐在沙发上。那个城市的雨还在不停地下。陡然一阵爆雷炸响，倒把他自己吓了一跳。幸亏电话已经挂断了，否则秋天的春雷说不定就要把他的谎言震碎。他暗自感到庆幸。就这么两分钟，他感到身心疲惫。他时刻也没把厨房里的她忽略。音响里传出了飞机起飞的啸声，隆隆地从地面响起，然后，宛若刀锋划过玻璃，在湛蓝的天空掠了过去……尖锐的呼啸声裂帛般划过他的心，他突然感到一阵恐慌，似有一种罔罔的威胁正向他逼近。他回头看看厨房，却不见她的影子，他立即快步走进了厨房。

她正蹲着把碗碟往低柜里放。他松了一口气，拿抹布擦着台面。她笑了笑，表情有些僵硬，脸像被冻僵了。她洗了手，径自走进了卧室。

他呆立在门口，不知道自己该不该跟进去。如果她进卧室是一种暗示或者诱惑，却也来得太快了一点。“砰！砰！”客厅里竟又发出几声枪声，他被震得一哆嗦，像被击中，这才想起是音响忘了关。想去关掉，她过来了，她手上拿着一件衣服。

“喏，你的。”

“什么？”他一时反应不过来。

“你不是冷，要买衣服吗？”她微笑道，“上次就给你买好了，你没有带走，今天正好派上用场。”

这是一件灰色的休闲呢上衣，或许，以前就挂在那个衣橱里。他的脸腾地热了一下。他有点尴尬。她把衣服往他身上一披道：“明天记着穿在身上。”她扑哧笑道，“没有我这件衣服，你怎么回家呢？这是行头啊！”

“我身体好，不怕冷，不行啊？”

“是啊，你身体好，嘴更硬。”她的眼睛闪烁着，似乎是泪水。他把目光闪开了。

突然有什么被打碎了。两人怔了一下。这是那张碟片上打碎玻璃的声响。两人对视一眼。那声音当啷啷，当啷啷，一下，一下，清晰得你能看到玻璃细碎闪烁的光亮；仿佛有个阴沉的疯子，拢了一大堆酒杯、花瓶、装着合影的镜框，一件一件地往地上扔……一下，一下，又一下，每一次响声间都有一个停顿，仿佛那个疯子每拿起一件还要先认真地打量一眼……

他受不了，脑子似乎正被玻璃划着。他快步过去，把音响关了。

音响的效果实在太逼真，地上真像是有玻璃。他下脚时不由得有点犹疑。

他们终于躺到了床上。这是他们唯一的一个完整的夜晚。他们本已是轻车熟路，但今天，他们有些异样。她延宕着迟迟不脱掉内衣，他老是觉得她的衣服有点扎人——出鬼了，还真有玻璃屑？他轻轻款款，同时也是坚决地解开了她的胸罩……她顺从了，但是她紧紧地护住了自己的内裤。

“今天不要。我不方便。”

“嗯？”

“我挂彩了，”她玩笑似的道，“我受了伤，流血了。”

这时候她的泪水流了下来。脸颊湿了，仿佛那个城市的雨水洒到了她的脸上。但是灯关掉了，窗帘是厚实的，没有天光，他看不见。他没有坚持，沮丧地住了手。

这一夜没有波澜壮阔的浪涛。他伸着胳膊，轻轻搂着她睡着。他们就像两只缆绳系在一起的小船。

半夜里，他悄悄下了床。因为怕把她吵醒，他没有穿衣服，只披上了那件呢大衣。她一动不动。纹丝未动。他蹑手蹑脚地出了卧室，穿过客厅，走到了阳台上。那个新房的灯早就熄了，看不见“双喜”。红色在夜间也是黑的，也没有听房的人。１２点早过了，刚刚过去的是星期三。多年以前的那个星期三——他现在想起了，他相信那也是个星期三——他和辛夷一起从大学毕业的时候，她的父亲，一个很高大的中年男人约见了他，他说他女儿的未来在国外，一切都安排好了，但没有他的位置。他是个乡下来的小伙子，他陡然明白了，他顶多能留在城市，但到不了美国。现在她回来了，至少她的婚姻是失败了，但他这些年倒还算得上成功。他终于可以平等地与她相处。这是他的一个“坎”，他终于要和她写完一个故事。但她终究只是他生活里的一个旅人。第一次相遇时没有牵手，现在，也只能这样了。

他的酒早醒了。即使酒不醒，他也不是一个糊涂人。

对面的住宅楼，一楼走廊的灯突然亮了。一个男人走了进去。一楼，二楼，楼道的灯渐次亮了起来，一路亮上去。如果你现在就不再看他，你会觉得此人会一直往上爬，爬到三楼，四楼，一直爬上去，最后他要从楼顶冒出去。

这是个好男人。他还知道要回家。即使过了１２点，他还知道要回到酣睡的妻子身边去，他比自己好。他这么想着，突然念头一转：谁能肯定这个人将要打开的门就是他自己的家门呢？

他打了个寒战。从被窝里带来的温暖已经被耗尽了。他披着呢上衣，里面却只有内衣。他现在还不能回家去，即使他已经衣冠整齐也还不能回去。他还得回到卧室，轻手轻脚地脱掉上衣，躺下去，躺到辛夷身边，争取不把她惊醒。

2002年

夜晚的盛装舞步

他们分手已经八年。这八年音信全无。后来他听说辛夷在美国离婚了。出乎意料的是，有一天，她突然回来了。可以想见，他们鸳梦重温。

妻子朱臾是粗心的，孔阳原本不喜欢她这一点，现在却觉得这是个好品质。这样的品质给孔阳的身体，给他的思想，都提供了太多的自由空间。

孔阳很想问问辛夷，如果他们当年结婚了，现在是什么样?但每一次话到嘴边他都失去了勇气。辛夷可是一个沧桑过的人，她如果不想回答，她可以嘻嘻哈哈地和你打岔，甚至会找个问题来反问你，让你先说；也许她认了真，暗暗地恼了，她还会反唇相讥：你什么时候和我结婚啦？你目前是不是有这个打算啊？——那他岂不是引火烧了身?

辛夷是他隐秘的温暖，而她总是在他需要温暖的时候给予他。

这一次重逢，他从未见过辛夷愁苦的表情。她永远机智明快，也不缺乏他所迷醉的必要的疯狂。他们的约会总是在夜晚，也从来没有第三人知晓。所谓的“单刀赴会”——这是一个奇异的词语，带有一种神秘的，略带夸张的快乐。它令你感到一种张力，一种期待，还有一点色情。他们将要会面，在床上斗法，在此之前或许先要斗斗嘴皮子。把这个词语用于约会是辛夷的首创。在孔阳的印象里，以前好像都是他主动去约辛夷，但那天她打来一个电话，约他去看一场歌舞晚会。他立即答应了，有一种意外之喜，因为他们已经有好几天没有见面了。按约定，晚上七点，市体育馆，他们各自出发，“单刀赴会！”

辛夷还叮嘱他：“你能不能带个望远镜，最好是军用的。”孔阳“扑哧”笑了出来：这还真的像是去打仗啊？他答应了，但有点犯嘀咕。望远镜他家里有一个，是以前给儿子迪迪买的，在迪迪放玩具的抽屉里，但要把它带出去，且不说迪迪会有意见，万一朱臾知道了也会起疑心。他先要把迪迪送到外婆家，晚上出去的理由是单位有应酬，可谁要带着望远镜去吃饭呢？桌子那么大吗？你有那么长的筷子吗？他迟疑着，出门之前支开迪迪，飞快地把望远镜塞进了口袋。

入场券在辛夷手里，他们需要先会合。因为要就着辛夷来的方向，孔阳和她约好，在南门左侧的花圃那儿等；南门相对背一点，人不那么多，也不至于太扎眼。他把迪迪安顿好，让他在外婆家做作业，提前二十分钟打车到了那里。体育馆建在山上，灯火通明，像个硕大无朋的飞碟，好像随时可以飞出去。上山的台阶很长，孔阳随着人流慢慢地往上走。平时还不觉得什么，一上山就觉得腿有点酸，他喘着粗气，突然想起了一首卡拉 OK 里常听到的歌，叫《小和尚下山》的，说的是小和尚从来没有下过山，有一天偷偷下得山来，却闹出不少笑话，师父曾经吓唬他，山下有老虎，系花巾，穿花袄，可小和尚见了“老虎”，却觉得“老虎”可爱得不得了。孔阳停下脚，松松发酸的腿，微微笑了。小和尚是下山见虎，他今天是上山会虎——突然想起现在卡拉 OK 里常唱的京剧“打虎上山”，不由得乐了。

出乎意料的是他在台阶上就遇到了辛夷。眼睛在无意中一瞥，他就看见辛夷正站在两段台阶的连接处，等着买矿泉水。他悄悄蜇过去，等着辛夷把水拿到手上，轻轻从后面伸手拔出一瓶道：“哈，我渴死了，真是大旱得甘霖！”辛夷吓了一跳，回头见是他，气恼地道：“好啊，我正嫌累赘哩，你拿着！”把另一瓶也塞到他手上。

辛夷穿着一件栗色的风衣，衬得脸越发的白，个子也显得比平时高一些。周围是移动的人流。孔阳悄悄碰碰她，玩笑地把手臂递过去，眼睛朝一对手挽手的年轻情侣身上一扫。辛夷含笑着“去”一声，迈开步子就上了前。她的风衣下摆一闪一闪，老远都能看到。

辛夷站在花圃边，等他过来，问：“要不是刚才遇到我，你打算在哪里等我？”

孔阳道：“就在这里呀。”

“我问你准备在哪边等。这边，还是那一边？”

“我就在这边。”

“哈，错了，”辛夷笑道，“我肯定是走那边。”

南面大门的两边各有一个对称的花圃，相距还比较远，如果隔着进大门的人流，一般看不见对面。孔阳道：“我们不是说好在南门左边吗，这不是左边啊？”

“这也可以说是右边，”辛夷笑道，“你面对着大门这边就是左边，如果反过来背着大门，这边就是右边——我都懒得跟你说了，你其实已经明白了，现在是在抬杠。”

孔阳道：“我们是老实人，左啊右啊都被你搞昏了。”他把脸往辛夷面前一凑，双目灼灼道，“我们老实人只会正着看。”

辛夷把脸侧开道：“所以两个人相约，即使双方都信守了约定，可能还是会错过——告诉你，这是政治啊。”

孔阳道：“我可不懂政治，我只懂一点点的爱情。”他突然想起了时隔多年后辛夷的不期而至，“要是两个人约错了，一个记的是左，另一个记的是右，站的方位又正好相反，倒反而能如期相遇。”

“狡辩！”辛夷道，“你这种人大大的狡猾，你肯定是站在中间的大路上等，左拥香草右抱美人，左右兼顾，哪边也不错过。”

孔阳吓了一跳，仿佛睡在梦中，突然有人把他身上的被子掀了。他红了脸，幸亏在那样的灯光下别人看不出，笑道：“总之你是正反都有理，我是左右不是人。”

因为时间宽裕，他们就这么彼此消遣着，直到找到座位，演出开始。

他们的座位不算好，在八区的最后一排。因为票是辛夷弄来的，孔阳安慰她，这种票最好，不但可以看台上，还可以看观众。又亮出望远镜，说反正有这个。晚会是一家做宝石的企业赞助的，因为财大气粗，有很多不大不小的领导来捧场，都坐在贵宾席。晚会名为“梦翡翠之夜”，梦翡翠想翡翠，他们是不是人人都已得了一个上好翡翠，别人看不出，但他们个个都戴着一副墨镜，这倒是很显眼。为什么晚上还要戴这东西，实在令人费解，白天戴上墨镜，天立时就黑了，晚上还戴着，那就是双重黑夜，莫不是他们不是来看演出，倒是引观众来看他们？但老实说，除了使人误以为来了一排盲人，看不出有什么别的效果——但是盲人干吗还来看演出？看得见吗？这不通啊！

总而言之还是为了一块翡翠。孔阳遥指那些领导对辛夷说：“你看看，那排墨镜，我明白了。”

“什么？”

“我明白他们为什么要戴墨镜了。”

辛夷抬头看一看道：“我也知道，”她嗤嗤笑着说，“他们是为了防止精神污染，因为今天晚上有艳舞。”

“不对，秘密就在墨镜上，”孔阳嘿嘿笑道，“那镜片是翡翠做的，就是他们今天的出场费，一人一副。真要有艳舞，我保证他们一定把墨镜摘了！”

这当然都是开玩笑。辛夷道："你以为人家都像你呀？你说到艳舞，我倒找到原因了——"孔阳打断她说："我没说艳舞，是你说的。""好好，是我说的，我说的又不是我跳的，你急什么？"辛夷一副研究问题的神色，"领导都是公众人物，他们其实都不喜欢摄像机，怕上电视，所以他们要戴墨镜。"

"上电视怎么啦？这不是很风光吗？"孔阳一脸疑惑。

"如此看来呀，你还没有彻底变坏，"辛夷款款道，"领导也是人，有欲望的男人，他们会不会去夜总会、洗头房，会的是吧？——他敢不敢告诉小姐他是谁，是某某领导，不敢对不对？——那他还愿意上电视啊？人家小姐也是人，小姐也会看演出哩！"

"高，实在是高！你很可怕。"孔阳如醍醐灌顶，茅塞顿开。他以前在电视上看见大小领导出席仪式时常戴个墨镜，也感到奇怪，还以为他们是模仿外国总统的保镖，是领导层流行的新潮流。辛夷此言一出，让他豁然开朗。他在下面拍拍辛夷大腿，叹气道："我们是规矩男人，所以看不懂。"

"你规矩吗？"辛夷说得高兴，手突然往前一指，"规矩男人，摄像机照过来了！"

远处是有个记者，扛个摄像机，正在拍观众的场面。孔阳笑道："反正不是朱臾，她不扛摄像机。"

"她扛火焰喷射器，"辛夷继续吓唬他，"你现在也怕上电视了吧？为防万一，我建议你明天把你们家电视弄坏掉。"

“去你的。我们位子这么高，谁来拍？”孔阳正正身子道，“茫茫人海，我算老几？”话虽这么说，他心里还是有点乱了。朱奂早上到电视台就没有再联系过，不晓得她会不会来这里赶场子。辛夷看他尴尬，哧地笑了一下。

体育场人非常多，他们的位置也真不显眼，什么样的镜头都不需要他们做代表，危险其实是没有的。所以他们的话只是成熟男女之间的调笑。有的时候玩一点小火也是温暖的。他们话说多了，暂时沉默下来，周围也渐渐安静了。一个领导讲了几句简单的话（扶一扶鼻子上的墨镜），灯光就暗了。演出开始了。

这是一台类似于拼盘大杂烩的演出，既有歌舞，也有曲艺、魔术、杂耍，中间还插了两段时装表演，因为着了泳装，倒真像是孔阳他们提到的艳舞。就连主持人也是杂拼的，一个小有名气的男配音演员，加一个金发碧眼的美国姑娘。那美国姑娘操一口流利的中国话，自我介绍说她的中国名字叫“爱石”，就是热爱石城的意思，弄得底下的石城观众一阵鼓噪；她这几句表白刚完，那配音演员端着洋腔洋调的中国话说，大家可能不知道，“爱石”其实还有很多名字，她在石城叫“爱石”，在杭州叫“爱杭”，到了上海就叫“爱沪”，上次钱塘江观潮晚会，大家知道她叫什么吗？对了，她叫“爱钱”！

全场观众轰笑着，气氛是活起来了。那“爱石”或是爱别的什么应该是能听懂的，却并不生气，只朝她的搭档嗔了一眼。那配音演员意犹未尽，接着说：“我和爱……爱……爱石小姐配合很久了，所以领略了她很多的名字。”他突然以手加额侧开身子悄悄地说，“上个月我们到人民大学演出，你们能猜出她叫什么吗？——”

底下轰然作答：“爱人！”

孔阳皱着眉头道：“这是什么乱七八糟的东西？！”

那洋腔洋调突然变成了中央台播音员一样正经的声音：“爱石小姐爱天爱地，爱东爱西，她爱的其实就是我们脚下的土地，她爱的，是——中国！”这伙计好本事，话头一甩就绕回来了，“下面请大家欣赏著名歌星 ×× 演唱的歌曲，《我的中国心》！”

这歌星颇有名气，号称“金童”，那时候大家还不知道他的性取向，以后还会被他的“爱人”扎一刀。他歌唱得还好，稍有点跑调，这说明是真唱。那天晚上他端了架子，唱了一个就下去了，连美国小姐都没拦住。那时候真是中国演艺界的黄金时光，一个个出来都光彩照人，至少紧接着出场的“玉女”也还没暴露她被走私大亨包养的底细，她在聚光灯的烘托下，端的是流光溢彩，亭亭玉立。她先唱一首《爱拼才会赢》，又唱一首《珍珠玛瑙》，很乖巧地和晚会扣了题，可见“玉女”的性格很随和，并不自尊自贵，一辆“保时捷”真的是能搞定的。

这晚会因为杂七杂八，十全大补，把串场的两个主持人忙得不轻。他们插科打诨，东拉西扯，拼命把那些毫不相干的节目往一起串，一不留神，那“爱石”的外国口音就露出来了，这下那配音演员不论是操洋腔洋调还是纯正汉语，跟她一配都显得好笑。辛夷拿着望远镜看了一会儿，轻声道："我就不信她是美国人——她是新疆人，要么就是俄国人。"

"俄国人也是外国人。"

辛夷道："反正不是美国人。"

孔阳道："美国人就高级呀？好，好，她不是美国人，你是美国人，从美国回来的人。"正这么说着，舞台上又上来了几个黑人，边唱边舞，活蹦乱跳，闹腾得人耳朵都有点吃不消。辛夷把望远镜递给孔阳，笑道："我可没说美国人高级，这几个人我就受不了。"

"为什么？"

"他们太黑了，我害怕在路上他们一蹭到我，我的衣服就会有一块黑，"辛夷笑道，"其实我这是偏见，有些黑人其实是很体面的，很干净。"

孔阳觉得好笑，莫名其妙又起了醋意，加油添酱地道："你怎么不想到他们洗澡？黑乎乎的，一站起来，那浴缸里的水立即就成了墨汁！"

辛夷一敲他的手臂，骂道："你太恶毒！在美国你这样是要吃官司的！"

"所以我不去美国啊。"

灯光迷幻的舞台上不时还喷出一阵白雾，海市蜃楼一般，他们就这么轻轻地聊着，仿佛在云端里看着西洋景。他们看到什么都有话说，什么都好笑。上来一个歌星，男的，长发披肩，唱歌时喜欢闭眼，辛夷笑话他是气不够，闭眼是为了防止跑气。又来了一个舞星，秃瓢，跳得大汗淋漓，正舞得性起，突然台上喷出大团的液态氮，立时雾失楼台，还有点刺鼻子，孔阳用望远镜看着那舞星汗得鳗鱼似的身体，笑着说那味儿是他的脚丫子臭……体育场里很嘈杂，别人听不到他们说话，他们自己窃窃地笑。每一个节目结束全场都是灯光大亮，抬眼四看，碗形的看台上全都是人，每人一头黑发，黑压压的一片。不知谁扔出一个纸飞机，在看台上盘旋，人群呼啦站起来了，像波浪一样跟着纸飞机涌动。孔阳看得惊心动魄，幸亏那纸飞机飞了个圈子就落下去了，人浪没有涌到他们这边。孔阳刚要说这飞机难不成是百元钞票折的呀，这么起劲，辛夷道："这时候要是来一个巨人就好玩了。"

"什么巨人？"孔阳有点摸不着头。

"一个巨大的外星人啊，"辛夷道，"一看到这样的场面，还有足球赛，我就会想到这些看台上的人真像是碗壁上的肉末，不管他们吃的什么穿的什么，不管是男是女，你说像不像肉末？——"孔阳插话说："你这是巨人的眼光。""我就是巨人啊，"辛夷说，"我从天上下来，看到这个闪亮的房顶，抬手一拨，山崩地裂，然后用手指在碗边这么一抹，往嘴里一送——啧，地球人，味道不错！"她嘻嘻笑着，小巧的嘴唇还抿了一抿。

孔阳听得呆了。天知道这个小巧精致的脑袋里想了些什么？天知道她曾经经历了一些什么？看看周围，那些"肉末"们已经安静下来，等待着下一个节目，浑不知刚才已有人在言谈里吃过他们一回。孔阳悻悻地笑道："以前你没来，我在心里用望远镜看你，盼你，现在我发现我应该用显微镜看你。"

"吓着你了吧？"辛夷道，"不过你可不能用显微镜看我哟，你会看到毛孔，看到细菌的。"

"那就用 X 光机。"

"那更不行，那更会吓着你的，"辛夷微笑道，"你只能看到个骨架！"她伸手轻柔地摸摸孔阳的脸道，"什么都要讲个分寸，X 光最不懂分寸——你要看我，只能用你的这一双色眼。"

孔阳夸张地瞪瞪他的眼睛。灯光暗下去了，只有下方的舞台上还明如白昼。观众们久已期待的那个摇滚歌星登场了，他是今晚真正的主角。怒涛般的音乐响起来了，歌星晃动他肥硕的身体唱起来了，观众们一片一片，最后连成了片，也唱起来了。

唱着唱着，看台上闪起了点点灯火，那是观众们的打火机。小小的火苗闪烁着，随着节奏晃动着，仿佛夜晚海洋里的萤火。孔阳也站着，因为不站起来他看不见舞台。突然他像被火烫了似的哆嗦了一下。他的手上并没有打火机，辛夷奇怪地问，"你怎么啦？"

孔阳摇摇头，表示没什么，示意她看演出。那片灯火让他想起了柔桑，他的妻妹。她得了癌症，现在还住在医院里。他家里有个小巧的手电筒，是柔桑以前看演出领的，拿在手上舞。现在却不知放哪里去了。他突然觉得一阵内疚。好像柔桑已经死了，他丢失了她的遗物。

在巨浪似的歌声中，孔阳仿佛正在往海里沉。好不容易那歌星唱罢，他木然坐了下来。灯光亮了，所有的脸都红扑扑的。他不想让辛夷看出他的情绪，搭讪着拿过了辛夷膝上的望远镜。

辛夷翻看着手中的节目单。孔阳却没有心思再去关心节目。他举着望远镜随意地看着舞台。舞台黑着，他可以看见工作人员正在忙碌；一队模特儿正等着上台，你打我一下，我推你一把，嬉笑着，聚光灯一亮她们就会一本正经。他抬起镜头朝对面的看台上看。一片的人，一个个的人，他可以清晰地看见他们每个人的脸，不同的穿着，各自的表情，只是听不见他们说话的声音。

会看见熟人吗？这个念头刚一闪过，他的心突然咯噔了一下，望远镜定住了——

他看到了朱臾。

她正和身边的一个男人说话，笑语嫣然，看上去兴致很高。孔阳调了一下焦距：那个男人他认识，就是朱臾的搭档。

他们身边看不到摄像器材，看来不是来工作的。他们是记者，有路子，票比这边要好得多。孔阳莫名其妙的，竟为这个感到了嫉妒。他举着望远镜，继续注视着对面。他浑身冰冷，四处冲突的血液激得他的手微微发抖。

一进体育馆孔阳就说了，今天不光可以看台上，还可以看观众，没想到真的随便一看，倒看得惊心动魄。朱臾不知说着什么有趣的东西，她的搭档在笑，她自己却一本正经，颇似一个讲笑话的高手。她显然刻意打扮过，淡扫蛾眉，薄敷腮红，身上的那件黑色的羊绒上衣也是她这个季节最贵的衣服，去年端午节他们逛街时买的。朱臾本不算白，但那衣服衬脸，显得她白皙动人。买衣服时朱臾原本嫌贵，正是孔阳说的这个理由让她下了决心。那天他们心情好，花了不少钱，除了衣服，还给迪迪买了个望远镜。望远镜虽然很小巧，却有12倍，所以对面看台上的朱臾，就跟坐在面前差不多。他听不见她说话，却能清晰地看见她面部的所有细节，她的眉眼，她翕动的嘴唇，她耳郭下的那颗痣……

这颗痣是在左边吗？好像是在右边的吧？莫非它会移，或者他根本就是记错了——这竟又是个“左”和“右”的问题，实在是有点滑稽可笑了。但孔阳笑不出来，他有些犯迷糊。衣服和望远镜是同一天买的，可谁能想到，它们此刻却各踞一方，遥相对应？这是否暗示，今天的这一幕，在一年以前的那一天，就已经安排好了？

孔阳看得痴了。辛夷在一旁捅他一下道：“你看什么呢，艳舞还没开始哩。”

他放下望远镜，揉揉眼睛，好像是有点累了。所谓艳舞，他完全没有兴趣，只偶尔敷衍地看看。时装表演一结束，他又若无其事地把望远镜拿了过来。

他们还在那儿。现在是那个搭档在说话。孔阳只知道那个人姓杨，图个顺口，一直叫他搭档。搭档，搭档，听起来就不是个好词，像是要联手作案。

他的心彻底地乱了。

柔桑病得七死八活，她这个做姐姐的竟还有心思来看演出！孔阳感到不可思议，怒火中烧。晚会结束后从体育场出来，孔阳在台阶上东张西望，他现在倒不怕遇到朱臾，如果正巧碰到，他想自己一定有勇气面对她，质问她。他自己是带了个女人，但她不也带了个男人？大家彼此彼此，半斤八两，谁也不要去指责谁。说不定这时候揭破真相，倒是个最好的时机哩——也许他这样想，也正因为他明白其实他们是不可能碰上的。人海茫茫，这艘船遇不到那艘船。他做出找人的样子，只是因为他心里暂时失去了内疚。真要惹事，他和朱臾都有手机，举手之间，他就可以找到她——这时候身后的某一个地方突然有手机响了，他吓了一跳，仓皇四顾——原来是一个不相干的女人，她停下脚，正在接电话。孔阳暗自苦笑一下。如果他手机打出去，没准朱臾的手机就真的在他不远的地方响起来。要那样，可真是乱了套了。

但他眼前抹不掉望远镜里看到的那个场面。看来有些事情在不知不觉中早已发生了，只不过没有揭破，也不能揭破。各过各的。看来他真正应该后悔的是他今天不该来看晚会，来了也不该带什么望远镜。眼不见，心也就不烦了。辛夷让他带“军事望远镜”，虽说是个玩笑，隐隐中倒也说明，今晚的望远镜就和冲突有关。他虽然没有机会发作，但硝烟在他心里。

他低着头闷闷不乐地走着。人流渐渐稀疏一些了，他突然想起应该和辛夷说说话，抬眼一看，却不见她的影子。正错愕间，有谁在后面拍了他一下肩。他大吃一惊，稳稳神，镇定地缓缓转过身体。

“把我弄丢了吧？我看你散了神，试试你还会不会想起我。”

“我怎么散了神？”孔阳道，“我是意外地看到了一个人。你猜猜是谁？”

“我不猜。和我不相干。”

“我看到了一个女人。”

“就是用望远镜看到的吧，”辛夷冷冷地说，“难道她穿得比那些模特儿还少？”

“看看，吃醋了吧。”

“我吃什么醋，你才吃醋，”辛夷讥诮地说，“这个女人和你关系不一般，她和男朋友在一起，那个男的你也认识对不对？”

孔阳“呀”一声，夸张地赞道：“你好厉害，火眼金睛！”他的脸色渐渐凝固了，轻声说：“我见到了朱臾。”

辛夷猛然回头，怔怔地盯住他。话一出口孔阳就后悔，他又何必要说出来？但是他又说“她和她的搭档，坐在观众席上。”

“哦，不就是同事么，”辛夷道，“你不要乱想。什么事都不要想当然。人家看到我们这么走着，还以为我们是夫妇呢，其实我们不是。”

孔阳觉得她有点不讲理，无言对答。他苦笑一下，不再说话。山下的停车场那儿，密密麻麻的自行车大半已经走了。一个小伙子晃着膀子走过去，从车缝里找到自己的车子，不曾想刚一搬弄，一排车子哗啦啦地倒下去了。他使劲搬了一下，另一边的又倒了。小伙子昂着脖子“操”一声，索性撂开车子，潇洒地上了一辆出租车走了。孔阳看着他，心里真是好羡慕。在等出租车的时候，他听见天上有一架飞机正由远而近，隐约地轰鸣。夜航的灯闪烁着，从两栋摩天楼间掠过，因为距离太远，他看不出灯的颜色。突然他想起那一年的那个傍晚，他得知了辛夷出国的消息，也是在街头，他凝视着天空的飞机，想象着远去的辛夷，潸然泪下……辛夷现在就在他身边，刹那间，他却觉得他们相距遥远。

他悄悄地握住了辛夷的手，坚持要送她回去。车到了她楼下，他没有上楼。她屋里灯亮了，她朝他摆了摆手。他们第一次见了面但却没有做爱。

孔阳把辛夷送回家，重又上了出租车。他斜靠在座位上，心里像个火锅，火辣辣的翻滚得厉害。那个搭档已经和朱臾合作好几年，孔阳基本没打过交道，只是有时听朱臾说起，他喜欢上网，旅游，热衷于各种流行音乐和书籍。朱臾对他好像也没有什么特别的好感，还笑话过他追逐名牌，却买不起多少，一年到头就盯着那几件衣服穿——这样一个浅薄的时尚青年，会和朱臾有什么事吗？她至于吗？——但是，又为什么不至于呢？这种事要摆理由可以摆出一长串，什么理由都摆不出也照样会弄到一起。这本来就不是一个论证的过程，是吸引和被吸引，是吸引和抗拒吸引。抗拒吸引的人会为自己意志坚定而得意，会出去吹嘘，有时也会深感委屈，觉得自己的配偶欠了自己；被吸引或者说被勾引的人十有八九都是闷声发财，表面上装得若无其事：朱臾可不就是这样？说不定谁勾引谁都还是个疑问哩。

他在车上给岳父家打了个电话。岳父告诉他，迪迪已经被他妈妈接回家了。“早走了，早走了，现在肯定早就到家了。”老头子似乎是在安慰他，但孔阳却觉得他是欲盖弥彰。他真的什么都不知道？他就没看见朱臾匆匆地擦去脸上脂粉再回家？如果她没有问题，为什么不能让老公分享分享自己的美丽容颜呢？——虽然没看到，但孔阳相信她一定是及时把脸上的妆卸了。老头子不知女婿的心思，还有话说。他说柔桑今天吐血了，晚上吃了一点饭就吐了，带了血。孔阳冷静地说，你们以前没发现吗？她恐怕不是第一次吐血，她以前肯定藏起来了。岳父急得不行，一迭声地说，那怎么办？怎么办？孔阳冷冷地道：“我现在正在车上，等回家跟你女儿商量商量再说吧。”

“你女儿”，你两个女儿。老头子总是会护着自己女儿的。孔阳绝对有把握，如果有朝一日他和朱臾发生矛盾，她父母一定是向着女儿，哪怕表面上还要说几句不痛不痒的话。说到底，他孔阳只是个外人。永远是外人。

可是朱臾凭什么搞外遇？他哪一点还不能让她满意？长相，能力，地位，收入，他不是最好的，但也绝对不差，至少不比那个搭档差！

搭档，搭档！可是孔阳还真拿不准，朱臾是否真的和他联手“作案”了——如果她确实在回家以前就已经卸了妆，至少可以说明她心里发虚。所以，他应该尽快到家。

他到家时迪迪已经上床了。朱臾正在客厅的餐桌前看着什么。除了迪迪的房间，家里的大灯小灯全开着，一副迎接他回来的姿态。

“回来啦，”朱臾招呼道，“我正在检查迪迪的作业，很糟糕，作文有五个错别字，数学错了两道——你看看。”

“你慌什么？”孔阳坐到沙发上，淡淡地道，“让我歇歇行不行？小孩子做错题又不是故意的。他睡了？你让我把他拖起来打一顿？”（潜台词是：成人故意做不该做的事才该揍。）

“你怎么啦？又喝酒啦？脸上红红的。”朱臾关切地走了过来。

孔阳扭过脸，软软地顶道：“谁喝酒了？一定要喝酒才脸红啊？”（潜台词：让人脸红的事多着呢。）

朱臾更认定他是喝了酒，不和他计较，笑道：“好，好，你脸不红，没喝酒，你是白面小生。不过以后这些应酬你还是尽量推掉，太累人。”

“我不累，你累。”孔阳道，“你的脸色才不好，其实可以化点妆。”（潜台词：别以为我就没看到。）

“我神经啊，晚上都要睡觉了还化妆？”

“哎，你别说，有的人化妆就是为了睡觉哩。”（已经说不上什么潜台词，这话完全赤裸裸了。）话一出口朱臾愣了一下，孔阳也被自己的话吓着了，缓一缓道，“化了妆睡觉可以多一点情调嘛。”

朱臾立即羞红了脸道：“什么时候我化一次给你看。这阵子太烦了。”

“烦而不烦，忙里偷闲，”孔阳道，“你很会调节的。”（潜台词：今晚你不是已经偷过了吗？）

朱臾道：“你还真要我化呀？”

孔阳道：“你算了吧，画得七红八绿的，晚上不要吓着我！”朱臾本已往洗脸镜前走，这时停下了。孔阳心里闪过一丝犹豫，他听说化妆时间长了脸上会起皮疹，但不知真假，可以促使朱臾一试；他也想让朱臾再涂抹一次脸，看看她和望远镜里相比能不能弄出什么新变化。但一想到镜头里的画面他又一阵厌恶。苦笑道：“你化了妆我更看不透你了。”（潜台词：你早已是戴了假面具了。）

朱臾今天一再忍让，再锐利的剑锋递来她都努力避过去。“那我就让你看看，”她打起兴头道，“你不认识我不好吗？半夜醒来，身边睡着一个陌生女人，你不就有两个老婆啦？”幽幽地道，“这不是男人们的梦想吗？”

孔阳立即道：“但也可以说是一个老婆都没有了！”

朱臾没接话，对着镜子动手在脸上画。孔阳乘机走到迪迪房间，把口袋里的望远镜放回了原处。望远镜不是照相机，里面没有底片，但另有底片在孔阳心里。他看看儿子。迪迪睡得憨憨的，只有醒了他才是个机灵的孩子，他双手伸着，做投降状，孔阳轻轻地把他的手放回被子里。回到客厅，他去上厕所，路过朱臾身边时突然感到好奇，拿眼一瞥，却发现朱臾怔怔地，脸画了一半，正在流泪。

“柔桑不行了，她吐血了。”

“嗯。”

“肯定已经扩散了。她日子不多了，可我还在这儿画脸……”她的眉眼已经画好，嘴唇还是惨白着。上部是浓妆，下面是本色，一张拼贴起来的怪脸。泪水流下来，越过了无形的分界线——可怜的生活！孔阳骇住了，刹那间涌起一股潮水似的怜悯。“我已经知道了，”孔阳轻声道，“这没有办法，总有这一天的。”

朱臾哭着，抽出一张面纸，使劲地在脸上擦着。孔阳说：“现在太晚了，明天问问医生，还有没有什么办法。”

“问医生有什么用！”朱臾终于发作了，她的脸乱着，在灯光下显得极其狰狞，“他们是白痴草包蠢猪！他们能告诉你柔桑不会死吗？他们只知道要红包！”

孔阳被她骂蒙了。他又不是拿红包的，他是送红包的。她这个记者也属于拿红包的。他压住火，冷冷道：“他们是不能告诉你柔桑不会死，但人家早已告诉你迟早会有这一天。他们尽责了。”说到这里，他突然感到难受，柔声道，“不要哭了，早点睡，啊？明天我一早就到医院去。”

朱臾抽泣着走进卧室，上了床。孔阳又去看了看迪迪。两人躺在床上，半晌无话。朱臾侧过身子，喃喃地说：“我受不了了，我太苦了。”她动了动孔阳的手臂，示意他搂搂自己。孔阳木木地随着她。夜色中，他只能看见她的轮廓。他想起那一年，刚结婚不久，他们在街上看到一对夫妇很不般配，男的英俊挺拔，女的矮矮胖胖的，等人家过去，朱臾就嗤嗤地笑话他们。他凑到她耳边悄悄说：你可别觉得他们不配，人家说不定关键的部位特别“合”哩！朱臾笑着打了他一下……他突然对身边的朱臾感到一阵厌恶，似乎有一种异质的雄性气息直往他鼻子里钻。有一些场景他想都不能想，碰也不能碰。他抽出他的手臂，翻过了身去。虽然他刚才闪过一点点的欲望，但一盆水从头浇到脚，慢慢地结成了冰。

2002 年

金发的北斗星

不晓得啥时候，他得了个外号，江南七怪。其实他不怪，他自己觉得他一点都不怪。这镇上的人喜欢取外号，老人们差不多一人一个，八哥，冯大眼，蜜枣，洗锅把，还有什么生姜米子啊，邪瓜啊，但这都是有来历的。蜜枣是因为嘴甜；冯大眼的眼睛像牛眼；和生姜米子处得长了，你就知道她喜欢多管闲事，“生姜米子处处搭”——这些外号都不是瞎喊。他原先也有个外号，叫秤砣。这也有道理，他是个做秤的，秤离不开砣，所以他叫秤砣。现在有人喊他七怪，江南七怪，他有点发晕。他一下子就“七怪”了，再加上原来的外号，那不就八个了吗？

这外号竟是他孙子取的。孙子叫小宝，十六岁了，初中毕了业没事做，整天在街上晃悠。晃你就晃吧，头发还染成了黄的，从后面看是个外国人，一看前面才知是孙子。天，这不像混血儿了吗？这还算是文雅的说法，不文雅的就是，杂——，嘿，算了算了。和自己的儿孙你计较个啥呢？要说怪，现在真是怪了。儿媳妇的头发是黑的，孙子的头发却黄了；等一阵就更出鬼了，儿媳妇的头发也成了黄的。这可不是遗传啊，这是传染，儿子传给娘，小的传给老的。这些他管不了，也不想管。只有一次他凶巴巴地问小宝，凭什么他就成了江南七怪？小宝猛一伸手：“九阴白骨爪！”嬉皮笑脸地说，江南七怪武功厉害，其中的全金发，善使一杆铁秤，和瞎子柯镇恶，卖马的韩宝驹，还有砍柴的南希仁，越女剑韩小莹等一共七人并肩闯天下，大战牛鼻子老道丘处机三百回合，训练出射雕大侠郭靖，后来郭靖又遇上了美貌少女黄蓉……罢了罢了，这么许多名字他记不得，反正他晓得了，那个使秤的叫全金发，他也叫金发，所以他就得叫江南七怪!

幸亏喊这外号的人倒也不多。不过金发总算弄明白了，那个姓全的金发是使秤的，也是买卖人，但他这个金发是做秤的。他做了秤，全镇的买卖人差不多都用他的秤。这么说来，七怪也不是他一个，他只是七分之一。他的秤摊子摆在镇子中心，丁字街头，但现在已不是最好的市口。最好的市口在南面。镇上填了河，铺了新街，门面气派，他却用不起。老街上的手艺人已经没几个，大家是几十年的老伙计，每天早起，各居其位，依了北斗七星的方位摆好自己的摊子做生意。生姜米子卖青货，蜜枣儿做南北货生意，冯大眼修锁配钥匙——他大眼一闭一瞄，什么锁眼都难不住他，还有那个老八哥，他是修鞋的……一，二，三，四，连自己是五个；还有卖锅碗盆碟的洗锅把呢，前年跟儿子去了深圳；最后一个是邪瓜，去年死了。

他们其实一个也不怪。人有秉性，那不是怪。他们做生意，讲究的是足斤足两，老少无欺。要说怪，邪瓜的长相倒是有点怪的。他倒不是长得歪瓜裂枣，相反，邪瓜生得仪表堂堂，眍眼高鼻，头发还有点卷。叫他邪瓜，是因为他脾气直，有点“肉”。早些年，谁也没计较他像个外国人，他长得像他爹，那就是真种；有人说他爷爷是从新疆来的，可新疆人也是中国人，不稀奇。不曾想邪瓜还就死在他的长相上。前年他儿子不知从哪里得了消息，说他们的祖先是几百年前流落到此地的犹太人，拿了篇文章到处给人看，指着上面以色列总理的照片说，这就是犹太人，瞧，是不是和我们长得一样？好像那就是他家的祖宗。邪瓜起先还挺“恣”的，四乡八舍的人得了信都来看热闹，邪瓜的生意凭空旺得不行。后来就乱了套了。他儿子中了邪，整天催着他去认祖。嫁出去的女儿也来凑热闹，说有一个犹太人代表团来中国访问，非要她爹去叙叙，其实她长得随她妈，那黄头发也是后来染的。邪瓜哪里经得起这般里外夹攻，一气就生了病，豆腐百叶也不能卖了。镇上的头头脑脑们听到消息集体去看他，把去北京的车票往他手上塞，说人不能忘祖，所以邪瓜该当去寻祖；人也不能忘记家乡，所以邪瓜作为本镇居民理应为家乡建设出力，以后可以做点引进外资之类的工作。邪瓜躺在床上不敢动弹，他一起身人家就要他去“上访”。头头们一走，儿子就冲老子开了骂，说他不是邪瓜，是烂瓜，挂不起藤，扶不上架！邪瓜一气就脑充血，中了风了。

其实还是钱。是钱在作祟。邪瓜儿子自己说了，犹太人会赚钱，全世界最富。有个叫什么“屁眼儿盖纸”的电脑大王就是犹太人。“屁眼儿盖纸”会做生意，人家邪瓜的生意也不差呀！别人家的豆腐百叶用蚕豆做，邪瓜用的是纯黄豆；豆浆不卖，随老主顾喝。邪瓜一病，豆腐百叶泡了汤，他儿子女儿倒醒过来，猜出老子有钱，吵得一塌糊涂，活像两只洋狗。不知哪个鬼，说邪瓜有“硬货”，就埋在家里。他儿子女儿一个拿锹，一个拿镐；这个挖床下，那个就拆灶台，弄得邪瓜睡不得，吃不上，只好一拐一拐在街上瞎转悠。有一天，腿一软，倒在丁字街口，就去了。

以后的说法就多了。总之确实是挖到了东西。说一个罐子里全是硬货，罐口还缠了一条项链，据说这样弄罐子里的东西就当不了土行孙，“走”不掉。项链也值钱，不是金的就是翡翠的。当时真是全镇轰动啊。金发得了信也去看热闹，只见到一群人在翻地拆砖，说邪瓜的儿女抢罐子时扯断了项链，有人已经捡得几颗珠子。

邪瓜的儿女却已全跑掉了。老爹“头七”刚过他们就跑到了大城市。最后还是金发他们几个老伙计看不下去，把邪瓜的房子整整好，冯大眼从自己摊子上找把锁，把门锁起来。

邪瓜的房子离丁字街不远，金发每天都要经过那里。大概还有不死心的，房子后来又被人扒了个洞，像瞎子的眼。金发每天都要在房子前叹口气。他觉得邪瓜的教训是用性命换来的，值得注意。如果他提前把儿女的关系处理好，比如说把一大半“硬货”给儿子，另一小半悄悄留给女儿，自己也决不至于没人“断七”。

钱生不带来，死不带走，不如在世时漂亮地摊出来。邪瓜他还是不“看破”啊。

天上的七星是同现同没，没人见过北斗星哪天少了一颗的。小镇上的七星眼见着就缺了两个。一个走了，一个死了。金发有点落寞。最会来事的邪瓜一去，金发的话就少了，大家的话都少了。一辈子的话，他们都已经说尽。五个老买卖人，坐在老街口，闷声不响地做生意，不吆喝，也不搭话，像是在赌气。其实他们不赌气，他们是熟透了。早上谁来得早，先在自己位子上摆好摊，心里就在等着。等的不是顾客，他等的是其他的老伙计。来了一个，他点点头，再来一个，他说声“来啦”，等五个人全到，他才悄悄地松口气——都老啦，晚上脱鞋，不知明日还能不能穿。要说赌气，他们倒像是在和新街赌气。也不全是因为房租贵，他们租不起；也不是看人家生意好，他们嫉妒。他们不嫉妒，他们是看不惯新街的生意经。他们那做的是什么生意呀，放录像的，开网吧的，那卖的是电，放电来勾引人；卖布的变魔术，玩尺；称斤两的买卖名堂就更大了，一斤东西，只给人家个半斤八两……

说起这个金发心里就疼，一戳一戳的。工商所大扫荡，呼啦啦过去，卷走无数的秤，堆在街口，一把火烧了。金发不敢过去看热闹，他脸上臊得慌。那些秤大半是他做的，但他从来不做假秤！什么“八两秤”“九两秤”，哪个有他金发内行？他做的大秤有扁担长，称猪用的，他也能做称中药称金银的戥子，但他一辈子都不做假。万事劝人休蒙昧，头上三尺有神灵哩。常有人要他做，加钱，他就是不做。镇上做秤的只此一家，那些人买了他的秤，回去改改弄弄，金发的秤就成了假秤。他们去骗人，他没办法。他要生活，他不能靠儿子养，不靠手艺靠什么？按他金发的信条，做生意要讲信誉，要让人回头再来，秤钩似的勾住人，但秤杆要直，秤砣要实。可如今他凭着良心做秤，人家壮着黑心赚钱，他们心里就先缺了秤，你没办法。

这是玩秤的。卖酒的就更缺德了。他卖的不是酒，是水，只费一点点酒精，有人说还是打针揩屁股用的。金发喜欢喝两盅，他舍不得买整瓶的，就去零打。那酒店开在船上，名唤“四海酒店”，金发那时还不知道这其实就是坦白了，四处骗人。那酒店老板晓得金发是本地人，倒也不死骗他，酒还是酒，就是狠了点。只有一次金发喝了酒头疼，起了疑心，去问他，那老板正巧也醉了，拍着胸脯保证，他不卖给金发假酒，“你和我喝的一样，真家伙！”说得兴起，他自己坦率，说假酒他也是卖的，不过不乱卖。他从船板上摸个瓶子，弯腰到河里灌了水，又对点酒精，说：“你要茅台还是五粮液，五粮液——？”他从左口袋里摸出个标签往上一按，说：“喏，五粮液来了。”再弄个瓶子灌水，从右口袋里掏个标签，啪地贴上，“这是茅台！”他左右开弓就弄出了两大名酒，把金发看得呆了。他二话不说，抬脚就走。

不知是不是就从那一天，金发开始头疼。起先是经常疼，一天疼几回；后来一天倒是疼一回了，却一天疼到晚，整天疼。他想起了邪瓜，有点怕了。

他倒也不是怕死。天下谁人能不死呢？他肯定他自己能吃得住熬。老伴在世时身子骨比他好得多了，终究还是没能熬过他。他闷着头做了无数足斤足两的公平秤，把两个儿子拖大了，成家了，儿子成了家又给他添了一双孙子孙女。原先他的老屋在穿镇而过的河边上，后来河填了，铺了街，按规定他可以优先买个门面房，但他没有要。要了门面他还得掏钱，不要他却可以得一笔。钱是个怪东西，说好也坏，但他想给儿子们留一笔“怪东西”。这镇上谁都知道他金发是有一笔钱的，儿子们自然也知道。他有一笔钱，两个儿子，一个住镇东，另一个住镇西，他稳坐镇中央的街口把着这钱，这就是个天平的架势。他给孙子买件上衣，不几天孙女肯定也会得一件，款式不同，价格相差绝对在五块之内；镇西的大儿子单位集资建房，他出了一笔钱，镇东的小儿子砌新房，他提前就送去同样的数目。老话说，惯的是长子，疼的是老巴子，他正好就有两个儿子。邪瓜是一儿一女，秤盘就翻了。他金发要好弄得多。在世时他做得公道，临死了他坐在桌子前面，把钱一分为二，往左一推：喏，你的；再往右一送，你也一样。这样死了也能躺得舒坦。金发他心里有一杆公平秤。

但是他老了。用老的秤虽然星子还准，秤杆却朽了。他头疼，身子骨也糟了，早上起来，浑身骨头咯咯响，像糟朽了的老房架。他住在镇北边的小厦子里，是镇上拆迁补的，不要钱。厦子就是小披棚，虽说砖是砖，瓦是瓦，但就是潮。老伙计们有时没生意也会聚在一起拉拉呱，他们瞧出金发气色不好，都劝他到儿子家去住，有个照应。金发不肯。他到哪一家，那秤就是偏了。他攒着一笔整数，手头总还另有点活钱，到了这一家，另一家弄不好就会起疑心，起了疑心就生分了。公平是金发一世的宗旨。他哪家都不想去，也落个自在。但伙计们都是老生意人，个个好口才，平日只是没话头，得了话头连生意都可以不做的。他们你一言我一语地劝着金发。八哥是聒噪，蜜枣轻声细气，生姜米子做一笔生意就跑过来插一句话。他们话多，像在唱戏，金发不吭声，哪怕冯大眼瞪个牛眼，好像金发不听他们的就是犯了法，他也还是不开口，但听着听着他心里也就松了。其实他们这么多人的说服力顶不上邪瓜一个。金发头疼。冷不丁想起死了的邪瓜，躺在床上没人问，他心里就冷透了。慢慢地，心又有点热。他有两个儿子哩。谁不愿意和儿孙住在一起，人气兴旺热热乎乎呢？

生姜米子真是个爱管事的。别人只是说，她还做。她颠颠地跑到镇西，找了金发的大儿子；又跑到镇东，找了金发的小儿子。两下一说，也就成了。

金发还是自己单独住。他只到儿子家吃饭，图个饮食调实。他还住他的小厦子。他的秤担子，木料啊，秤砣秤钩啊，像只大螃蟹，摆在哪个儿子漂亮的家里都有点破相。人老了自己就该识时务知趣。开始到儿子家吃饭前那一天，两家会聚一下，算是开了个家庭会。两个儿子小时候是很亲的，跟人打架是一齐上，回家挨罚也是并排跪，现在成家立业了，倒有点疏。这会开得有点异怪。儿子养爹是天经地义，两个儿子都赞成，但是他们计较。他们计较得让金发心慌。他们口气像是开玩笑，其实是很顶真的。大儿子提出，爹在每家过两个月，哪个也不能亏待了。小儿子不反对，他说，两月一轮，我们谁都不能把爹养瘦掉。大儿子说，那自然，谁养瘦了爹谁就亏心。两个儿子都说：爹一辈子不容易，哪个亏了心爹心里最清楚，爹的眼睛比镜子还亮哩！

那一天孙子孙女也在场。孙子小宝比孙女大三岁，孙女还在上中学。孙子挤眉弄眼地插嘴道："爷爷眼里哪有镜子，爷爷做秤，眼里只有秤！"孙女顶他一句道："爷爷心里有秤，秤就是镜子！"她在学校怕是刚学过一点法律，乖巧地道，"爷爷，你的秤准，人家说你是镇上的'宪法'哩！"

金发心里一直堵得慌。这时见有话缝儿，问："我怎么是'宪法'了？"

孙女说："你的公平秤全镇通用，不就是'宪法'吗？"

孙子骂她一声"马屁精！"金发嘿嘿笑了。这是他这天晚上唯一的笑容。他头疼，儿孙们不知道。今天晚上这个会，生姜米子他们也不知道。不知道好。要是传出去，金发觉得自己就有点可怜了。

开始两个月金发在小儿子家吃。两个月过后他就要去大儿子家。他自己提出，他有收入，每个月交两百块生活费。儿子们也同意。金发手里把着的那笔钱，不光是拆迁补贴，还有他做生意的积蓄。镇上的银行保不住密，他信用社、农行、工行各存一些，让别人加不准。这钱终究是儿子的，他肯定要做得公平。他到儿子家吃饭原本是图个调实，现在更是为了面子。要是他吃不了两天就出来，别人会笑话他，更糟的是两个儿子互相就会生口舌。其实在儿子家吃的第一天他就后悔了。小儿子家多了一台体重秤，摆在地上的那种。小儿子把老大喊来，请爹站上去称一称，让大家都记住斤两。金发当时就蒙了。他要发火，要跳脚骂人，但是他的腿是软的。他的头也疼。他稀里糊涂地站上去。“爹，这办法好吧？我们都孝顺你，争取把你养胖，”大儿子笑着说，“你到我那儿也是要称的。秤最公平。”他老婆在一旁晃着她又卷又黄的头发说：“秤我们家就不买了吧？用同一个秤才准哩。”

金发开始在儿子家吃饭了。伙食还不错。金发坐在秤摊前，脸上常常是油光光的。他故意留点油，不擦干净，还涂大了，等着伙计们羡慕。但是他胃口不好，脸色也差，他自己都晓得就像一只旧皮鞋，不过上了点鞋油——确实是一只旧皮鞋啊！老伴！——他突然想起老伴来了。秤不离砣，砣不离秤，但鞋不成双了。他跑到他的小厦子里哭了一场，到了吃饭时还得到儿子家去吃。这就像吃宴席，再不开心你也不能中途退席，除非你想掀了桌子。可这不是别人的桌子啊，是自家的桌子。他头疼。他不说，也不去医院看。天下没有不散的宴席。这头疼到最后它也就不疼了。

日子就这样一日日过。在儿子家吃饭，操心的事也就多了。孙子是个闯祸的祖宗，他在网吧里上网，从四川勾来个姑娘，说是什么“网友”。人家寻到镇上，他在远处看一眼又躲得没影子，说人家长得丑，是“恐龙”。那姑娘哭哭啼啼，最后是金发出钱买了张票，把人家送走了。在孙子身上花了钱，也不能亏待了孙女。孙女还乖巧哩。好在她初中毕了业去县城上高中，要交一笔借读费，金发正好再出点钱。

他保持着平衡。他做了一辈子秤，秤杆是直的。但他万没想到，自己老了还要变成个被称的东西。难不成这也是报应吗？菜不差，他吃不好。他知道自己在往下瘦。他的秤担子里秤砣太多，他几乎挑不动。他真是朽了，不中用了。当然他最在乎的还是自己的体重。镇上也许是找不到准确的磅秤了，找到了他也不能站在人家店堂里称。他不是米，也不是面。在小儿子家吃饭的两个月快结束的时候，金发趁家里没人，悄悄称了一下自己。果真是瘦了，他掉了两斤。这怎么办？买东西的人没有不去看秤的，他少了斤两大儿子肯定要斤斤计较。这可怎么好？

金发被交接的前一天，小儿子果然想起来，请他爹先称一下。金发干笑着踏上体重秤，小儿子立马就乐了：他爹没瘦掉，还长胖了一斤。这下老大没话说了！他要喊老大来，当面交验。金发站在秤上，脸上有点尴尬，却也平静。他坦然地压着那秤，稳稳地，好像要一直等到大儿子来检验。“你们都孝顺，是好儿子！老大也不会亏了我的，下两个月我怕是还能长。”大儿子来了，金发站在秤上笃定地说，“我老了，匝实了，怕是长不动了。能长个半斤八两就不错了。”他的口气有点沉，像个秤砣。

此后他当然在大儿子家吃。两个月后再称，金发真的又长了半斤。小儿子不满意，要他爹有数，在他那儿可是长了一斤的。大儿子火了，说你可不能忘了天气，天越来越暖，爹身上衣服少了，你怎么能忘了衣服？！小儿子说，那以后就扣掉衣服，现在就让爹脱掉外衣称一称！

金发突然吼起来：“你们想把我剥光啊！剥光了称好不好？你们要看你老爹的肉吗？！”

两个儿媳也在场，金发的话真是出丑。这句话让他后悔了好一段日子。当时他气哼哼门一推就出去了。屋里的人在背后看着他。他走出去，出了院子拐个弯，站在墙角，掏出一线尿来。尿没撒完他的怀里突然掉出个东西，砸在脚面上。他嗷地叫了一声，蹲在地上捂着脚。那是个秤砣。他打了一辈子交道的东西。金发飞快地回头，看看身后。他怕哪个儿子出来看见。

那是个晚上，满天星光。两个儿子都没有出来。天上的星星很密，很清爽。他看到了北斗星，七个，像个秤钩。星空慢慢旋成了个大漩涡，转得他眼花。他紧一紧腰腿，稳了稳神。两个月后的这一天，他还得再挑个更大的秤砣掖在怀里。他做了一世的公平秤，可他这个站在秤上的人却做了假。他是个短斤少两的假货。

说起来，这金发真是在作怪了！但是他还得继续假下去，直到他的头就这么疼着疼着，最后永远不再疼，没有地方给它疼。他的头这会儿不光疼着，还晕。金发他这时就不曾想到，天气正在一天天变暖，躲都没处躲的，两个月后的单衣里，那秤砣又往哪里放呢？

当然了，两个月后的金发大概也还是会有办法的，他毕竟和秤打了一辈子的交道么。到那时，他也许就不得不直接在秤上做一点手脚了——不过，两个月后的事，谁能说得准呢？

2002 年

参差的齿痕

马村水中午有睡午觉的习惯。按照学校的规定，辅导员下午不必坐班，可以在学生中开展思想工作。马村水下午确实在做思想工作，不过不是对学生，是给他自己做。他吃过饭就上床睡觉，其目的是让思想休息一下。这也是思想工作。毕业分配时他得知自己被留了校，着实兴奋过几天：他终于可以戴上红校徽了。可是不久他就发现，真正的大学老师都不屑戴校徽，别人一眼就能看出他的身份；自己戴上红校徽还是像个学生，而且显得小家子气。他把校徽扔到一个放粉笔头和硬币的纸盒子里，从此不再碰它：这正是绝大多数大学校徽的典型处境，其余的校徽们则去向不明。显然，留校所带来的精神上的提升乏善可陈，倒是物质生活上有了实际的改善。他终于在学生宿舍楼有了一个房间，一人独住。这正好可以用来睡午觉。学生期间马村水就想睡午觉，但一直睡到毕业都没有睡着。你一个人想睡，另外六个人不睡你就没法睡；即使六个人全要睡，只要有一位老兄还在宿舍里晃荡，大家也就睡不成。要想一人独住只有一个办法，那就是去生传染病，只有你带了病菌学校才会把你剔出去单住。可是这里的分寸并不好把握，如果你的病太烈性，真正成了一个大病菌（像个蓄势待发的马蜂窝），学校就要让你休学了。

夏天的某一天，马村水躺在房间里睡午觉。走廊里很静，所以马村水很快就睡着了。最近的天气十分干热，连日来马村水的睡眠质量不高。根据物理学原理，空气分子的任何震动和摩擦都会引起气温升高，所以这些天来马村水自己话很少，也不希望别人吵闹，尤其是在午睡时间。这一天的走廊格外安静，马村水知道学生们是到操场踢球去了。上场的只有十一个人，皮球只有一个，但一个球吸引了几乎所有男生的精力。他们到操场吵闹去了。足球被臭烘烘的“李宁”“耐克”鞋们踢着滚下宿舍楼的台阶，随着一大群杂乱的脚步渐渐远去。马村水躺到床上，裹上了一条毛巾被。

太阳很亮，但经过窗帘和马村水眼皮的衰减，已经很弱。马村水睡得很甜。

梦是被一阵急促的敲门声打断的。马村水在梦里侃侃而谈，对面坐着一个女孩（笑容迷人，面貌不详）。他说他喜爱足球，原因是他的学生们都很喜欢；学生们喜欢足球，中午也去球场过瘾，做老师的就可以安安静静地睡觉了。所以他第二喜欢足球。第一喜欢什么，请她来猜。女孩飞红了脸说，你真坏！意思就是他坦率得可爱。正在这时，咚咚的敲门声奔袭而来，一下子就把他的梦推翻了。马村水一头雾水，躺在床上回不过神来。

“马老师！马老师！你开开门！”

马村水应了一声，拖着拖鞋去开门。他下意识地环顾四周，幸亏没有真女孩。

敲门的是一班的班长徐翔。他满头大汗地站在门口。他结结巴巴说不出话。马村水说：“慌什么，有什么事你慢慢说。”

“马老师，不好了马老师！出事了！”

马村水除了有午睡的习惯，有时晚上还要记一记日记。这一天他直到深夜才回到宿舍。他只在本子上写了三个字：出事了。

医院里乱哄哄的。走廊里挤满人，其中一些身着颜色艳丽的球衣。靠近墙角的地上摆着一个担架，上面躺着一个小伙子。他穿的是 9 号球衣。一个中年医生胸前挂着听诊器，正蹲在他前面，翻看他的瞳孔。担架的周围围着一圈人，医生眼睛的余光能看见他们穿着各式球袜的脏兮兮的小腿。

医生检查完毕站起身，走向医生值班室。身边的球衣们立即闪开一条路，然后又簇拥着跟在后面。无数足球鞋底的钉子零乱地击打着地面，尾随着他。

“大夫，他伤在哪儿？”

“他要紧吗？”

医生板着脸问：“你们老师呢？他在哪儿？”

这时走廊的顶头响起了一串慌乱的脚步声。马村水急匆匆地跑了过来。“人在哪儿？人在哪儿？”他骑着车子一路狂奔赶到这儿，一时间连气都喘不匀。看到墙角的担架，他头一晕，倒抽了一口凉气。

“你是他们老师？”

“是的。他怎么啦？”

“怎么啦？”医生对他的问题很不满，“我怎么知道他怎么啦？他们把他抬来，说是踢球被撞了。他怎么了，你应该比我更清楚呀。”

马村水被他呛得直发愣。他也板下面孔说：“他现在躺在你们这儿，我请问你，他伤在哪儿了，有没有危险？！”

医生不理他。径直走进办公室开始写字。他把写好的纸往马村水手上一戳道：“他需要立即手术探查。你签字吧。”

马村水问：“什么是手术探查？”

“手术探查就是打开腹部，就是剖肚子！”

马村水身上的衬衣全湿透了。他的手上也全是汗，那张单子慢慢地沾上了汗水。单子上是一些规定，其中有，麻醉失败院方不负责任，输血反应院方不负责任，发生不可测因素院方不负责任，等等。马村水看到最后，眼前只剩下四个字：不负责任。可是他们不负责任，我就能负责任吗？我负得起吗？“一定要我签吗？”马村水可怜巴巴地商量道。医生说：“你不是他老师吗，你不签谁签？”医生的双眼环顾四周。他目光所及，穿球衣的学生们立即后撤，纷纷退防。马村水的字签不下来。他觉得头发晕，立即就想起了他学校里的那张床。仅仅是半小时以前，他还躺在上面做梦哩。

躺在担架上等待手术刀的学生叫罗那，是马村水的学生中足球水平最接近职业球员的一个。他拥有准专业水平的球艺，超专业球员的热情，以及击剑队员般的颀长身体。他来自江苏兴化市，那个地方以盛产牙医著名。罗那有个外号就叫牙医，这并非因为他的出生地，而是缘自他在球场上的骁勇表现。才上到三年级，他已分三次打掉了对手的四颗牙齿。穿 9 号球衣的罗那实在是闻名遐迩。一听到他要上场，对手往往先是胆寒，然后又齿寒。老生们都很怕他。这天和他们对阵的是刚入学不久的新生，立志一战成名。他们虽不知道罗那的实力，却看出他的球衣是 9 号，和罗纳尔多一个号码，因此就采取了群狼战术，死缠烂打。一个高球开来，罗那居中高高跃起，周围三个人跳起争抢。头球是罗那的强项，极具摧毁性力量，以前杀得性起时，这个动作过后倒下的总是别人，可这一次躺在地上的却是他自己。

罗那倒在地上很快就爬了起来。他继续踢了几分钟，然后就捂着腰要求下场。他坐在场边当观众。等有人注意到他时，他已经躺到场边高高的草丛里，看不见了。

这是一场学生之间自发张罗的挑战赛，最积极的组织者就是罗那本人；虽说马村水渴望午睡，但并没有让学生们中午去踢球。他并没有直接责任。但马村水还是觉得手里的笔太重了。他立即想到了春节联欢晚会上赵丽蓉“麻辣鸡丝”的故伎，但他看看四周的学生，最终还是下了笔。第一个字，马——，1/3的责任，村，又加了1/3，水——，他妈的，出了问题医院还是得百分之百地全兜下来！三个字写完，马村水又加上了一个“代”字。“代”字很大，说明他是代别人签的，可以说是代人受苦。至于代谁受苦，他也不知道。四个字写完，马村水自己软在椅子上了。幸亏椅子敢于承担，没有滑到旁边去。

接下来是炼狱般的几小时。手术室的大门紧紧地关着。暗淡的灯光照射在走廊里。马村水在心里押了一个宝，他想要是墙上的那盏蓝灯熄了，罗那就死定了；要是灯一直亮着，那就说明罗那还能活回来。他知道这个赌打得不公平，因为这个城市绝少停电，但他还是忍不住要去观灯。

过了约莫半小时，灯倒是没熄，门开了，走出一个护士。护士很美丽，但她的脸上没有美丽的笑容。马村水急忙迎上去。护士说：“病人的肾破裂了，大量失血，需要输血。”

马村水问：“要多少？”他开始捋袖子。

“要很多！”护士不屑地看看他文弱的膀子，“他是AB型血，血库里现在没有。”

“我们马上准备。”马村水对徐翔说：“你赶快到学校电视台，要求他们立即发新闻，号召同学来献血。十万火急！”

徐翔问：“他们不相信怎么办？”

“不相信，谁不相信你就叫他负责。让他写下来，签字！”

徐翔要过马村水的自行车钥匙，飞奔而去。走廊里的学生已经被护士带去验血。马村水这时想起了一件事。他喊来体育委员，让他去打电话通知罗那的父母。体育委员走后马村水又开始担心，如果他找不到电话号码那怎么办。事实上那个体育委员很是了得。他跑到罗那宿舍，猛一发力就把罗那的抽屉撕开了。电话号码就在通讯本上的第一个。罗那的父母正在外地旅游，电话是他哥哥接的。罗那的腹腔尚未缝合，他哥哥就已经在公路上奔驰了。

来了好多学生啊。也许有几百个，来来往往，就像赶集一样。他们的脸上红扑扑的，这说明他们血脉丰沛。还有不少女生，脸更红，更是一腔热血。不管他们是不是 AB 型，都很令马村水感动。他们的面孔大多是陌生的，不是他班上的学生，对此马村水更加感动。在学生们验血的过程中，他一直有点想哭。但他没有哭，倒是有个女生蹲在墙角哭了。她叫童可佳，和罗那同班。她哭出声来的时候走廊里已经没有几个人。献过血的学生已经回去喝淡盐水休息，其他的同学也先回去吃饭了。她一哭，马村水慌了神，以为她是抽了血吃不住疼了。他让她回去休息，她不肯，说她不是疼。马村水当时注意力不在她身上，他关心的是手术室里罗那的生死。他就没有想到，童可佳的心也在手术台旁边。她不是膀子疼，是心疼。爱情已经萌发，马村水这个老师失之粗疏了。

罗那从手术室里被推出来前，手术室的大门又开过一次。一个只露着一双眼睛的白大褂走了出来。白大褂胸前的皮裙上血淋淋的，马村水简直不敢过去。他捧着个东西给马村水看了一下，说了一句什么，马村水立即跑到墙角干呕起来。

“那是肾，罗那的肾。”罗那的哥哥风尘仆仆地赶来时，马村水好像交接班一样向他描述他弟弟的伤情。此前的一段时间，马村水一直都要呕吐。他无法忘掉白大褂手上血淋淋的东西。他好像作为一个病人，刚刚接受了一次器官移植。一个肾被那个白色的王八蛋移植到他大脑里了。他的头脑里充满了浓烈的血膻味。献血的学生们离开不久，校长也闻讯来到了医院。马村水见到他就像见到了爹，一下子觉得有了依靠。他还从来没感觉到自己对领导有如此严重的依赖感。他突然就明白了，自己签的那个字原来是代校长签的。他向校长汇报了前因后果和目前的情况，很想把他签过字的那张单子找出来，请校长再签一下，但一直到校长离开他都没有找到机会。也许机会是有的，只是他不敢。后来罗那的哥哥就赶到了。那时已是晚上六点。罗那的手术已经结束，暂时他仍然没有活过来，医生说还要进一步观察。他们目前只发现了肾脏的问题，能不能脱离危险那就要看他的命了。罗那的哥哥在特护病房看了弟弟一眼，顿时就色如死灰。马村水急于向他介绍罗那的情况，顾不上他的脸色白不白。他说他看到了罗那的肾，他说他知道院方之所以要让他看一眼是因为他们要证明罗那的肾确实是坏了，而不是有谁把一个好肾偷出去卖。他说罗那的肾呈月牙形，红通通的，可是它的中间断了……马村水的心完全被罗那的肾所占据，他说出来，似乎就把担子交到了做哥哥的身上。他下面的一句话是：我亲眼看见它断了，只剩一点点还连着。他这句话还没有说，罗那的哥哥像突然中了一枪，身体一震，直挺挺地倒了下去！马村水傻乎乎地站着，没有做出任何反应。是站在后面的童可佳冲上来，扶住了他。罗那的哥哥也很高大，童可佳根本扶不住。结果倒在地上的是两个人。

紧接着有人哭起来了。罗那的嫂子扑在丈夫的身上号啕大哭。她一直跟在丈夫身后，木木的，没有什么表情。她太坚强了，马村水没想到她还有这么丰沛的感情。她一哭，童可佳也开始哭。走廊里大乱。等医生闻声赶到，罗那的哥哥已经醒了。他慢慢地睁开眼睛，声音软软的。

“告诉我，是谁踢伤了我弟弟？是哪个王八蛋？！”

这个问题马村水无法回答。反正不是他马村水，也不会是罗那自己。接着罗那的哥哥又说：“谢谢你马老师，谢谢你救了他。”

马村水宽慰了。至少他还能分清曲直。马村水帮着把他抬到罗那原先睡的那张担架上，心里立即升起了同病相怜的怜悯。他的父母出去游山玩水了，剩下做哥哥的来挑担，现下弟弟生死未定，他不晕倒也就过于强健了。他虽说很高，但确实不强健，强健的是他妻子。转眼间她已擦干眼泪，出去买来了盒饭。这时候马村水才觉得真是饿了。

他吃得不多。几个人都没怎么吃。他们坐在担架边上，童可佳用筷子拨弄着饭盒里的饭菜，把它们堆成高高的一堆。马村水劝她多吃一点，因为她刚抽过血。她摇摇头，把几个饭盒归拢起来，拿去扔进了垃圾桶里。马村水看着她的背影，突然有一个感觉，他觉得除自己之外，他们三个仿佛是一家人。这是一种突如其来的预感。竹笋出头终于被他发现了。他觉得她很陌生，和罗那的哥哥嫂嫂一样陌生。他简直要怀疑她不是从学校来，而是刚刚和他们一起乘汽车从兴化赶来。

童可佳当然不是和罗那的哥嫂同车而来，不过一年以后她倒确实是和罗那同车而去的。他们一起分到了兴化市。罗那在医院住了两个多月，可算是劫后余生。他一共输了 4000mL 的血。他回来了，可是他失去了一个肾。失去一个肾的罗那依然身材挺拔，可他再也不能踢球了。他的 9 号球衣被洗去征尘，挂在他的床头，仿佛是以往生活的一个片段。他是再也没有机会穿上它了，除非是当内衣穿。他不再去看球。他的队里空着 9 号，但球场上还会有其他的 9 号继续飞舞。可那不是他的球衣。也不是他自己。

罗那成了名人。一个沉默寡言的名人。一个失去了一个肾的名人。等马村水从最初的紧张和劳累中解脱出来，他突然发现，这件事成了校园里的一个焦点。没有人采访过马村水这个当事人或见证者，可各大媒体所有围绕着献血的报道都是那么绘声绘色。学校表彰了一批学生，没有表扬马村水。马村水并不计较。没有死人已经够运气的了。据罗那事后回忆，他是在争顶头球落地的时候被谁的膝盖顶了一下。学校有意追查，因为马村水的消极抵制，没有查出结果。那个新生班表现出了惊人的团结，执意要查，可能就会激发事变。可是罗那少了一个肾，而且，那个肾是永远长不出来了。

按理说，罗那需要休学一年。他在昏迷中被送进医院时还是炎热的夏天，出院时已近仲秋了。他掉了两个多月的课。在安排善后时，罗那的父母委婉地表达了他们一点小小的不满。“马老师你看过那些报纸吗？他们用了罗那的真名字，我们老家也是能看到这些报纸的啊。”马村水说：“这有什么关系？”罗那的父亲说：“怎么没关系呢？有关系啊！他们都知道我儿子少了一个肾，这让他以后怎么找老婆成家呢？”这一点马村水始料未及。他毕竟只比罗那大不了几岁，而且一个肾也不少，但是正如罗那身上从此多了一个伤口一样，这件事也已无法补救。幸亏罗那的父母没有继续抱怨什么人，他们只是向马村水提出，他们不希望罗那休学，“我现在还在位子上，等我一退，罗那的工作就很成问题了。”

马村水有点为难。他虽然和罗那学的是同一个专业，但他不能代罗那去考试。还有后面的毕业设计，那简直就是一项体力劳动。他把罗那找来，征求他的意见。

罗那看来早已考虑成熟。他低着头吞吞吐吐说了一大串，大意是他到这个地方来读书，可是一个可恶的家伙咬了他一口，撕走了他的一个肾。他的肾没有了，可他不知道咬他的那个人是谁。他现在也不想知道是谁害了他了，他很感谢那些给他献血的同学，他是一个有良心的人，他留恋这个集体。他现在没有别的愿望，就是希望不要留级。至于功课，他原来成绩就不差，自己再补补就可以了……说这话时他的父母也在场，罗那的脸越说越红，根本不像一个曾经大量失血的人。那红红的皮肤下面流的就是 AB 型血吗？以后马村水一看见罗那，就不由自主地要想起他的血型。给罗那献血的同学很多，他们和他生活在同一个校园里。他们中的有些人罗那并不认识。也许没有谁会一直记着这种红色的缥缈的联系。他们走过来了，谈着，笑着，走过了罗那的身边。

罗那最终没有休学。马村水问他，要不要安排一个同学专门帮他补课。罗那谢绝了。他制止了父母的反对，很坚决地说他想自己找。

罗那的受伤事件以一张红色的感谢信结束。那张由罗那和他的家长共同署名的感谢信，向为罗那献血的同学表示了真诚的谢意。一场大雨过后，墙上的红纸剥落了，落在地上，随着雨水流走了。这时绵绵的秋雨中出现了一把红伞，老远你就能听到雨点击打伞面的声音。有一男一女挤在伞下，缓缓前行。伞下的光线照得他们脸上红扑扑的。

马村水并没有看见这一幕。但是他从徐翔那里知道，帮罗那补课的是童可佳。这虽有些意外，但马村水并不吃惊。他立即就想起了罗那还在手术室时童可佳那张伤心的脸。马村水记不得学校的表彰名单上那一长串的名字，但他知道在他自己的班级里，童可佳是唯一给罗那献血的女生。AB 型血毕竟是一个相对稀少的血型。

童可佳长得不好看。个子矮，偏胖。相对于英俊挺拔的罗那，她简直算是长得很丑。丑又没有丑到极致，平时话又少，在班级里是最不起眼的女生。没有谁会把这两个人联系在一起，最具想象力的人不会，最善于开恶作剧式玩笑的人也不会。从各方面看，罗那像一棵树，而童可佳就像是一株小灌木，连蜘蛛都不会在他们之间挂网。他们没有走到一起的基础，就是说，可供他们两人并肩而行的路其实并不存在——至少在外人看来是这样的。但现在，所有的外人都发现自己错了。罗那二年级时曾和外语系的一个漂亮女孩有过短暂的恋情，后来他们断了。同宿舍的人都知道是罗那首先提出分手的。那个女孩经常到宿舍来找他，罗那不理不睬。他是一个傲气的人。现在罗那几乎永远等在宿舍里，等着童可佳来给他补课，帮他洗衣服，甚至替他做毕业设计。由于身体原因，罗那大多数时间都待在宿舍里，同宿舍的人尽量把宿舍让给他们。后来，马村水又设法把楼梯顶头的一间仓库腾出来给他单住，那一段时间，那个房间就像是他们两人尚未装修的家庭。

罗那对童可佳也非常好。她常常会从口袋里掏出话梅之类的零食给女伴们分享，这些都是罗那买的；还有那些校园里不常见到的漂亮衣服，她们虽不能分享，但可以感觉那些美丽的色彩所辐射出的爱意。爱意属于童可佳一个，但女生们都很感动。如果你不知道罗那的腰部有一个伤口，不知道他少了一个肾，当他们相跟着走在校园的林荫大道上时，你看不出他们和其他的恋人有什么不同，也想不到他们两人一共只有三个肾——也许你觉得他们看上去不那么般配，可是，人家为什么非得让你觉得般配呢？

马村水失眠了。班级里是否有其他的人因此而失眠他不知道，但他自己常常躺在床上乱想。蚊子也来讨厌，不管血型乱戳一气，不让马村水入眠。天气渐渐凉了，渐渐冷了，罗那的爱情继续在校园里活动。班级里还有其他几对恋人，其中一个还大了肚子，瞒不过了，自己来坦白，对他们，马村水并不挂怀。可罗那的爱情有一种奇异的力量，它干扰着马村水的睡眠。“这就是‘血缘’吗？”马村水睡不着。午睡睡不着，晚上竟也失眠了。他睡不着，只好爬起来写日记。那是寒假的前夕。罗那的父母派了一辆车来，把童可佳接回家过春节。车子喜气洋洋的，但马村水认识它，就是罗那的哥哥上次乘的那辆车。罗那的父亲欣慰地微笑着，朝马村水摆摆手，“砰”地关上了车门。汽车绝尘而去，扬起了幸福的尘埃。“一种爱情。先验血，再成为恋人。”马村水在日记本上写道，“这是经过鲜血考验的爱情啊。”

半年以后。毕业分配。这是拼争的时候，也是恋人大分手的季节。罗那的父母果然有办法，他们给罗那和童可佳安排好了单位。童可佳来自陕西，和罗那恋爱以前，她大概没有想到她会分到江苏兴化去。她和罗那是马村水的学生中唯一走进婚姻的一对。

但是这还不是结局，因为他们又从婚姻里走出来了。作为一段故事的回忆，上面的文字也许已经太长了。对不起。如果你还有兴趣，可以看看马村水的日记。

“× 年 × 月 × 日。星期一。阴。

“徐翔昨天来出差，他告诉我，罗那和童可佳离婚了。以前一直没有他们的消息，只知道他们结了婚，生了个女孩；还知道童可佳生孩子时难产，大出血，罗那给她输了 400mL 的血。孩子现在跟着童可佳过，因为她的子宫被切除了，再也不能生孩子了。”

那天是徐翔请客。吃饭的只有两个人。他们都喝多了。马村水想起了身在异乡的童可佳。她的身后还跟着一个小女孩。他不知道小女孩长得像谁，想不出她的模样，也不知道她到底是什么血型。小女孩蹒跚着跟在童可佳的身后，就像一个梦，就像是那件挂在视野里的 9 号球衣。

2003 年

止　痒

算起来，他的“网龄”也不短了，他在大学工作，科研、教学都离不开网络，但以前他不用网络聊天。

他网络聊天才几个月，已经有了几十个“好友”了。曾有个好友告诉他，无聊的人才会上网聊天，要么就是别有用心的人。这话太刺激人了，他不服气。但是想想，说得不错啊。他说不上别有用心，但无聊和寂寞却是无法否认的。如果没有离婚，他怎么可能有这么多时间泡在网上？他一个副教授，怎么可能跟那些素不相识形形色色的人胡说八道？

QQ，E 话通，MSN, 他全用上了。在 QQ 上的时间最多。他学会了加好友，删除好友，或把谁打入黑名单。渐渐的，他的好友相对稳定了，几十个人的名单，齐齐地排在屏幕的右边，看上去姹紫嫣红，风花雪月，大多数一看就是女人。这说明他即使不算别有用心，但“用心”总还是有那么一点的，他要解闷，要慰藉，甚至，还幻想着一个婚姻，新的姻缘。

聊天的过程基本都是一个套路：先问候；试探，彼此了解基本情况，上网的目的；然后逐渐深入——这太像征婚了，只是不见面。因为不见面，其实一切都只能靠探寻，但结果可能令你哭笑不得。他曾经和一个叫“绿袖”的聊过，因为这两个字是那么女性化，他无意间忽略了是男是女的询问——绝大多数情况也确实是一目了然的——可结果是，他们聊了好久，聊的感觉还挺好，他突然又觉得不对劲，再三追问，对方坦承：他是同志！

这是个有文化的“同志”。人家的名字已明摆着说出，他有“断袖之癖”，要怪只能怪他这个副教授小看了网络。网深如海，藏龙卧虎。从此，他算是长了见识了。网上有男有女，也有同志；网上有真诚，也一定有谎言和虚情假意。

但他是真诚的。既然是诚心交友，他没有必要藏着掖着。他网名“郁闷而飞”，男性，石城人，这是对所有好友公示的身份；另有一些好友知道他是高校教师，从事管理学，37 岁；暂时还没有好友知道他真名郁飞，离异，有一女。有一个叫“冷雪凝香”的虽然也还不知道他的真实情况，但他们似乎很聊得来——难道是因为她的名字？冷凝的香气，内敛而透彻，与张斐扬的意味完全不同？张斐扬是他前妻，医生，她身上是消毒水味道飞扬，性格也很热辣，一不留神就跟医学院的一个外教跑了，着实重创了他的心。

渐渐的，上网聊天已经成为他的习惯。他如果不在线，就会觉得有无数的“好友”在等他。他上了网，果然有不少人来和他打招呼。他不理他们。他早已学会隐身在线，这样，他想和谁搭腔就和谁搭腔，想找新朋友也尽可以安静地去搜索。呵呵，他这可真成了网虫了。他走在街上，看到迎面走来的陌路人，突然就会想：他是网虫吗？在单位和同事在一起，他会陡然跳出个念头：他（她）上网吗？他（她）的网名叫什么？我是不是和他（她）聊过？！

这个念头常常吓他自己一跳，这简直是走火入魔了！怎么能问？人家又怎么会说？这是个隐秘的世界，是光天化日之外的另一个空间。类似于卧室，更像是被窝。

郁飞基本上只和女人聊。他似乎没有什么特别的目的，但是他寂寞，需要人说话，需要交流和安慰。他需要女人的轻声细语。

他的“好友”栏里，现在除了有数的几个男人，一片风、花、雪、月，简直是满园春色了。他经常同时开着好几个聊天窗口。他和“柔风”说几句话，又向“蝴蝶兰”问个好，“冷雪凝香”和“晓月”又在朝他打招呼了。他简直忙死了，像个大热门了。他的名字“郁闷而飞”很内蕴，惹人关切，他的言谈彬彬有礼，有很多女人喜欢和他说话。但是他真忙不过来。随着聊天的逐渐深入，他担心话会说乱掉，张冠李戴，闹出笑话。他决定有所选择了。他对“柔风”“蝴蝶兰”和“晓月”分别说他有点事，要下去，立即变成隐身状态，只和“冷雪凝香”继续谈话。女儿已经睡了。寂静的卧室里，台灯压在键盘上方。

“你一般几点睡？”冷雪凝香问。

“不一定。睡不着就不睡。”

“老婆不要你陪吗？嘻嘻。”

“老婆出国了。你呢？你不陪老公吗？”

“我没老公。我陪你。”

“呵呵。不敢当。你是在伤害吗？”

“什么？”

“对不起，是上海。”

“是的。你用拼音打的字吧？”

“是的。所以我刚才说错话了，”郁飞道，“伤害你了。”

“你真笨。用拼音的都是笨男人。”冷雪凝香说，“不过我喜欢笨男人。”

“笨男人有什么好？笨男人连老婆都留不住。”

“你不是说她去留学了吗？”

“那是借口！”

“她私奔了？”

“对。”

沉默。

“不说她了。说说你。”郁飞道，“你没有老公，他不会也私奔了吧？”

“他没有私奔。他不在上海。”

“出差？”

“不。他在外地工作。”

“哦。同是天涯沦落人。你也孤独。”

“我才不孤独。我有你啊。”

“哈哈！”郁飞发个笑脸过去，道，“那我只能说：我也有你啊。”

“是的。”

“可惜，我鞭长莫及。”

“上海离石城并不远。”冷雪凝香道，“250 公里。”

“那还是鞭长莫及。”

“？”

“你不懂？”郁飞打着字，脸上真的笑出来了，“我是说人的鞭长莫及。”

“啊？！”

“你想啊，人的那东西，人鞭，能有多长啊？顶多……嘿嘿，我们相距 250 公里哩！”

屏幕上突然跳出一个脸谱，圆圆的脸，一阵一阵地红上去。郁飞笑出了声。他似乎看见对方也笑得羞红了脸。他觉得自己唐突了。真是流氓了。对方沉默。他担心得罪了她，她会走开。正有些后悔，她又说话了。

“问你一个问题。”

“请说。”

“你老婆要出国，你没有阻止她吗？”

“当然。但阻止无效。”

“你怎么阻止她的？”

“问这么详细干吗？”

“我想知道。”

“为什么？”

屏幕上出来两个字，“也许，”她在沉吟，半晌她说：“也许，我和你有相似的境遇。我要学习。”

“这也可以学习？”

“当然。触类旁通。你说嘛。”她在撒娇了。

“好吧。”郁飞谨慎地选择着字眼道，“我找到那个男人，提醒他已经进入别人的家庭禁区，请他走开。”

“他走了吗？”

“他走了。但我老婆很快也走了。”

“啊？！嘻嘻，私奔。”

“他外教。老外。”

“明白了。你们离了吗？”

“离了。”

沉默。

“我还是关心关心你吧。你长什么样？”

“你相亲啊？嘻嘻。我告诉过你了，我，32岁，1.68米，不难看。在研究所工作。说说你。”

“我？37岁，1.80米，也不难看。在大学教书。对我满意吗？”

“去你的！”

郁飞似乎看见对方笑了。这时候，屏幕上有个叫“大老粗”的网友上线了。他随手点了他一下。这老兄很有趣，名字也奇怪，郁飞已不记得什么时候把他给加成好友的了。大老粗立即回话：“你在啊？躲着泡妹妹吗？”

郁飞道：“没有。在发呆。大老粗才擅长泡妹妹哩。呵呵。”

“我老啦。又大又粗管什么用？我在瞎聊。”

郁飞还没答话，冷雪凝香又说话了：“女儿单独睡吗？”

“是的。我孤枕难眠啊。”正要往下说，女儿在隔壁叫起来。郁飞连忙跑了过去。

女儿做梦，说梦话。郁飞叹口气，陪着她，一直等她再睡沉。再回到屏幕前，冷雪凝香的头像已经黑了。她留了话，说：“你去陪美女了吧？明天见哦。”郁飞给她留话：“美女就是女儿。”正准备要下线，屏幕上那大老粗又在说话了：“快来！你也来瞎聊吧。”

“我本来就在瞎聊。”

“不是。我说的是有个网，叫‘瞎聊’。”说着发来一个网址，“你一点就进去。不要注册，游客就可以。”

“那儿有意思吗？”郁飞道，“明天再去吧。我要睡了。”

“现在正是高潮！不去终生后悔！”

“是吗？”郁飞疑惑着，点开了网页。稍等片刻，一排房间列表出来了。那些名字一看就心惊肉跳，“恋上你的床”“欢乐高潮”“午夜销魂”“止痒水”，还有一个竟然叫“先进性教育”！郁飞还没进去，心脏就开始狂跳了。“我进哪个房间？”他问。大老粗道：“我在‘止痒水’。快来，包你大开眼界！”

屏幕左上方的视窗打开了。郁飞确实是大开眼界了，他口干舌燥，目瞪口呆。屏幕上除了彻底开放的女人，底下还滚动出无数的加油喝彩。音乐在呻吟。那美女继续在扭，到一个紧要关口，郁飞被从房间踢了出来。大老粗在 QQ 上说：“你还请加入 VIP 会员吧。用这个号码注册有优惠。”他发来一串字符。

郁飞犹豫着，不知怎么回答。问：“干吗要加入会员？”

“可以互动。你叫小姐什么姿势就什么姿势，一、二、一！起立，卧倒！你发口令，随你！”

“呵呵。”郁飞笑道，“我自己还不知道自己应该做什么呢，还指挥别人？ 88 了。”他未等对方回话，就果断地下了线。

人堕落起来是很快的。他不得不承认，上大老粗这种人提供的网站，确实是一种堕落。他不能这么下去了。他是一个有操守的男人。他需要性，需要女人，但他不能就此堕落！

郁飞关了电脑。他这一夜都没怎么睡。睡不着。那美女在脑子里扭，音乐在响。音频视频他都关不掉。他万万没有想到，网上还有这样的天地。他其实当时就看出来了，大老粗这么热心地邀请他，还把号码给他发来，其实是在给网站拉人。他是个有主见的人，岂能被他安排？他说自己不知道该干什么，其实他是知道的——他应该找对象，结婚。这才是当务之急。他到阳台站了好一会儿，才把浑身的温度降低一点。居民区里静悄悄的，路灯把楼群分成整齐的方块。无数的人躺在他们的床上。他们都不孤单，也许还忙得不亦乐乎，只有他形单影只。他突然悲愤交加，流下了眼泪。

第二天一早，他脸色发灰。伺候女儿上了学，他转头骑车往学校去。他三四节才有课，并不着忙。正闷头蹬车，忽然感到有人在他车前划了个小弧，他不在意，又是一个小弧线，头一抬，原来是她，张殷，正扭头看着她，含笑不语。“哎！你好！”他打个招呼，两人并排往前骑。张殷是工商院的讲师，姿色中等，但身材不错。他们的家在同一方向，上班时常常会同路。平时他们在路上话也不多，今天张殷似乎心情格外好，都会用车技跟他打招呼了，她笑吟吟地说：“女儿送到学校啦？”不等郁飞回答，接着道，“我们学校里有的人是行政教学双肩挑，你更厉害，是为父为母双肩挑。嘻嘻。”郁飞爽朗地“哈！”一声，脸上是苦笑。他能说什么呢？张殷离异。曾有人撮合过他们。因为原先就认识，彼此知根知底，双方反而都没有一触即发的感觉。他们友好地同事兼同路。暂时，也只能这样了。

但他是个壮年男人，白天还好说，夜晚就真是孤寂难言了。

这些年大学教授的声誉也差了，都“叫兽”了。但是教师也是人哩。谁规定教师上网只能查资料，不能聊天？他晚上陪女儿看会儿电视，看着她做作业，然后，他就备课或者写文章，QQ

就这么挂着。大部分时间他是不理别人的。他知道要是有个摄像头，插上就可以互相看见，但他没有去买。自从开始上网聊天，他就发觉自己变成了另外一个人，但他还不想把那些女网友落到实处。就像一次坠落，上面是星空，下面是黑暗，飘忽中无比神秘，但女网友一在屏幕出现，“咚”一声，那就落实了，见底了。他预见到，一旦他看见了网友，那肯定意味着生活的巨大变化，他可能无法控制。

屏幕上，“冷雪凝香”又在和他说话了。

“还没睡吗？”她问。

“和你一样。”郁飞道，“天不冷了，你该改名字了。早不下雪了。”

冷雪凝香的名字立即改了，叫“冷血凝香”，郁飞道：“不好。像侠客的名字。也像某种武功。”

“对啊。”她名字又改回去了，还叫“冷雪凝香”。“天热了，冷雪才是可贵的。我是你可贵的吗？”

“是的。看到你，我的心就凉了。”

“？！”

“天热，我觉得凉爽不好吗？身上凉爽了，有个地方却热。”

“下流。”

“呵呵。”郁飞笑，“最近有新的网友吗？”

“没有。就你。”

“那有男朋友吗，新的？”

“有。”

“恭喜！”

“我说的就是你。”

“谢谢。你害得我要失眠了。”

“你本来就睡不着。不怪我。”

“两个孤独的人。”郁飞道，“也许，并在一起就不孤独了。我真该去装个摄像头的。”

“你自己不装。老顽固！”

郁飞道：“你有视频的。你先让我看看好吗？”

“不好。”

“别小气嘛。”

“不是小气。是规矩。要看的话都是互相看的。对视。”

“好吧。那下次我们对视。真情面对。”

“我等着。”

冷雪凝香对郁飞来说，还是一个谜。她是做什么工作的，在哪里，她长什么样子，她是夫妻分居还是离了婚，这一切，郁飞都不能确知。他现在已算是网络聊天的行家，不会轻易相信对方的每一句话，但是，身份、地址、年龄甚至性别都可以乔装打扮，心情和性格却很难长期伪装。他可以断定，冷雪凝香是个女人，平常斯文，必要时却也跳脱，即使尚未离婚，但一定孤独，否则，她绝不会每个良宵都在网络上度过。郁飞对她充满好奇，中午从学校回家，他准备到珠江路买个摄像头装上，看一看对方的真面目。他骑着车刚拐过一个路口，天色阴沉了下来，头顶响起了隆隆的雷声。要下雨了！街上平地起风，树枝呼呼乱摇，人乱了。郁飞突然想起阳台的衣服还没有收，立即调头往家里去了。

零落的雨点很大，很稀，正是大雨的前奏。郁飞刚把衣服收好，雨哗哗地浇落下来。阳台上挂上了水帘子。现在离上班还早，郁飞打开了电脑。

冷雪凝香在线。她怎么会在线？郁飞问她："嘿！你怎么会在？不上班吗？"

她反问："你怎么会在？下午没课了吗？"

"下雨了，我回来收衣服。你？"

"也下雨了，冷。我回家加衣服。"

"呵呵。都是为衣服。人不穿衣服多好。"

"想得美！"

"其实，不穿衣服也不好。一件件往下脱才好。"

"想得更美！"

雨很大。郁飞愣了一会又道："你那边雨大吗？"

"不大。"

"我这边很大。"郁飞道，"天气预报很操蛋。"

"怎么？"

"昨天还说'明天阴道多云'，今天大雨。"

"你看看你说的什么？"

“对不起，阴到多云。”郁飞脸上漾出微笑，“我是拼音。不怪我。”

“嘻嘻。阴道多云。”

郁飞咬咬牙，道：“应该是阴道大雨。”

“呸。”她发来一张羞红的脸。

郁飞身上渐渐发热了。他飞快地打字。她飞快地回应。满屏云烟，满屏情欲。他简直无法控制自己。半小时后，他关了电脑，满面通红地走出了家门。

屏幕在他头脑里驻存了。关不掉。那些文字，还有想象中的她。这是一种另类的生活，准夫妻生活。他们什么都说了，可是，他们什么也做不了。这太折磨人了。他决定不去买摄像头了。他暂时不想看见她。如果她是个丑人，哪怕虽不丑而却和他的想象差别过大，他都觉得无法忍受。既然要“真情面对”，那就真实地面对吧。他预见到，他一定会见到她的。总有那一天。

但是他不想那么快。一旦将网络上虚幻的聊天转化为真实接触，他就必须慎重。他看了很多报道，网上的陷阱太多了。他已经成功地拒绝了那个“大老粗”的诱惑，控制住自己在激情视频上进一步的沉迷，当然也有能力控制住向“冷雪凝香”飞奔的步伐。天下所有的试探都是迂回跑动，若还若往。他还要进一步了解她。

通常来说，记性好是一件好事。但对成年人来说，忘却更是一种本领。女儿的记忆力好得出奇，你从来没见她背英语单词，她考试成绩却一直很好，一直名列前茅。但郁飞却嫌自己的记忆力太好了，很多事，譬如他曾经的婚姻，他宁愿彻底忘掉。可他白天还能控制，夜里却常常会在梦中浮沉。他躺在床上辗转反侧，很难入睡，再加上上网，他的睡眠严重不足，渐渐地，人就有些消瘦了。

人到中年，消瘦不见得是一件坏事，至少看起来他更挺拔了。他对自己的外形一直自信，以前，前妻也曾调笑着说：是帅哥，现在，她把这帅哥甩了，但这帅哥也还有人夸赞的！昨天，张殷在系办走廊里遇到他，侧头看了看，擦身而过时轻声说："状态很好嘛！很雄壮！"这无疑是很暧昧的夸赞。他们虽不能算曾经沧海，但都是过来人，什么不懂得？他们都不坐班，但时常还是会碰到。一举一动，一言一语，都能嗅出味道来。随着天气越来越热，张殷似乎越发主动了，他们一起喝过一次茶，有一天他们下班时在路上遇到，张殷顺水推舟还到他家里去过一次，帮他做了一顿饭。女儿放学回来时，张殷已经走了，女儿不晓得饭是别人做的，还直夸爸爸今天的饭做得特别好，令她"刮目相看"。他们两家住得不远，但并不在一个小区。意识到互访对两个离异人士的严肃性，郁飞多次谢绝了张殷的邀请。去了就可能有事，她一个人住。其实，他不是不需要啊，他很需要。但是，他把自己收住了。张殷只来他家里一趟就留下了浓烈的香水味，开窗开门驱之不散，弄得郁飞在女儿面前还大为心虚。一旦他去了那个浓香熏人的小窝，又怎么把持得住？他对自己了解得很，而且说实在的，他对她实在太熟悉了，他们同一年到学校工作，十几年了。同事十几年，那是个什么滋味啊？友善过，欣赏过，嫉妒过，竞争过，甚至嫉恨过……实在是一言难尽，百味杂陈。这种滋味里什么都有，好像就是没有爱情。他们的关系成了盐碱地，似乎长不出那种娇嫩的青苗来了。但是，好感有没有一点呢？嗯，好像也有一点，尤其是想到两个人目前是那么般配，就不得不承认有时也会油然升起一丝好感。谁叫所有的人都觉得他们就像天造地设呢？

还有个问题。关于香水。他并不反对女人用香水，特定情形下的香水是迷人的。那是一种无形的力量，软的，看不见，但无比强大。它直透你头上的囟门，触动某个开关，腾地将你放大，那是多么地美妙。但是，张殷的香水不但太浓，而且不幸，和前妻张斐扬以前用的有点类似。张斐扬的香水叫什么“CD”，唱碟？好怪！郁飞对香水所知有限，他只觉得张斐扬的香水是暖的，37.5 摄氏度，微微发热的体温，是一种暖香。而张殷的低于体温。这样的温度，让郁飞对张殷既难舍又冷静。她有意于自己，这不言而喻，所以两人见面，她每次都洒着诱人的香水，这是一个证明。然而细一琢磨，她其实是每天都用着香水的，与见不见到他没有关系。难道不是吗？她的香水洋洋洒洒，并不针对他一个人。

其实，如果针对他一个人，他倒更要警惕了。他们共事多年，难不成还要转为共眠？同事转化为同房，嘿嘿，感觉怪异！

他和那个“冷雪凝香”的聊天，越来越深入了。他们透过屏幕交流，屏幕也隔离了他们。没有香水的干扰，倒更像是一种纯粹的交心。他们什么都说，工作，家庭，爱情，鸡毛蒜皮，家长里短，无不进入他们的话题。有一天，冷雪凝香突然问他：“聊了这么久，你却不肯视频。我想问你，你是一个怎样的男人？”

他沉思良久。他们聊天时常是在兜圈子，类似的问题她曾经问过，他也曾问过她。现在，又来了。他斟酌一下道：“负责，正派，沉着，热爱生活，珍惜家庭。俊朗。”

“谁说你俊朗？”

“同事。”他接着道，“你喜欢什么样的男人？”

屏幕上立即回话了，像回声一样快：“负责，正派，沉着，热爱生活，珍惜家庭。同事说他俊朗。”郁飞看着，愣了，立即笑了起来。她复制了他的话，只加了几个字。郁飞实在忍不住，哈哈大笑。时间还早，女儿还没睡着，她从床上爬起来，喊道：“爸爸，你疯了吗？笑什么啊？”她好奇，下了床趿着鞋子跑了过来。

郁飞慌了。他立即关掉QQ，点开了一个新闻页面。女儿推门进来了。他还在笑。女儿问：“你笑什么？我也要分享。”

郁飞道：“我看了个笑话。好笑。”

“说。”

“一个小孩，看到她妈妈给妹妹喂奶，站在边上研究半天，指着妈妈胸口问，‘妈妈，你是怎么把牛奶装进去的？’”

女儿扑哧笑出来，道：“好笨！”

“是啊。她好笨。”

“不是她笨，是你笨！”女儿不屑地道，“这有什么好玩？你还笑哩！”她“嘁”了一声就走了。郁飞跟过去，帮她把被子掖好。女儿躺着，黑亮的大眼睛注视着他，突然又紧紧闭上了。郁飞关掉灯，轻轻带上门，回到了电脑前面。

他心中隐约有些不安。他是笨，提什么“妈妈”“喂奶”呢？怕她忘记她那个出国的妈妈吗？他随手点开QQ，却发现冷雪凝香已经不在了。她留了言，说：“怎么跑了？是那个夸你俊朗的同事来了吗？呵呵。”

又说：“开个玩笑。我知道你是个负责，正派，沉着的男人，不会有女人晚上来找。但是，我可能会去看你的。我最近要到石城出差，也许会去看你。我就是要在晚上去找你。不怕吧？

“既然我们已经相遇，那就是缘分。既然两根线已经交叉，那不妨看看，是否能并线。既然你连摄像头都不肯装，不肯见我，那我就去面见你。

“88。石城见！”

郁飞看得痴了。他端坐不动，其实心惊肉跳。她的话实在是大胆。“既然交叉，不妨并线”！他们曾经调笑过多次，比这露骨的话也说过，但这句话真正使他心潮起伏了。难道，网上的聊天使人坦白，而对方不在线的留言更让人袒露心声吗？他拿不准，但总而言之，他心潮起伏了。

她似乎是喜欢“负责、正派、沉着”的男人，这样的女人当然是稳重的；她和他时常在聊天里“涉性”，那显露她是个“知性”女人。这样看来，从未见面的“冷雪凝香”倒似乎比在他身边存活了十多年的张殷还要熟悉了——至少，她预报的见面燃起了他的好奇与热情，他此刻对她充满了期待。她说：“我就是要在晚上去找你。不怕吧？”笑话！他怕什么？他简直有点跃跃欲试，急不可耐了。

郁飞发了会儿呆，突然觉得自己可笑。他这样子，简直像只小公鸡，实在不像样子。他反躬自问，他绝不是因为春情荡漾，“性”致勃勃。他是觉得自己和“冷雪凝香”已经开始了某种未来。他们已经是朋友，所以他们的相见绝不能等同于已经成为暧昧笑谈的“网友见面”。她说：“既然两根线已经交叉，那不妨看看，是否能并线。”什么是并线？有一句很小资的话说：“我们是两条平行线，永远可以相随，却不能相交并线。”这句话从反面说明，并线就是成家，交叉就是婚姻……好啦好啦，先不想那么多，但无论如何，“深夜，外地异性来访”，挟带着难得的温情和爱意，还有悬念。这足够令人期待了。

都怪自己太固执，至今不知道她长什么样。她说过她不难看，怎么个不难看？好看吗？漂亮吗？她似乎是喜欢笑的，她笑起来是什么样子？他们，真的能“并线”吗？

这个时候，他彻底把张殷给忘了。第二天，他下午没课，回家早，张殷打电话约他喝茶，他找理由推掉了。他觉得自己正等待着和“冷雪凝香”的约会，这个时候，再和另一个女人勾勾搭搭那很过分。但张殷很热切。她并不介意郁飞的冷淡，晚饭后不久，她打电话来，说她家里突然跳了闸，停电了，无论如何请郁飞去帮着弄一下。这一来郁飞无法推脱，只得和她约好，让她在她的小区门口接他。

和“冷雪凝香”是约会吗？约了时间地点吗？——现在和张殷，这才是约会哩！

在流动的空气里，张殷的香水味似有若无，飘忽不定。郁飞不需要看她，闭着眼都可以跟着香味到她家。门打开，家里果然黑着。只有厨房的一盏灯还亮着。郁飞知道，是另一路的保险丝断了。他问明配电盒的位置，马上就要动手，张殷说要找个手电，却半天也找不到。张殷说：“别急，你先坐坐。”说着她自己先坐下了。

他们坐在客厅的沙发上。她离得很近，晦暗中，她的香气弄得郁飞心猿意马。厨房的灯光照在地上，方形的光斑中，是他们距离不远的两双脚。“床前明月光，地上鞋两双。举头望明月，低头看乳房。”网上看来的话，突然跳出来了。郁飞有些局促。他暗笑自己，实在是有点上不了台盘。张殷显然并不急于修好电，黑暗显然完全不能影响她的行动，她灵巧地泡好茶，给郁飞找来了烟。郁飞看不清她的脸，只看见一个有香气的黑影。那黑影说，平时还好，一断电没有个男人可真不行。她还说她现在才明白，男人是很重要的，是个宝。她又说现在人都喜欢说缘分，其实缘分还不就是感觉啊？能共事就是一种缘分……说着说着，她很自然地，脚伸了过来，几乎碰到了郁飞的鞋子。郁飞坐在三人沙发上，张殷从单人沙发上站起来，去给他续水，香气在郁飞面前一晃，他一阵心慌。他早已戒了烟，乍一抽脑子就发昏，觉得肚子饿，热血却兵分两路，一路往头上涌，另一路向胯部流。他保持镇静，端坐不动，却看见张殷放下水瓶，顺势也坐到了三人沙发上。他想往边上移一点，肌肉却似乎难以做出这么轻微精细的动作。而动作太大无疑会引起误会。

也许在下一秒，张殷就会倒过来。天啦，真要那样，他岂能无动于衷？！

他的手果断伸向烟灰缸，掐灭了烟头。这似乎是一个暗示，张殷软软地倒下了。她本该倒在他的身上，但却是空的。抬眼一看，郁飞已经站起来，手举打火机，走向了墙角的配电盒。他仔细查看一下，拔出盒子里的一路保险丝，捣鼓了一下，灯顿时就亮了。灯光下，一个脸显得特别苍白，另一个脸格外艳丽。两人都有些尴尬。郁飞突然道："我知道你用的香水的牌子，是 CD，对不对？"

张殷略一错愕，没好气地道："我用的是 ABCD！你只知道个 CD！"

“ABCD 是世界上最大的几个粮食跨国集团的简称，呵呵，”郁飞笑着道，“我从电视上才知道这个 CD。我现在这不就是个电工吗？电工知道 CD 就不错啦。”他突然哎呀一声道，“那家教该走了，我得回去了。女儿胆子小。”

“我胆子就不小？”张殷已经回过神来，又开始调笑了，“我也一个人，我胆子更小。”

郁飞呵呵笑着道：“灯好啦。你难道是灯熄了胆大，灯亮了反而胆小？”

“你就是个电工！”张殷道，“我看你自己才断电了！”

“是的是的，我保险丝也断了，修不好了。”他不敢再和她说下去，摆摆手出门了。

张殷不知道从哪里摸出个手电，刷地照在郁飞后脑勺上，还恶作剧地直晃，让他看不清台阶。郁飞一笑道：“谢谢！”拐下了楼梯。张殷啪地把手电关了。门也关了。

看得出，她有些恼了。郁飞也怀疑，自己是不是在犯傻。何必跟自己的身体作对呢？她今天的用心，再明白不过。他怕的是，自己一旦贸然深入，说不定导致难以自拔。今天算是全身而退了，可今后怎么相处？黑暗中，他身上似乎还沾着她的香水味，掸也掸不掉。就像他们之间的关系，断是断不掉的，差不多天天要见面哩！

她刚才似乎说过，能共事就是一种缘分，其实，能共事，还又都是离异的，才更是缘分哩！嘿！承她这么看得上自己，自己是不是可以换个角度看待她？

他突然又想起“冷雪凝香”来了。这时才发现，这个女人也带着香味的。连名字里都有香！不知道，那又是一种什么香味？

他的脑子稀里糊涂的。身上竟又燥热起来。这真可笑，眼前的机会被他自己错过了，回到家却又燥热。他觉得自己有病！

第二天上班路上，郁飞没有遇到张殷。他下了课一出教学楼，却迎面和张殷相遇。张殷满脸轻嗔薄怒，一望而知。郁飞这下反而放了心，他最怕的是她脸上没有任何内容，像归了零，清了盘，那就说明她是彻底被得罪了。现在这样，说声“你好”，带着点冷笑，这完全没有恐怖感。张殷的素质，确实是不错的。

他昨天回家，一进家门冲女儿喊了声：“我回来啦！天好热啊！”就直奔浴室洗澡。他及时清理了身上的香味。他可不想让女儿问东问西。他的脑子也需要清理一下。在流水的冲击下，他的脑子突然一闪：“冷雪凝香”说要来看他，怎么看？他们怎么联系？！

他最近，身体和脑子经常不能同步。身体有感觉，脑子在抗拒，和张殷就是这样；或者脑子里已经满是将要见到“冷雪凝香”的感觉，该做的准备却没做。他们一直没有互留电话号码，她真的要来了，怎么联系他呢？他草草地擦干身子，打开电脑，却找不到她的身影。他在QQ里给她留了手机号码，说：我盼望着你的降临。他胡乱地看着新闻，直到深夜“冷雪凝香”也没有出现。她发出“石城见”的信号，却没有索取联系办法，这只能说明她只是随口一说，至少短期内她没有明确的到来时间。这只是一个愿景，不是计划。可笑他当了真，竟然排除干扰和诱惑，还多次预演过他们的相见。更可笑的是，这样的相见每次都只从两人见面开始，而见面前的联络，都被忽略了。

现在电话号码也留了，应该踏实睡觉。

他每天睡觉前都关掉手机的，今天他迟疑一下，没有关机。

一夜无话。第二天上午，也没有电话。即使是上课，他也没有关机，开着震动，但是手机没有反应。下午，他没有课，坐在教研室批课程论文。也真是怪了，他手机从没有这么安静过的，简直像是坏掉了。下午三点刚过，手机突然在口袋里又叫又抖的，是一个短信，女儿学校的单元成绩报告。这个短信除了告诉他女儿成绩不错，还提示他，他的手机没有问题。是他期待的人没有拨他的号码。等待的滋味是难熬的。他渐渐地有点恼火，对那个还模糊着的“冷雪凝香”恼火，可自己也觉得没有道理，人家并没说好一定会过来，更没有说好哪一天过来，电话号码是你自己主动留给人家的——要恼火他只能针对他自己。老大不小的一个男人了，经过风浪，见过世面，还离过婚，为了一句人家网上聊天说的话，弄得像个小公鸡了！

她是说过“石城见”，但可能只是随嘴一说，一个玩笑。也许，她连他留在QQ上的手机号码都没有看见哩，可怜他认了真了。如果她看见了他留的号码，人来不来，至少可以先打个电话过来。可惜他没有她的手机号码，否则，他一定会主动打个电话过去，如果她来，就去接她；如果她最近不能来，他甚至可能做个不速之客，自己去上海一趟。

下班了。郁飞拎上皮包，抓起桌上的手机，塞进了口袋里。他把教研室的灯一个个关掉，刚走出办公室，手机响了。他愣了一下，看看号码，不认识——不认识才对啊！他本能地退回办公室。

“你好，是我。”手机里声音刚一传出，郁飞就知道，果然是她！她就该是这样的声音。郁飞道：“是我。我是郁闷……飞。”他担心有人听到，声音含混了一下。

“呵呵。郁闷而飞！你知道我在哪里？”

“在哪？”

“我在石城。”

“我猜也是。”

“是吗？你不是猜，你是在等吧？”她咯咯笑着道，“单位正好有个事，我就过来了。我说话算数吧？”

和她在网上的说话方式一样，她十分佻脱，但屏幕上的文字突然被配了音，郁飞一下子不适应。他结结巴巴地问：“事情办好了吗？”

“算是好了。还有件事可办可不办。”

“什么？”

“你说呢？”

“接见我？”

“你说呢？”她又笑起来。她的声音很清晰，背景却很嘈杂，间或有汽车驶过，大概是在马路上。郁飞问：“你住下了吗？”

“是啊。大石城酒店。离你不远吧？”

“不算远。”郁飞迟疑道，“这样好不好，你先休息一会，我回家安排一下，我女儿，我要给她弄饭。然后，我请你吃饭。好吗？”

她沉默。

郁飞急切地道：“要不了多长时间的，我离家很近。顶多一个小时就好。”

“好吧。”她的声音冷淡了下来，“你知道我的号码了，到时你打电话再联系吧。”

“我知道了你的号码，可是，”为了冲淡她显然的不快，郁飞呵呵笑着道，“我还不知道你的芳名呢。”他打趣道，“我叫郁闷而飞，真名郁飞，郁闷的郁，飞翔的飞。你呢？”

“我？”她迟疑一下道，“我叫冷香。88。”

电话挂了。她是真不高兴了。郁飞再拨过去，她已经不再接了。再拨，坚持不懈地拨，她终于接了。她嗤嗤笑着道：“你已经伺候女儿吃过饭啦？这么快吗？”

“没有没有，我怕你生气。”郁飞松了一口气。

“我可不会乱生气。那 88？”

“88。”

她挂了电话。

郁飞悻悻地关上教研室的门，快步下了楼。此后，他所有的动作都比平时快了一倍。回到家，手忙脚乱地做饭。饭菜的味道升起来了，他似乎已经闻到一种幽远的“冷香”了。那香味很特别，闻所未闻，动人心魄，只是还有点冷。那是距离的原因。他相信只要靠近了，被那香味包围，那一定是暖香，令人心神欲醉，血脉偾张。

不管怎么说，她还是来了。“冷雪凝香”已经成了“冷香”，很快就会飘到她面前来。她一定是看到他留在 QQ 上的手机号码，因为反正要来石城，索性等到了再联系，给他一个惊喜。这本来就是最可能的情况，可笑他从那“石城见”三个字后，昨天到今天，一直心神不宁，七上八下。

此刻，他热血归经了。血液在奔涌，速度惊人，人却要安静下来，实在有难度。连女儿都看出了他的焦躁，问他：“爸爸，你怎么了？”郁飞看看表道：“你们老师今天发短信来，要家长加强家庭辅导。那家教怎么还不来？”“时间还没到哩。”女儿奇怪地看看他。

“可我今天晚上单位有个会，我的时间要到了啊。”

女儿说：“我不信。你肯定是去找张阿姨。哼哼。”

“什么张阿姨？”他是真没反应过来。

女儿说：“她做的饭还不错。”

“哦！你瞎想什么啊？”郁飞没好气地说，“你就是个馋猫！张阿姨做的饭你已经吃过了，也就是‘还不错’，反正还有比她好的。”

“妈妈做得最好！”

“别说她了。她做得还不如张阿姨哩！”郁飞话头一转道，“我真不是去找张阿姨。我有事。”

女儿懂事地说：“那你去吧，我自己在家。”

“那不行。”郁飞给家教打了个电话。那大学生已经在路上了。郁飞等他进门，交代他道：“我今天可能要晚点回来。等我回来你再走，好不好？”小伙子答应了。

他急匆匆地出了门，在小区门口拦出租车。他给她打电话，可铃声响了很久，一直等到语音提示“您所拨打的电话暂时无人接听”，也没人接。他再打，这一次却是忙音。这说明手机她正用着，并没有人机分离，有一句话说：人机分离，必有问题。她的手机就在她手边。她只是不接。她生气了，不愿意接？还是另有原因？他想不透。他只能再打。上了出租车，他不断拨打着她的电话。一次，又一次。终于通了！郁飞“喂”了一声，却感觉不对。手机里传出的声音是：“您所拨打的电话暂时无人接听，她在吃饭。请稍后再拨。”郁飞愣住了。这是语音提示吗？怎么还会说“她在吃饭”？这是怎么回事？

初夏的夜晚，石城华灯灿烂。满大街都是红男绿女，车流如梭。郁飞看着车窗外面，心中恍惚。他现在是在路上，可他要见的人却联系不上。这是一次他早已期待的约会，也许从他拒绝和她视频见面，他就等待着真实的相见，可是，他们唯一的联系渠道却断掉了。汽车在飞驰，目的地是大石城酒店，然而，如果她不接电话，那地方对他而言，就没有任何意义。

到了。出租车划一道弧线，停在酒店门口。郁飞下了车。他经过旋转门，进了酒店。

大堂宽阔气派，金碧辉煌。郁飞扫视着远近周围的人，也许，她就在大堂的某个角落，在等着他？她是要给他一个惊喜？

但是没有。她显然不在这里。郁飞坐到了大堂边的沙发上。他又一次按下了重拨键。

“喂？”

“您所拨打的手机暂时无人接听。她在休息。谢谢。”

这是很标准的普通话，不带丝毫上海口音。但这一次郁飞听出来了，是她在说话，冷香在说话！她模仿手机语音的声音在说话！这一次她是“在休息”，也不说“请稍后再拨”了。她这是在开玩笑吗？如果这样，她就没有生气。她是在和他逗乐，就像他们以前的网上聊天时一样。但是，她为什么不说正经话？她不知道他是如此急切地等待着和她的相见吗？

唯一的办法是去查她的住房登记。冷香。她就在这酒店的某个房间里。前台小姐很配合，她翻了翻住宿登记，告诉郁飞，没有。没有这个人。

“那冷——冷凝呢？”

“什么？——没有姓冷的。”小姐冷冷地把登记簿合上了。

郁飞尴尬地一笑，坐到沙发上。他不死心，再拨一次电话。这一次她的手机已经关机了。他站起身，走出了酒店。一辆出租车在他身边停下。他摆摆手，走上了大街。

是的，她刚才最后一句话说的是“她在休息。谢谢。”并没有让他“稍后再拨”，这就是告诉他，她关机睡觉了。可是，她真的住在这里吗？她真的叫冷香吗？甚至，她真的来石城了吗？说不准。一切都说不准。如花美眷，真情“并线”，一切全成了泡影。

果然是没有未来的。哪怕她真的来了，哪怕她只是因为郁飞不能及时见面而生了气，他也不可能见到她了。至少今天见不到。她在做什么？真的“在休息”？也许，她在和别的人缠绵？她是个老“网虫”，谁规定她在石城只能有他一个网友呢？！

郁飞苦笑着，把手机关了。

时间还不晚，他在大街上闲逛。这么多年来，他还是第一次漫无目的地闲逛。街上有无数闲逛的人，但更多的，是成双成对的男女。明灭的霓虹灯闪烁在他们脸上，像开足的花朵。一想到这个自称“冷香”的女人正在酒店里，和别的男人约会，郁飞的脑子突突地跳了起来。他简直怒不可遏。她骗了他。他像个傻瓜一样，被她的“语音提示”一步步引到酒店，然后，又让他走开。

她肯定正快活着哩！关掉手机，门上再挂上“请勿打扰”的牌子，何其快活啊？！自己怎么就这么傻呢？

一想到她正在浓香依偎，翻云覆雨，他的血又开始下行了。这个时候他竟然“性”致勃勃，自己都觉得丢脸。他迟疑一下，拐上了一条小巷。小巷正在翻修，路面上洒了一层碎石。一辆压路机停在路边。路不好走，郁飞又不愿意回头，他只能做个压路的志愿者了。说也奇怪，他走着走着，气倒渐渐消了。看来，她本来就是个佻脱的女人，网上的聊天其实已经透露了她的性格，有些话她只是随口乱说，自己不该当了真。她说也许他们能“并线”，这给了他无限的希望，他以为“并线”就是结婚，“并线”就是成家，为什么就想不到，关键时刻，却先断了线呢？

不怪她。应该怪自己，对一段刚刚开始的情感寄予了太深长的希望。他们在网上接上了线，认识了，其实随时都是会断线的。

不知道那个“冷香”，她会做饭吗，她做的饭女儿会喜欢吃吗……郁飞嘿嘿笑了起来。

胡思乱想着，他走出小巷，进了一条小街。他跺跺脚，四下张望起来。

这地方他从来没来过，但是听说过。所谓美容一条街，说白了就是红灯区。红灯暧昧的小店面，一家挨一家，一直延伸到小街的尽头。他的心里咯噔了一下，顿时有些不自在。又有些好奇，以中等速度慢慢朝前走去。已经是初夏，小姐们简直穿不住衣服，全部是袒胸露背超短裙。红的灯，白晃晃的肉。他走到哪里，小姐们都会站起来，隔着玻璃朝他飞眼作态。郁飞从来没见过这阵势，网上的红灯区他见过的，但真的置身于这里，他居然心惊肉跳了。正慌乱间，左边的店面里，一个小姐拉开一道门缝，直朝他勾手；右边的不甘示弱，人竟然出来了。人未到，香味先扑过来。她一把拉着郁飞的手道："老板，来嘛！敲背，便宜得很。"左边那个嫌她说得含糊，一把拉开门道："来嘛，玩玩！"郁飞心中狂跳，手一挣道："我不是老板！我是……"快步走了。

他留在嘴里的那句话是"我是老师"幸亏没有说出口。

小姐妖娆性感，实在是很撩人的。郁飞摆脱纠缠，脑子却摆脱不了这肉屏风。要摆脱也真难啊，这小街太长，所有的小姐都朝他勾手。这注定是个慌乱之夜了，一个见女网友不成的健康男子，成了这小街的香饽饽。但是郁飞守得住——再来一个小姐拉他可就说不准了，但谢天谢地，后面再没有人来拉他了。他开始用稳重的步态前进，方寸不乱，跟上课前进入教室的姿态十分类似。这时候对面来了两个醉汉，嘟嘟哝哝，踉踉跄跄着东张西望，两边突然各闪出一个小姐，一人拽一个往店里拉。两个醉汉一把推开，各自后退一步，歪头打量着小姐。然后呵呵一笑，闪身一个交叉，两人换个位子，各随自己中意的小姐分头行动了。

郁飞看傻了。见又有小姐冲他招手，连忙摆摆手，快步逃了。

好不容易——也有点恋恋不舍——他走到了小街的尽头。郁飞长舒一口气。虽是街尾，这里还有小街的余韵哩！所谓余韵，是两家店面，一家是卖性保健品的：虎哥，双响炮！另一家在对面，私人诊所：老军医，专治各类性病——这算是配套成龙了！就像一个运动队，除了教练和啦啦队，还有队医哩！

郁飞忍不住咧开嘴，无声地笑了。突然间心情又黯淡下来。他待在路口，突然觉得心里发空。一片寥落。

他拐上大街。这里离他家已经近了些。按理说他应该回去了。但是他心里很乱。突然想起手机还关着，女儿要是有事都找不到他。他打开手机，想给女儿打个电话，想想，又算了。一个个人，一幕幕场景，从他脑海中闪过。鬼使神差地，他掏出手机，拨通了张殷的电话。

"你好。是我啊。"

"知道是你。"张殷在笑。

"睡了吗？"

"还没有。"

"怎么还没睡？不会是又断电了吧？"

"哦——是啊。又断电了。要你来接电。你在哪？"

"我就在你家楼下。我马上到！"

这是一个迷乱的夜晚。狂乱，也带着迷惑。但他很快就不迷惑了。他的目标坚定了，他的动作也格外坚定。张殷是个娇媚的女人，娇媚的身体，娇媚的香味，还有喘息。他们原本是熟悉的，但他们的熟悉，仅止于光天化日和衣冠整齐的时间，这一刻，在黑夜里，他们是陌生人。他们彼此探寻着。他们的呼吸就像是越野长跑时两个争先缠斗的对手彼此的喘息，互相激发，欲罢不能。这是他们纵情的天地。情乱意迷中，他忘了关掉手机，好在并没有人打搅。要等到他们从巅峰滑落，驶入港湾，要等到他洗过澡，辞了张殷，走上了回家的路，他的手机才响了起来。好累啊。

是她。冷雪凝香。或者叫冷香。“你好。是我啊。”

“知道是你。”

“睡了吗？”

“还没有。”

“那你女儿睡了吗？”

郁飞略一迟疑，道：“她睡了。”

“那你来吧。我在３２１１房。”

郁飞沉默。他心中冷笑。她以为他是在犹豫，道：“我前面是有事，对不起。你来了我向你解释。”郁飞依然沉默。她又道：“你来，我犒劳你。”

“不必了。”郁飞微笑着道，“我已经上床了。女儿不能一个人在家。你一路平安吧。”没等她回话，他把手机挂了。然后又关了。

他知道如果他去了，将要发生什么。现在才十点多，完全来得及投入另一场狂欢。但他已经意兴萧索。他绝不是身体不够，他够的。他甚至也相信，这个自称冷香的，并不是会过一个男人后再来见他，他只是突然明白了他自己。他要的，也许就只是和一个女人搭搭线，而不该奢望什么“并线”。那两个醉汉是打一枪换一个地方，他比他们要长久一点。如此而已。网络延宕了他和冷香的交往速度，也美化了交往的前景，他被自己骗了。要知道，此前他期待着和她见面，但并非专注于她的肉体——第一次见面就干那事，他没有计划如此凶猛。他期待的是进一步的了解。现在他明白了——“犒劳”，这是她的话。她说破了真相。他们也就是试探，迂回，然后互相犒劳一下。原来如此啊！她比自己明白得多，也清醒得多。他懂了她，也懂了自己。

郁飞此后好几天没有上 QQ。终于忍不住，还是上去看了看。“冷雪凝香”的头像闪动着，但那闪动的头像是黑白的，彩色已褪去。这说明她不在线。她留言道：“你真的 39 岁吗？我看是 9 岁，你没长大，顽童；要么就是 59 岁——你老了。不行了。”她这是在骂他。他呵呵一笑，想回嘴，却觉得说什么都不合适。他看着她的头像，迟疑着。这时门外传来了脚步声，门锁在响，他知道是女儿放学回来了。门已经开了。他嘴里说着：“今天怎么这么早啊？”手上的鼠标点击着，把“冷雪凝香”拉进了黑名单。

这是个天罗地网的时代，但他们从此互相消失。

2010 年

吞吐记

夫妻吵架，那是常事。锅哪有不碰勺子的？舌头和牙齿还要打架哩。但吵归吵，这里头却也有个计较：谁是舌头？谁是牙齿？这是夫妻的重要问题。牙齿绝对强势，受伤的永远是舌头。不幸的是，徐岛就是一条舌头。他做舌头，已经做了三年半了。

他脾气好，姿态高，作为一条舌头，自愈能力极强。锅和勺子那是硬碰硬，弄不好就倒勺砸锅散了伙，只有牙齿和舌头才能兼容，一来二去，不知不觉中他就成了舌头。做丈夫是难的，做舌头更难，但不做舌头，就可能连丈夫也做不成。他们磕磕碰碰过了三年多，平心而论，架没少吵，但大部分时间也还是风和日丽，平平淡淡的。说起来真正的大吵只有两次，除了眼下这次，那一次是三个月前。三年两大吵，说多不多，但都伤了筋动了骨。目前这一次正在冷战当中，孟佳决然回了娘家，后续如何发展，尚不可测。“这日子没法过了，我们离婚！”两次大吵，孟佳都说出了这个话。这是撒手锏，是快刀斩乱麻的那把刀。再深入研究一下，撒手锏和刀还不一样：亮出撒手锏，相当于亮出牙齿，其实不可怕，舌头让得快，身段再柔软些，那就伤不到婚姻；刀却意味着一刀两断。但无论如何，这句话是极值，是顶峰，是夫妻吵架的最强音，三个月前，孟佳说出这句话时，脸上就满是挥刀的表情。这就严重了，她动真的了。“我们没孩子，简单。钱、股票，一人一半，房子归你，”她冷笑道，“反正也是租的。我回我妈家。”话已至此，徐岛张口结舌。舌头成死肉了。

那次吵架的起因其实简单，鸡毛蒜皮，徐岛简直想不起来，想得起来他也不愿再提。总而言之，先是风起云涌，慢慢就电闪雷鸣，渐渐就暴风骤雨，昏天黑地起来，竟有了地震的征兆。说到底还是因为舌头也有血管和神经，还特别能够分辨酸甜苦辣咸，一不留神它还要乱动。你来我往，你一言我一语，虽说徐岛的话软和一些，不那么“结骨”，但毕竟还是在回嘴。这在战略上就是个“敌进我退，敌驻我扰”的格局，未能完全执行“不抵抗主义”，待孟佳抛出吵架的最强音，基本就很难收拾了。

当时徐岛委曲求和，但孟佳心意已决。陈芝麻烂谷子全倒出来了。讲师当了七年，评不上副教授；臭袜子乱扔，不配对的有一打；整天跟女学生和蔼可亲循循善诱，谁知道想诱到哪里？乡下三姨六舅一大堆，前赴后继的来吃住——还凤凰男呢！凤凰男人不如鸡！鸡还会下蛋呢！徐岛抓住机会笑嘻嘻地指出她的逻辑错误：凤凰男属于雄性，即使是鸡也是公鸡，当然不会下蛋；又说臭袜子乱扔其实不是问题，全买一样的袜子就可以随便配对。这一来孟佳更上了火，说你是随便配对，我瞎眼配错了人，所以这婚是离定了！

徐岛虽说是大学讲师，其实有点木讷。但离婚当头，不得不勉力摇唇鼓舌。毕竟是教师，真动起嘴来还是颇有水准。孟佳说她是“瞎眼配错了人”，话一入耳，徐岛立即就分析出这个句子的结构：“瞎眼”说的是遇人不淑，识人不准；“配错了人”表达的是结果；整个句子里饱含怨尤、后悔，更多的是指责，指责他辜负了她的青眼。徐岛找到缝隙，立即以柔情渗入。他说你没有瞎眼啊，整个商场那么多人，你就挑中了我，这是缘分，缘分啊！说起来他们的相识很浪漫。不是一般的浪漫，是相当浪漫，简直富有传奇色彩。

那年换季时节，他想起自己还缺衣服，就到商场看看。其时他已相亲多次，正处于将剩而未剩的关口，和商场的打折衣服其实颇为类似。但他当时并没有自艾自怜的感觉，只想挑一件得体的衣服，买了走人。他在一个柜台前看中了一件栗色夹克，出样在模特身上，配着米色裤子，十分中意。于是开始还价。他是学地理的，下知地质水文，上晓日月星辰，但对这上下之间的人间俗事却不擅长，还价只知道拦腰一刀，再步步退让。可这套衣服不让还价，卖法也十分诡异：这男模特身边还有个女模特，米黄上衣配栗色裙装——是情侣装，一起买六折，单买就原价。徐岛犯了难。那女营业员笑吟吟地看着他，说这个活动效果极佳，至今没有单卖一件。这对单身前来的徐岛简直是嘲讽，是奚落。徐岛悻悻然，愤愤然，又有点恋恋不舍。这时候孟佳出现了，这是他们第一次相遇。她已经注意他很久，饶有兴味地看他发窘。这时她走上前去，果断指着女模特身上的衣服说："我要这一套。"营业员说："原价。"孟佳说："我们一起买。"营业员斜眼看看她，看看他，说："这个当然可以。不过……"徐岛立即点头，表示可以。但好事多磨，买个衣服竟也一波三折。先是找不到合适的尺码，徐岛的衣服只能从模特身上扒。模特是不穿内衣的，看着模特被脱得精光，徐岛觉得身上冷。这他也忍了。那营业员却又有话："你们不试试衣服吗？不试你们还是不能买。"原来这活动十分促狭，为了证明双方真是情侣，必须两人一起到试衣间换衣服！徐岛刚想说那就不买了，孟佳却羞涩地看着他，满眼期待。"试试吧，又不是内衣。"她这基本是出言相求了。羞涩是动人的，信任是可贵的，你只有拿勇气去回报。徐岛涨红脸，拎着衣服就进了试衣间。孟佳跟了进去。

这就是开始。他们认识了，恋爱了，结婚了，后来闹离婚，那也是后话。当时，营业员们在外面挤眉弄眼，嗤嗤地笑。她们竖起耳朵，盯着板壁，等待着发生事故。事故当然没有发生，发生的是故事。徐岛在试衣间里老实得很，差不多像是孟佳带进来的一具木质模特……回忆他们浪漫的初恋，是徐岛解决吵架拌嘴的必杀技，常常是他开个头，孟佳的机关枪射速就慢了，连发变成了点射，继而哑火沉默，徐岛再往下说，她忍不住就要纠正他的记忆错误——这些错误基本是故意的，是诱敌深入的那个口子。孟佳说他其实不老实，在试衣间里喘气喘得像干什么似的，这说明他心怀不轨。徐岛说我什么心怀不轨啊，我站得笔直，非礼勿视，连动都没敢动。我衣服都没试就买走了，那也算是豁出去了。孟佳说什么豁出去啊，我眼力好，一眼就看出你肯定合身的。徐岛连忙插话，说你的眼力绝对好，要不怎么找到我啊……总而言之，三绕两绕，就峰回路转了。

不过回忆往事这个必杀技也已过时了。上次大吵前就过时了。天下没有永远的必杀技。以前屡试不爽，但孟佳上次就已不吃这套了。说到买的那两套衣服，徐岛以动作代替语言，马上找出来，试穿一下。上衣勉强可以，穿到裤子可就狼狈了。他肚子收紧，裤腰却还不肯配合。这可不是自找麻烦吗，他连忙想褪下来，孟佳话又来了。“你看看你自己那个样，我们都不是从前了！”她从小包里拿出离婚协议书，往徐岛面前一扔说：“我字签过了，你不要往后躲。”

所以说，民政局迄今为止他们已去过两次，一次是结婚，一次是上次闹离婚。徐岛可不想再去。所幸他在大学工作，自由时间比较多，有足够的时间自我反省。有一本软性杂志，上面有一碗“心灵鸡汤”，说：我们要学习舌头，它柔韧而坚强，牙齿掉光了，舌头至死尚存。徐岛先是好笑，觉得这是典型的巧舌如簧，“言伪而辩”，突然一惊，这才明白自己自结婚以来，一直就是一条舌头。以前是不自觉的，因为成家不易，因为怕折腾，也因为孟佳持家过日子并无大错，他自然而然地成了舌头。都说唇亡齿寒，其实牙齿更重要。牙齿要是脱了岗，嘴就不成个模样了。

嘴是什么？嘴就是家庭。补牙当然也可以，但不管是烤瓷的还是金牙，都亮得刺眼，闪耀着替补或小三的光泽。这个很难看。因此原配的牙齿是珍贵的，不能崩掉，唯一的办法就是继续做一条舌头，做一条自觉的舌头。上次离婚实际上是一场临界核爆，就是说一切都准备好了，按程序滚滚向前，却在最后一刻戛然而止。蘑菇云没有升起，但数据到手了，这数据就是：离婚很伤人，伤心、伤神、伤身体。

眼下这次吵架的起因倒很清楚，和他们的初识一样历历在目。相识带有点玫瑰色，这一次却直接由玫瑰引起。自从有心做一条自觉的舌头后，徐岛悄悄自律了。他变得更富有弹性，这种弹性符合他所揣摩的孟佳的心意。他更少出去和当年的朋友同学聚会，绝迹于娱乐场合，几乎成了一个宅男。舌头完全被牙齿封闭，他更顾家了。他也努力做一点浪漫。情人节那天，他乔痴装傻，到晚上老婆终于忍不住，气哼哼地说：“你完全不把我放在心上！今天是什么日子？”徐岛说：“我本想给你送花，但今天花太贵。要不这样，我手机里有玫瑰花存着，我给你发一朵。”“可你没有发！”“是啊，我本来想发的，后来想到一条彩信要五毛，这不符合你的治家理念，我决定用更好的办法表达心意。”孟佳疑惑地看着他。他摸出手机，调出玫瑰花，往她眼前一举道：“你看吧。你看看就好了。我们何必舍近求远？”孟佳一愣，继而哈哈大笑。这个结果徐岛很满意。他们至今在为房子的首付而奋斗，这样的浪漫十分实惠，但这种实惠其实隐藏着他们的艰辛和寒酸。不几天，天气逐渐转暖，大地回春，城里随处可见春花烂漫，但孟佳倒开始常常脸色阴沉，时不时地抱怨发难。再提起那朵玫瑰花，她的评语是：我们过的这是什么日子！徐岛只得开阔胸襟，尽力调节。他回家常常说点趣事。说，他给一个“文凭班”上课，班上基本不是老板就是领导。这天他一进课堂就觉着不对，多了许多年轻面孔，原来的老学员不见了。下课一问才知道，原来年轻人都是秘书。秘书代领导上课。秘书们嘻嘻哈哈给他递烟，还说以后领导基本上就不再亲自上课了，请他包涵。徐岛把这事说给她听，本想逗她一乐，没想到她冷笑几声，开始嘲笑他不也经常代院长写论文？还“被自愿”呢，说到底还是自己没出息。又说你那班上不是有证券公司的老总吗？为什么不问问行情走向？徐岛说我问也问过的，可他说了比没说还害人，你也不是不知道。徐岛混得不好，职称上不去，钱挣不到，不多的钱买了股票原以为能多变出几平方米，没想到他们可怜的钱一丢进去，就把股市砸下去了，一蹶不振。他混得不好，家就过不好。结婚几年还没有自己的房子就是证明。

他们租了个两室一厅，稍作装修先住着。徐岛在学校原本也算个人才，也有一笔安家费的，但很可怜，首付都不够。他家里把他培养出来，已无余力；孟佳虽是独女，但父母是工人，母亲退休，父亲离世，也指望不上。他们房子虽不是自己的，但人气倒很旺。房子在二楼，楼下是一家证券公司。证券公司的大厅里熙熙攘攘，无数的人盯着那个大屏幕，间或还传出叫好声，鼓掌声，有的时候又像是集体死了人，当场号啕大哭的有，还有的人突然倒下去就没活过来。行情就在他家楼下，在饭桌下，在床底下。幸亏他们吃饭睡觉时一定已经闭市，否则那真是颠簸起伏波澜壮阔了。股市是他们家邻居，股票却和他们不亲，这真是没办法的事。徐岛认了，就当那笔钱不存在，就当他们家没有一楼，是个空中楼阁。股市比季节要顽固的多，四季轮回，股市绝不回暖，仿佛绝情的情人，焐是焐不热的。孟佳也不管了。他们对股市视而不见。但她有个爱好，那是徐岛的巨大负担：她喜欢看装修杂志，逛装饰城。徐岛是能躲则躲。对他来说，这绝对是煎熬。

这次吵架的缘起是一个过程，由手机玫瑰花开始，后来又是什么“文凭班”，在房子上稍作停留，最后又绕到了他的职称上：如果他的文章不送给别人，何至于两次评不上？如果他多写两篇，即使送给领导，也不至于被别人比下来。这里面酸甜苦辣一应俱全，舌头终于吃不消了。打掉了牙可以往肚子里咽，可舌头受了伤咽都没法咽的。舌头不听控制了。他开始回嘴。他说我们现在是困难一点，但现在年轻人除了靠老子娘的，谁不困难？你又不是不知道我，我什么都没有隐瞒过，我学历算高，但个子不高；我智商不低，但情商很低；我老家亲戚不少，但有用的社会关系基本没有；我现在是混得不怎么样，但职称待遇慢慢也是会上的……他这是展示前景，本意也是劝慰，不想一展示前景却不是劝慰了，是撩拨。孟佳立即打断说：“慢慢会上，我看你就是个蜗牛。我老公是个蜗牛！蜗牛还带房子呢！”徐岛说：“我们现在还没有孩子，这个房子也不是不能住。人家外国年轻人百分之八十都是租房住的，人家也很幸福。”孟佳火气大了，“没有孩子那是你养不起！人家幸福可是我不幸福！”

话到了这个份上徐岛无话可说。广厦千万间，没他什么事。他累了，孟佳也累了，两人中场休息。休息就是上床。孟佳饭也不吃，躺到了床上。她被子蒙着头，表示一句话也不说，什么也不想听。他们的床是靠墙摆的，她躺在床边，明摆着是要将徐岛挤到沙发上。徐岛决不妥协，他歪在床边上，身子轻轻款款往里挤。楼下的股市早已闭市，家里安静得像月球。孟佳背朝外侧着身子，显出一条好看的曲线。徐岛悄悄把手搭在孟佳身上，又轻轻往她屁股上游移。孟佳打掉他的手，片刻间，手又过来了。啪一下，手再次被打掉。徐岛明白女人要哄，光靠语言是不够的。他起身打开了电视。这是他们亲热的第一个程序。这房子隔音不好，动静大点那就成了音箱。他躺下来，电视里的声音很欢快。是电视剧。一个女人生了个男孩，她老公得意地大叫：“儿子！儿子！你可是个原始股啊！”徐岛轻轻把身子朝她屁股上挺一挺，没反应。他嘴里说：“我是潜力股。”身子又一挺，继而一纵一送，挺出节奏来了。孟佳死了般不动，突然叫道：“你还原始股！你是原始人的屁股！”她猛地坐起来，呼地站起，跨过他，下床去了。徐岛吓了一跳，直瞪瞪看着她。她以前多次拍着他的屁股说：“你虽说盘子大了点，但还真是个潜力股。”今天这一招不灵了。

孟佳叮叮当当开始收拾衣物，临走撂下一句话：“你垃圾股！”

这次吵架徐岛失之于因循守旧。世界在变，吵架也该与时俱进。以前大吵小吵，他抚今追昔，展望前景，再适时动用身体语言，基本都能拨乱反正，柳暗花明。但这里头有个教训，已逐渐凸显，那就是绝不能再着力于空洞的前景。提到前景那是火上浇油。这次徐岛在做好一条舌头的前提下，已十分戒惧。但难就难在没有前景的夫妻，岂不注定是不到头的夫妻？有的时候现状预示着前景，你不提前景，前景也扑面而来。他一不留神提到房子，被孟佳判定为蜗牛；虽已到了床上，却没干成正事，顺嘴又提到了什么潜力股，这下好，垃圾股岂不就只能等着被割肉？

孟佳跑到娘家，不接电话，不开门。她母亲传出话来，她铁了心要离婚。这话如果是孟佳说出来也许尚可挽回，她母亲当传声筒，则意味着丈母娘已在思想上和女儿保持一致。她家就两个人，团结一心了。上一次她母亲居中调停，还是闹到了民政局，这一回眼看是凶多吉少了。

徐岛孤零零待在家里。他口干舌燥，心烦意乱。除了上班，他不出门。牙齿咬死了，舌头完全被关住。他嘴里发苦。细想起来，孟佳和他只能算是平常的夫妻，和这万家灯火中的千万对夫妻大同小异。不过稍一回想，他们两次大吵，却有个细微的区别：上一次是暴风雨，孟佳眼泪没少流，说到伤心处简直是泪飞如雨；这一次不一样了。是沙尘暴。孟佳没有一滴眼泪，但飞沙走石，字字着肉，徐岛被打得脸生疼。沙尘暴是突如其来的，昏天黑地。能见度极低，你看不见前面的路。

上次他们就闹到离婚了。他们去了民政局，但是没有离成。孟佳的决心很大，“一刀两断”。就是说要领来离婚证，当刀子使，从两人中间下刀。事已至此，徐岛只能随她去了。他们约好，早上九点到达民政局，离婚的和结婚的都在排队。离婚队伍的长度大约是结婚的三分之一，这很符合社会学家的调查报告。结婚的都喜气洋洋，没想到离婚的人里竟也有欢天喜地的。这似乎不合逻辑，但懂行的就知道，这是解脱，是解放。民政局办离婚很简单，麻烦的都去法院了。很快就轮到了他们两个。他们呈上了离婚协议和户口本，本以为几分钟就完事。不想那办事的女人看看他们两个，却说手续不齐，还要各自的一寸免冠照。徐岛心中窃喜，想这倒是命中注定，今天离不成。孟佳却沉着脸，说我们现在就去拍。隔壁就是照相馆。拍离婚照比结婚照简单多了，不要化妆，不要换衣服摆姿势，也就是几分钟的事。等他们再次站到办事的女人跟前，她看看离婚协议，嘴里总结道：“没有债权债务。没有孩子。财产一人一半。”却手一伸道：“结婚证。”两人都傻了眼。孟佳问：“我们是来离婚的，要结婚证干吗？”女人道：“我们要收回。”她语气坚决，不容商量。孟佳悻悻然退出队伍，嘴里叽叽咕咕。那女人在她身后补充道：“我们规定要先查验，再收回。有的年轻人把婚姻当儿戏，早上结，下午就来离了。哈，这个不行。”

徐岛跟着她坐到墙边的长椅上。突然觉得好笑，夸张地捂嘴笑了起来。离婚还要结婚证，这很幽默。关键是这个幽默还很有道理。两条队伍里都有不少人在看着他们，徐岛很想问孟佳："还离吗？"但他不敢问。他知道弄不好这又是火上浇油。马路对面是一家证券公司，和他家那栋房子的格局很像。虽知道他家不住这边，他还是忍不住朝二楼张望。这段时间行情暗淡，证券公司里的人也不比平时多，模模糊糊能看见屏幕上红红绿绿。古人说绿肥红瘦，这里却是红涨绿跌。他脑子有点发木。他试探着问孟佳："那东西好像是放在写字台抽屉。要不，我回去拿？"孟佳不置可否。徐岛苦笑着出了大门。

他回家顺利地找到了结婚证。想想又不甘愿，延宕着不想立即出门。实在赖不过了，正要起身，孟佳发来了一个短信："你等等。我想起一件事。"这是什么意思？他完全不懂。正疑惑间，门锁一响，孟佳赫然站在他面前。"我……我……"孟佳脸红红的，仿佛雨后的霞光。徐岛大惑不解。"你一贯是个懒鬼。今天还肯跑回来，说明你有改进。"孟佳一屁股坐下，说："我渴死了。我要喝水。"徐岛忙不迭去倒水。杯子端过去，孟佳一摸就叫道："你想烫死我啊！"徐岛见她一脸娇憨，急忙换个杯子，去冰箱倒了一杯冰可乐。孟佳道："你过来，我有话说。"她拿起可乐，举起来，突然倒在徐岛的头上。徐岛一蹦老高，大叫道："你！你……"孟佳笑吟吟地站起身，抓起热水杯，搂过徐岛，又往他头上一倒。徐岛蒙了，要发作，但孟佳笑靥如花，不像有故意伤害的动机，倒像是夫妻间的性虐待。性虐待你怎么发火？他愣在那里，孟佳已把毛巾拿来了，仔仔细细地给他擦。“我要让你记住今天，记住今天的经历。”她叫道：“你做饭去！我要吃饭！”她咣地躺倒在床上，摸出手机摆弄起来。

徐岛确实记住了这个日子。冰火两重天。事后的某一天孟佳温言解释，说她也不是乱来的。她先倒冰水，再倒热水，那是因为舍不得烫坏他，所以先用冰可乐垫垫底。不管这种说法是否可信，总之他没有被烫坏，他们也没有离成，又这么过下来了。当然，过下来是过下来，但并不能保证他们从此以后就永结同心，白头偕老。这不，现下不是又在闹吗？

孟佳发了个短信来：“你为人师表，我也不想去法院丢人。离婚协议我已发你信箱。这一次更清爽。”“更清爽”，这什么意思？他沮丧之中竟有点好奇。打开邮件仔细参详。乍一看几乎是上次的翻版，只不过上次是手写稿，这一回进步了，排版了。有几个错别字，徐岛客串一下编辑，改一改就可以出清样。这真是正规了，严肃了，有了合同的意思。上次的协议已经不在，销毁了，不然倒可以比较一下，做个文本细读。孟佳那天解释了冰火两重天的意思，随手把协议捏成个纸团，扔到了马桶里。可那纸团极具浮力，赖在水面上，冲来冲去就是不走。最后还是徐岛拿钳子捞起来，丢进了垃圾袋。现在想起来这个动作十分晦气，那个纸团可不是换个面目重又浮现了吗？屏幕上的协议，核心部分也就是财产。上次是一刀两断，所有财物一人一半；这次是一拍两散，只不过这散下来的两块与上次略有不同。他给孟佳打个电话，孟佳不接。再打，还是不接。你不接我偏要打！他再一次打过去，接了。孟佳懒洋洋地说："就我们那点家当，还值得说来说去吗？"她冷笑道，"我不值得你纠缠。你也不是原始股，潜力股。所以股票我全不要。全归你。"瞧瞧，这话不讲理了。徐岛是不是潜力股，跟要不要股票有关系吗？但她意思很清楚，就是既不要他，也不要股票了。他仔细看着屏幕，她果然已按市值算好，她不要股票，拿走相应的现金。这很公道，没什么好指责的。徐岛放下电话，决定接受现实。只是心中尚有不平：我纠缠了吗？我纠缠就有用吗？老婆要离婚，就如同老牛要下河，拽尾巴你能拽住吗？

他们电话约好了办手续的日子。后天，还是九点。孟佳还说，办完手续她就来把她的东西取走。所谓她的东西，主要包括她的衣物和首饰，还有一点化妆品。这已经说得很细了。上次可没有这么细致。这才像个做正事的样子嘛。徐岛正常上下班，吃食堂，晚上回家吃泡面。枯坐无聊，就去阳台看看。

从上次闹离婚到现在，他们过得很平静。正常地上班，吃饭，睡觉。饮食男女。真要找出点变化，那也不在他们家，在外面。阳台上的徐岛听见一阵吱吱嚓嚓的声音，像夏蝉幽鸣，像老鼠搬家。不看他也知道那是什么玩意：银行不久前在下面安装了一台自动柜员机，看上去就像他们这栋楼的墙上张了个嘴，随时往外吐钱。它吐钱的嘴和徐岛的口袋并不相通，但位置却在他家楼下，看了就闹心。这柜员机吞吞吐吐，银行开心得很，但考虑到它基本是出得多，进得少，那就十分晦气，看上去就不像个过日子的样子。败家货。

徐岛骂一句回了房间，关上了阳台门。上次离婚不成后，他做过调查研究，暗地里查看孟佳的手机，适当的走访和跟踪，结论是：没有情况。就是说孟佳外面没人，问题还是出在他们内部。这就难办了，内科比外科更复杂，属疑难杂症，只能慢慢调理。调理是急不得的，于是这日子就寡淡了。楼下证券公司也寡淡，这会儿早就闭市散场，静得像个坟场，和它最近白天开市的状况也差不多，只是白天人还蛮多，像无声的追思会。几个月前证券公司也发过几天低烧的，楼板下欢欣鼓舞，但很快就退了热，现在白天也门可罗雀了。大概所有的股票都像孟佳对他的断语一样，成了垃圾股了。幸亏垃圾股并不是真正的垃圾，否则那么多垃圾堆在他家楼下，他们家可就不是铜臭冲天，而是要臭气熏天了。

电话响了。是孟佳。这应该是她在他们婚姻生活中的最后一个电话。她冷冰冰地提醒他，不要忘了约好的时间。她多虑了。忘不掉。他是个教师，从来没出过教学事故的。他还熟门熟路呢。第二天九点差一刻，他提前来到民政局。还是这个地方，还是有很多人在排队，办离婚的还是那个女人。恍若一梦。到这地方来的全都是成双结对的，只有他是一个人，单刀赴会。这很扎眼。今天离婚的队伍里倒没有笑逐颜开的，个个板着脸，这让徐岛立即意识到自己的失败。离婚是失败，连续两次被老婆弄到这里来，那只能算是双重失败。他觉得自己被别人完全控制了，一股无名火腾地冒上来。凭什么啊？正想着从队伍里出去，开路走人，孟佳出现在大厅门口。

徐岛于是继续排队。孟佳站在门口朝他直招手，他装作没看见。孟佳轻轻走过来，一拽他胳膊说："走吧。走吧。"徐岛一摔袖子，不吱声。好多人开始朝这边看了。孟佳红着脸说："走吧。我们忘了件事。"徐岛被她拉出了队伍，出了大厅。

"怎么，我排错队了吗？"他讥诮地下巴朝结婚的那边一指道，"难道我应该排那边？"孟佳亲昵地推他一下，做个鬼脸。徐岛开始疑惑了，但他必须保持某种尊严。"结婚证我带了，户口本我也拿了，协议我已经打印好，三份，照片上次在这里照的，现成。你什么意思？"

孟佳含笑不语。徐岛注视着她。昨天他们才约的时间，这一夜发生了什么？人行道上人来人往，他们像在站桩。行人们从他们身边分流而过，没有人会想到他们和不远处的民政大厅有什么关系。徐岛往墙边靠靠，他身后就是上次拍照的地方，橱窗里凝固着一对对明艳幸福的笑脸。孟佳轻声说："回去吧。我们不离了。"

"你耍我。"

"真不离了。"孟佳见他一脸阴沉，立即收敛了笑意，正色道，"反正我不提出要离了。你要离，我们还可以进去。"

这话出来，徐岛哆嗦了一下。无论有什么疑惑，不能硬碰硬，不能逞口舌之快。在这里吵起来也有失身份，况且——，况且她似乎是真的不想离了哩，但是他还是说："请给我一个理由。你这样没有道理。"

"先回家吧。回家才是硬道理。"这话是在回避，还是不讲理，但马路对面的证券交易厅那边却传来了一阵叫好声，掌声雷动，竟像是在为她的话叫好。但他知道，她没这么重要的。他也一样。他们永远不是别人的焦点。徐岛心中一动，若有所悟。他书生气发作，摸出了文件袋里的离婚协议，展开，要开始现场研读。孟佳一把抢了过去。"还要这个东西做啥？除非你想再进去。"她跷着兰花指撕一下，再一下，最后拦腰一下，把碎纸扔进了垃圾桶。"我今天反正调休了，我去街上逛逛。到商场，说不定有情侣装。"她含笑俏皮地道，"你陪我去吗？"

"不去。"

"那我走了。"她笑吟吟地上了天桥。过马路必须要走这条路。徐岛呆呆地站在原地。照相馆边上是一家公司，"brother"，几个英文在大白天里明灭闪亮。"兄弟股份有限公司"。民政大厅里有两对男女走了出来，一对甜蜜亲热得不行，另一对出来后就各奔东西。一望而知的是，离婚的那对年纪小，结婚的那对反而老。这不违法，即使来一对老少配，男的八十而女的二十八也不违法，但徐岛就是觉得好笑。两对夫妻，两个公司。一个公司解体了，一家公司注册登记了。呵呵，夫妻股份有限公司。这地方竟像是工商局呢。他觉得一切都那么可笑。他自己最可笑。他的红本子没有换成蓝本子，进去是一对，出来还是一双。白刀子进去，白刀子出来。呵呵。他的婚姻化险为夷了。他难以遏制地哈哈大笑起来。

抬眼看看天桥，孟佳停在天桥的上坡，正在看手机。如果没有猜错的话，她八成是在看股市行情。她这不是去逛街，她的目的地肯定是对面的那家证券公司。股票突然发神经，暴涨了。红通通的行情就像红通通的火一样蹿出来，似乎要把交易厅点燃。刚撕掉的那张离婚协议上，孟佳没有要股票，一股都没要：这就是原因。股票涨了，却没她的份，所以她就不离。前一次的离婚协议上，她虽只要了一半股票，按她咬牙切齿的说法，都是些垃圾股，但那些垃圾股肯定有一个或几个突然变脸了，在那天开盘后突然蹿升了，于是她及时从民政大厅抽身而退——原来是这样啊。怪不得上次从民政局回家后，她曾拍拍他的脑袋说：其实乌鸦也能变凤凰，鸡毛也能飞上天的！我们要有信心！徐岛当时还以为她是重估了他的潜力哩，原来她夸的是股票啊。只可惜那次股票玩的是个假动作，好景不长，她并没能够及时获利出货，他们也就一直拖到今天。今天这样子看来是普涨，大盘发力了，如果能再涨上去，那他们肯定就可以继续过下去。慢慢涨，慢慢过。也就是说，他们的夫妻股份有限公司业绩向好，暂无破产退市之虞。

真的要继续过下去吗？

徐岛想起上次，孟佳玩的那个“冰火两重天”，一杯冰可乐，一杯热开水，十分类似于性虐待。现在他算是看清了，那不是性虐待，是婚姻虐待。是夫妻股份有限公司里大股东对小股东的嘲弄和调戏。但泥人也有个土脾气哩，既然是合股的，他也是股东啊，哪怕他只有 49% 的股份，不控股，但退股总可以吧？这个地方他已来过三次，一次结婚，两次离婚——事不过三！徐岛头脑里突然跳出了这句话。他摸出手机，立即就要给孟佳打电话。他要把她喊回来，继续完成未完成的手续。

但号码一拨出，他又按下了取消键。是的，事不过三，但他不必如此死板。前三次都是由她主导，她次次如意，就且让她连爽三把吧。下面，他可以另起一行了。他有权力在他想来的时候把她带到这里，故地重来。他可以给出理由，更可以什么理由都没有。

想到这里，徐岛只觉得十分的杀痒止痛。他抬眼看看，孟佳已到了天桥的中间，身姿曼妙。他去学校要乘地铁。他定定神，走向了地铁口。这对夫妻此刻一个在天桥上，另一个正在穿越地道，呈现了一个上天入地的格局。这是否是他们终将分道扬镳的预兆？可如果这是预兆，那他们今天晚上还将回到同一个家，不也是他们还可以就这么过下去的预兆和引子吗？是的，如果他愿意，他们也可以就这么过下去的。至少可以先过一阵子。身为股东，他也要考虑退股的时机和成本。呵呵，见贤思齐，互相学习嘛。地铁轰隆隆向前，徐岛眼前晃过了孟佳窈窕撩人的身影，他心念一动，突然决定不去学校了。他决定行使股东的权力，就从现在开始。他老是“被意外”，为什么就不能主动意外一把？反正孟佳今天已经调休，那他完全可以借机尝试一下波浪涌动之上的巅峰感觉。对，就今天。他将要求孟佳回家，趁股市还没有休市，解衣、上床，播云布雨，先享受一回波澜壮阔的夫妻生活。这个你懂的，因为他们的床就在股市的上面。

2011 年

大　案

一

岔路口派出所门前的空地上，一辆警车远远驶来，嘎一声停住了。民警小赵跳下驾驶室，一把拉开车门，冲里面说：“你出来。”一个三十多岁的汉子磨磨蹭蹭地下车。他还没出来，车上却先蹿出了一条狗。那狗瘦干干的，拖着绳子在地上乱嗅。小赵对那汉了道：“把狗牵上！”走进了派出所。

穿过户籍接待室，再穿过一条过道，就是一个高大的铁门，小赵把卡往门禁上一抹，门就开了。铁门里是一个大天井，几棵小树，边上是一排讯问室。小赵刚把狗在香樟树上拴好，孙队长过来了，“这什么情况？”小赵说：“偷狗的。喏，这是赃物。呵呵，这小子嘴馋了！”那汉子显然被冤枉了，他争辩道：“俄不是的！”

“俄不是的，那你做啥的呢？”小赵在那汉子背后一推，“你进去说！”

讯问室里很简单，一张桌子，几把凳椅。窗户上装的防盗栏很结实，防盗还在其次，主要是为了方便铐嫌犯。但这种偷鸡摸狗的案子，用不上铐子。

案子虽小，却也要例行公事。这汉子衣着寒酸，头发蓬乱，看上去倒也老实。几句话一问，就清楚了：姓名周长根，年龄三十岁，×省 ×县 ×镇 ×乡 ×村人，收废品的。但他口音实在太重，土得掉渣，“俄叫周长根。”“俄三十。”小赵听得吃力，皱着眉头道：“你不要‘俄，俄’的打马虎眼，讲普通话！怎么到这个地方来啦？”

“你叫我来的。”周长根当然会说普通话，要不怎么在城里做生意，“你那么凶干什么，我没做啥。”

“你不老实！”小赵声色俱厉，“说吧，为什么到这里来？你以为我们吃饱了撑的吗？”

“……”沉默。

外面“汪汪！”传来两声狗叫。周长根不吱声。小赵一指外面说：“它都在提示你了！”周长根嘟哝道：“狗。”

“狗怎么啦？”

“我捡的。”

“捡的？据我们所知，这狗是你偷的。”这案子小得鸡零狗碎。要不是有人不依不饶地打电话来举报，他肯定不会出警，“说吧，狗是从哪儿偷的。”

"不是我偷的。真是捡的。它自己跟我的。"

周长根一口咬死。再怎么问，就是这话。小赵一时问不下去。他扭头看看门外，见那狗老老实实地蹲在树下，东张张，西望望，突然抬起腿，撒起尿来。路过的民警嗤嗤直笑。"捡的，嗯，你捡了一只狗。"小赵突然道，"你从哪里捡的？"

"流浪狗收容站。"话一出口周长根就后悔，但说出去就收不回，再问是哪里的收容站，他只能照实说了。小赵讥诮道："收容站的狗也是破烂吗？可以当废品捡？既然你不承认是偷，那就先在这儿待着吧！"

外面的狗被谁撩了一下，"汪汪"吼了起来。它丑归丑，却叫声洪亮，还带胸腔共鸣，难怪周长根的邻居吃不消。那家的老人一经过周长根家门口，狗就隔着门狂叫，门板被扑得像要倒。老人是个盲人，猝不及防，实在吃不消这种突袭，于是周长根就倒了霉，小赵也就多了件事。这案子虽提不上筷子，但也得走个程序才能了结。

"流浪犬收容站"这几个字雕在一根一面刨平的大松木上。它原先是一棵大树，就料子做门，正好当一边的门框。松木上还留着几根枝丫，横逸旁出，十分别致。小赵作为管片民警，这个地方也来过。收容站主人是个女的，姓李，可不是一般人。这块地就是她家的。她老公是个房地产大老板，拿的地多，外面的头绪也多，难得回家却也已无余勇可贾，李女士难免寂寞。她是个富有爱心的人，看到家里那两条吃得膘肥毛亮的爱犬，不由想起街上的那些野狗，决定办一个流浪犬收容站。她手一指，一棵老松树立地变成门框；手一圈，栅栏就开始打桩。栅栏里全是狗，各式各样的狗。

小赵先用电话联系过，但李女士没空去派出所，小赵只好登门拜访。离收容站还有老远，狗就开始狂叫。等李女士过来开门，狗们简直要跟着冲出来。小赵有点怵，他强作镇定地说明来意，还俏皮地冲狗们“汪”了一声，以示友善。

李女士衣着考究，正托着狗食逗狗。她关上木门，喝住了身后的狗。“我是丢了一条狗，”她看着小赵手机上的照片说，“就是这只。”又看看小赵手上的身份信息，“这个人我好像见过。是个收破烂的吧？”

“对。”

女士皱着眉头道，“这种人，他偷我的狗干什么？”

“不知道。说不定他是想吃狗肉吧。呵呵。”

“啊！他要死啊！你们要好好办他，这种人，不能纵容！”

“嗯。”

狗们隔着栅栏眼巴巴地看着他们，渐渐不耐烦了，一起直着嗓子叫起来。李女士朝里面扔了几块狗食，问：“就你一个人来的？”

“怎么……”

“你应该直接把狗带来，还给我。”

“快了。办过手续我们就通知你。”小赵拿出张单子来，请李女士签字。随口道：“你这里狗可真多啊。”

“那当然。不过多归多，每条狗我都很当事的。”她笑道，“你知道那条狗叫什么名字吗？它叫滚滚。就是滚蛋的滚。”李女士很满意自己的幽默，解释道，“它又瘦又丑又脏，我不喜欢它，老叫它滚，它倒习惯了。”说着，把纸包里的狗食一起扔了进去。

李女士接过单子，按在门框上签了名。小赵发现她的字比边上“流浪犬”那三个字差得远了。他不知道，“流浪犬收容站”那几个字，出自给“蓝岛山庄”“山枫雅地”等豪华楼盘题名的书法家之手，这怎么好比呢？

二

周长根待在派出所没人理。他不想跑，跑也跑不掉。没想到一条狗，就把他牵进了派出所。正愣着神，一个狗头悄悄从门外探进来，扑哧朝他喷了个响鼻。这狗不知什么时候挣脱了拴在树上的绳子，在天井里晃荡，逛到讯问室门口来了。狗脸木木的，不急不躁，一副无所谓的样子。周长根突然有些恼火，斥道：“滚，滚滚！”那狗迟疑一下，竟然过来了。周长根想：“到底算是我的狗，还听话哩。”伸出手想摸狗头，狗突然汪一声，蹿到门外，还回头冲他龇龇牙。“你个狗日的！”他骂一声，自己也觉得可笑。它本来就是狗日的嘛。

这狗真丑，大概是老天爷太省料，皮肉包不住牙齿，是个龅牙；黄色的毛乱糟糟的，瘦长身子，短腿，还没有老家满世界乱窜的土狗好看。脾气也不好，整天苦着一张丑脸，不哼不哈，突然叫起来又吓人一跳。周长根原本看上的不是它。那收容站里狗多的是，他怎么会弄条最丑的？他每天骑着三轮车收破烂，城里的狗是见得多了。周长根本人并不喜欢狗，是小翠要狗。小翠先是飘话，说："我跟了你这么久，你还没送过我一样东西。"又说："贵的你也买不起，我就要个狗。我老家就养了只狗。"还说："我属狗。就是喜欢狗。"周长根没往心里去，想你一个餐馆择菜端盘子的，养什么狗啊。小翠见他一直没动静，动了气了，说："我跟你又不能明媒正娶生娃娃，养个狗还不行啊？有个狗才像个家的样子。无狗不成家！"说着说着还伤了心，眼泪鼻涕全下来了。周长根这下慌了神，忙不迭地答应下来，但到哪里去弄只狗呢？买是不现实的，买不起；偷也不行。城里的狗常常把他当贼，难不成还真当一回小偷？那可不行。城里人养狗很上心，他听说狗吃饼干，狗穿衣服，狗还用香波洗澡。他还在报上看见城里人登广告，找同种的狗配种，有照片有条件，还开出价码给钱！他觉得好笑。这像征婚哩，比他们那儿找媳妇还正规。乡下的狗配窠多自由，满村子乱跑，看上了就直接上！

不过城里也有一桩好，就是没人管闲事。以前他到饭馆收泔水的时候，和小翠认识了，一来二去就好了。他们在老家都有家，这算是露水夫妻，但城里没人多嘴。小翠也不是天天来，她饭馆里有宿舍，隔三岔五地来住住。她发了话，要是有只狗，她就天天“回家”，还是那句话：无狗不成家！见他弄不来狗，小翠已经好几天不来，来了一回也赌气不让他碰。这可不成。他们虽然不提婚嫁的话，但石头焐热了也暖手。就是为了小翠，他才咬牙租了个小房，正在努力升级转型，准备从收废品向修油烟机的方向发展：这样干净，收入也高些。小翠比他小十岁，很好看，打扮起来比城里姑娘也不差。周长根喜欢她这样，也有点怕。她要养狗，难道是要向贵妇的方向发展吗？这好像有点难，但她要是起了这个心，第一件事恐怕就是要甩掉他！他和小翠商量，能不能养只猫，小翠鼻子哼一声，扭身就走，连电话也不接了。这下他彻底慌神了。

这是个难题。那天也是合该有事。他到老拔子那里交废品，说起这事不免唉声叹气，老拔子骂他：“你小子是蠢驴！”一句话就给他指了路，“城东那边有个地方，狗，你要多少有多少！流浪狗收容站，知道不？流浪的，没人要的，你去领条狗，人家没准还给你钱哩！”

瞧瞧，老拔子说的是“领狗”。人家到底是“上头”做大生意的，就是牛气。

周长根可没他那么牛气。他只能去试试看。他骑着三轮车拐到那里，爬一个坡，就离收容站不远了。那天他穿得齐整，西装是洗油烟机的时候人家送的，绝对合身。他把三轮车停在远处，自己走过去。没想到刚跳下车，那边栅栏里已经炸了营。无数只狗，威武的，嘶哑的，狼嚎的，奶声奶气的，走得越近，叫声越凶。几条身量大的直往栅栏上蹿，简直要扑出来。他腿有些发软。猛一回头，却看见一个女的拎着食桶站在他身后。她粗手大脚，一看就是个工人。她扔下手里的食桶，问："你干啥的？"

"我，我想要个狗。"

"这里面哪个是你的狗？"

"没有没有。我想领一个，自己养。"

"要填表。"

"嗯。"

"还要交捐助费。"

女工说着，并没有去拿表的意思。她抬眼看看他停在远处的三轮车，上面竖着一个小牌子，写着收废品的价目，里面还扔了个喇叭。她脸上露出讥诮来，"我们这里还有个规矩，要写保证，不许虐待，不许遗弃。"她上下打量着他精瘦的身板，"更不许杀了吃！"这时候木房子那边有人喊："你在那儿干什么？狗闹翻天了看不见吗？"只有老板才这么说话。女工应一声，一扭身走了。不许，不许，更不许，她说话很有条理，大概是照着条文说的。她拎着桶，身子一拧一扭，腰身也扭得很有条理。狗们只安静了片刻，这时瞧出他不被待见，又一齐大叫起来。周长根垂头丧气地跨上三轮车，一松刹，车子轰隆隆隆直蹿下坡，喇叭咣当掉到地上。娘的，可别摔坏了！他使劲刹住车，捡起喇叭，凑到嘴边试一下："汪汪汪汪！"

三

养狗其实也有讲究。收容站有一套制度，晚上要基本喂饱，中午这一顿少喂一点。李女士眯眼看着栅栏里正在开饭的狗，心里很润贴。她喜欢那么多狗围着她讨好。她打量着栅栏里的狗，大的，小的，黑的，黄的，还有些不好概括，是花的。它们各有各的脾气，各有各的喜好，品种也是五花八门，有纯种的洋狗，更多的是杂种，要不怎么会流浪呢？这些狗来路不一，大部分是热心人捡了送来的，宠物医院也会送些没人要的狗过来。每一只狗她都很在乎。她巡视着自己的领地，突然就念起了那只狗，那只被偷走的丑狗。她打个电话到派出所，找到那个姓赵的警察，问为什么还不把狗送过来。赵警官说，这件事还没有了结哩，那小子咬死说他没有偷，是狗自己跑出去的。李女士大怒道，他屁话！你信他的？我的狗个个都很恋家，会自己跑出去给他吃肉？你们快点处理！赵警官见她发火了，笑着表态说请你放心，很快就会处理好。又说我们不会赖你这只狗的，你要是有黑贝我们倒是想要一条。

李女士放下电话，气呼呼地愣神。突然想起那条狗的名字“滚滚”，扑哧笑了出来。那是条怪狗。以前狗少的时候，李女士给每只狗都取了名字：佳佳、花花、点点、笨蛋、老流氓、臭小子、王八蛋。或者直接叫它的品种：沙皮、吉娃、泰迪、黑贝，等等，后来她的心思就不够用了。狗多了，而且不断地迎来送往，铁打的营盘流水的狗，她就不耐烦了，不取名字，喊它们过来，就叫“统统过来！”叫它们走，就喊“全给我走！”后来连喊都懒得喊了，改吹哨子。这么多狗，就那个“滚滚”是自己认的名字。狗有时也会讨厌，李女士就没好气地骂：“滚！滚！”别的狗就会知趣地走开，只那个滚滚，你一喊“滚滚”它就会屁颠屁颠地跑过来，蹲在地上朝你看。它从不抢食，人家吃过了它再吃，像个绅士。但它样子实在是难看，皮癞毛秃的，还长着个龇牙咧嘴，似笑非笑的狗头。不但丑，还怪，整天蹲在靠山坡的栅栏边，等着耗子出洞。山坡上有好多耗子窝，大白天钻进来偷食。别的狗视而不见，只有它好像和耗子做了仇，呼地蹿过去，常常一爪子就把耗子按住。有时按不住，就追着耗子满栅栏跑，直到耗子钻出栅栏溜掉。他抓了耗子并不吃，左爪拨拨，右爪弄弄，一口叼起来甩出老远。它也不是乱甩，基本朝着李女士脚下甩。耗子甩过去，身子蹲下来，尾巴摇得像个钟摆。李女士开始常被吓得一蹦老高，觉得这狗很促狭，奸猾，以吓人为乐，后来才知道它其实是在讨好。它这是在学猫哩，连爪子拨耗子的样子都像猫，但是它却讨厌猫。它跟耗子结了仇，跟耗子的天敌猫也是不共戴天。李女士对所有的狗都一视同仁，并不偏心，但是它既抓耗子又咬猫这一点，却使它从众狗当中脱颖而出。收容站难免有野猫钻进来，滚滚只要一发现，立即四爪抓地，体毛乍立，嗖一声扑上去。猫比它灵活，急拐弯，猛回头，滚滚穷追不舍，十有八九无功而退。猫还有个必杀技，那就是钻缝出栏。它钻出栅栏，蹿上山坡，冲这边示威嚎叫。可怜的滚滚只能气呼呼地沿着栅栏狂跑，却无计可施。

这狗非同一般，李女士看出它心野，绝不想安居于此。每次有人来认领狗，其他狗都无所谓，有些笨狗连原来的主人都不再认得，滚滚却每次都很期待。它眼巴巴地看着来人，可人家就是不要它。前几天，李女士的一个朋友来要狗，滚滚在木门里焦躁地转来转去，终于绝了望，突然大吼一声，冲远处一只偷吃的野猫追了过去。猫身子一拧就钻出去了。朋友笑呵呵地说：“它在嫉妒，你知不知道？”李女士不解。朋友说：“它嫉妒猫，猫能自由出入，可它出不去。”李女士笑道：“你们谁都看不上它，我只能自己养着啰。”她推销似的说，“它还会抓耗子，抓了就上交。”“哦！”朋友大奇，他是个教授，很会总结，“它这是在出风头，就像那些演员，想借此上位。哈哈。”他拍着手里挑中的一只京巴，看着滚滚说：“可惜你太丑，要不我还真想要了你了。”滚滚当然听不懂人话，但它似乎也明白这回又没走成，还是剩狗，蔫耷耷的，提不起精神。

一夜过去，天刚蒙蒙亮，女工还没起床，栅栏里就有了动静。大狗叫，小狗也叫，丑狗一声不吭保持静默，机警地朝着栅栏外看。它看见了一个模糊的人影，举着手在栅栏上晃。他手里香喷喷不知道是什么，狗们全往上涌；他另一只手上拎着根绳子，是个圈套，狗们见了又往后退。狗全被惹火了，几个块头大的家伙纵起身子直朝他扑过去。那人退下去，狗们不依不饶地狂吼。滚滚不与它们为伍，它悄悄跑到栅栏另一边，找到野猫经常出入的小洞，用力一顶，头出去了；再一拱，身子也出去了；四腿扒地一使劲，屁股就不成问题了。它站在栅栏外，抖抖身子，忍不住叫两声以示庆祝。汪，汪，谢谢野猫。等女工被吵醒跑出木房，一切早已结束了。滚滚在那人身后叫了一声，返身跑上土路。那人愣一下，立即跟了过去。所以周长根说狗是自己跟他的，也不完全是撒谎。

四

“有两条路：一条是拘留，一条是罚款。你自己看着办。”小赵放下李女士的电话，走到讯问室，着手了结案子了。这种事一般也就警告警告，但话不能说得那么轻描淡写。

“我没钱。”

“那就拘留十五天。”

“我没干啥啊！”

“嗬嗬，那它是自己跑到你家里去的啰？”那丑狗正在天井里拨弄着一个一次性饭盒，左一爪，右一爪，抬眼朝这边看看。

“它就是自己跑出来的。”

“你要明白，怎么处理要看你的态度。狗的事我们已经很清楚了。说吧，你还干过什么事？不要以为我们是吃干饭的。你说！”

“我没干啥！”问到还干过什么事，周长根底气倒粗了，他确实是清白的，除了这只狗。“我收废品，修油烟机，没干过啥坏事。”

说话间那狗跑过来了，叼着破饭盒，一屁股坐在门口。小赵对狗手一挥，“去去！”突然觉得没劲头。这狗看来十分聪明，但它再精，却也和天下所有赃物一样，不会开口说话。小赵突然觉得这个周长根蛮笨的——你索性别说什么收容站啊！就是捡的，街上捡的，那岂不省事？小赵断定，这还是个老实人，一根筋。他正色道：“我们要通知你的家属，叫她来办手续。说吧，电话号码。”一般而言嫖客最怕通知家属，小偷次之，打架斗殴的最胆大，通知家属等于是帮他喊来帮手。没想到周长根很干脆，劈口道：“我没老婆！”小赵道：“我们查过了，你已婚！我们这里全国联网。”周长根道：“我们那里穷，家里没电话。”小赵冷笑道：“家里没电话，那我们就通过村委会转。嘿嘿，我们是全国一盘棋。”这话显然击中了要害，周长根心念一转，翻翻眼，说出了一个手机号码。反正躲不过，他就报了小翠的。狗是小翠要的，让她知道自己在为她受罪，可以增进感情，即使罚款也算是钱花在了明处。小赵问：“这是你什么人？”周长根吞吞吐吐。正在这时，天井里有人过来了。

来的是记者。小赵也是打惯了交道的。他们消息灵通，无孔不入，一有大案他们往往闻风而至。但没承想，那个扛摄像机的一进来就拉开架势对着天井里的狗拍起来。拿话筒的女记者姓周，她走过来："赵警官，又麻烦你了——里面那个就是偷狗的？"小赵走出来，把讯问室的门带上，皱着眉头道："这种事你们也感兴趣？我看你们应该报道报道我们所里，表扬一下。"

"可以啊。"周记者俏皮地道，"不过——为什么呢？"

"因为我们治安工作大见成效，你们都没案子报道了，这才关注这种鸡毛蒜皮的事。"

周记者认真地道："偷东西的我们见过，偷狗的没见过，偷流浪犬收容站的狗，我们更没见过。这跟'人咬狗'差不多。"

小赵一愣，手朝讯问室一摊："那你们自己去拍吧。"

说是这样说，问话还得他来。摄像机对好，话筒伸过去，周长根立即紧张了。他坐立不安，身子局促得不停地动。问他姓名不肯说，问他职业不肯说，住址那是更不讲。问他犯的是什么事，他结结巴巴地说不出话。突然被逼出一串土话来，又侉又急，简直完全听不懂。"你慢点说！没人和你抢话讲！"周长根话是慢了些，但土得扬灰，那些"灰"就是"嗯、哈、哟、哩"一类的语气词，能听明白的就一句："我没偷，是它自己跟我的哎。"这句关键的话他不土。扛摄像机的放下机器，朝搭档看看。周记者拉拉小赵，退出了讯问室，对小赵道："他说的这是哪地方的话？他故意的吧？我们回去字幕都配不起来。我们台可是上星的！"周记者身姿曼妙，十分敬业。早晨她从栏目编导那里得到一个信息，有个女的打电话来爆料，说有人偷了流浪犬收容站一只狗，被抓到派出所了，叫他们快去。周记者觉得这事有意思，不过她并不知道内情：那个爆料的，爆的是她自己“老公”的料。小翠好几天没回“家”，那天估摸着周长根已经出门，就去拿几件换洗衣服，她听小区的清洁工在议论这事，转手就报给了电视台，这样就能拿一百五十块新闻信息费——这个其实也挺有意思，可惜周记者不了解。即便这样，她也已感到这条信息很有价值。她准备了简单的脚本，譬如为什么偷，偷了做什么，知不知道狗也是财产、偷狗也算偷，等等，可没想到这人是滚刀肉，一刀下去四面滑，一点都不好弄。周记者回到讯问室，恼火地说：“你是少数民族还是火星上来的啊？你说普通话！”周长根耷拉着眼皮，不吱声。警察肯定更有权威，但小赵似笑非笑的瞧着，并不介入。这么个偷鸡摸狗的案子也上电视，只会损害人民警察的形象，这节目做不成才好。他摊摊手，表示无能为力。那摄像的关掉电源，啪地合上了镜头盖。他径自出门，慢慢靠近天井里那只狗，突然抬腿踢去：“这狗东西！我操！”狗尖叫一声，一蹿老远。周记者歪头看看他，暧昧地笑了笑。这事她虽然还心有不甘，但也无善策。正打算走人，却看见刑侦队的孙队长过来了。

五

都是老相识。大家寒暄几句，女记者伶牙俐齿，声音清脆，叮叮当当就把事情说清楚了。孙队长呵呵一笑，请他们到办公室坐坐，小赵当然还得陪着。孙队长年纪不大，却是一位名声赫赫的侦探，可称战绩卓著。他善于从细微的线索中抓住要害，最大的本领是从看似微不足道的小案中牵出大案。当然他也有灵活性，某些案子他也会适可而止，息事宁人。据传他不久将要升任所长，在所里极有威信。“这案子，呵呵，”孙队长眼睛扫着桌上的讯问笔录，“我们的记者都大驾光临了。嗯，案子这么小你不嫌丢人啊？”

后面这句话是对小赵说的。小赵刚要辩解。周记者连忙说：“不是你们所通知我们的，我们是自己来的。”

孙队长微微一笑：“记者是喉舌，我们要守护一方平安，都算是重任在肩。这样，是芝麻是西瓜，总不能让你们空手。”他挥挥手，示意他们跟过来。他走进讯问室，待摄像机对好，威严地瞪着周长根，突然一声断喝：“你坐好！”周长根身子一震，立即坐正了。

“听说你拿土话唬人，是吧？告诉你，你必须配合，躲到土话里也没用！”他指着话筒上的台标道：“给你介绍一下，这个节目可以只在本市播，也可能在全国播放。到底怎么播，播不播，要看你的态度。”周长根目瞪口呆。“你成心说土话，是不是怕老家的乡亲们文化低，普通话听不顺耳，专门说他们听啊？！我劝你一句，你不要丢脸专门往老家的人面前丢啊。”周长根顿时萎了，脑袋耷拉了下来。“我，我，我只是弄了一只狗。”他变成普通话了。再问到姓名、年龄、住址，他都答得流利。这棒槌似的话筒伸在嘴边，黑洞洞的镜头对着他，这时候说普通话，怎么着也有点拿腔拿调。他感到浑身不自在，有点像演戏，像做梦。忽然有些不服气，觉得太窝囊，等问到职业，他脖子一梗道："我资源回收！有资源回收证，政府发的。"

"好，你资源回收。那这只狗是怎么回事？"

周长根语塞。

"你不光回收，你还偷。你至少偷了这只狗。"孙队长侃侃道，"你偷的是流浪犬。你以为流浪犬是没主的，可我告诉你，有动物保护法！这严重了！"他顿一顿，又道，"你还撒谎说狗是自己跟你的，难道，它会自己跟着你一路到家？那好，我可以告诉你，这狗是退役警犬，它功夫还在，它跟踪追击，跟着可疑气味一路追踪到你家了——你说吧，你还做过什么大案？！"

周长根被打蒙了，放在双膝上的手在抖。周记者敬佩地看着孙队长。镜头转了过来，对准孙队长。一个特写。他言辞犀利，正气凛然。他照顾着镜头，话锋一转："这个案子说小不小，说大也不大。狗毕竟是个癞皮狗，你态度好，也没多大事。"

他撂下这句话，起身出去了。临出门他对周记者说："你们只管问，保证他竹筒倒豆子，全招。"

周记者咯咯笑着说谢谢。孙队长摆摆手，走到天井里点上一根烟。外国有个探案节目，叫《死人会说话》，咱中国警察也不怕你活人说土话。他蹲下身，朝那只狗招招手，那狗身子一抖跑过来，蹲在几步开外，皮笑肉不笑的样子。它身上臭烘烘的，嘴上还沾着稀饭，真是只癞皮狗。孙队长吃不消它那味儿，喝道："滚！滚！"那狗应声而起，竟然跑到了孙队长面前。它摇着尾巴，这不要紧，却又猛一摇脑袋，两只耳朵甩得啪啪一阵响，这下孙队长可遭了殃，无数馊饭烂叶伴着口水，霰弹一样直射而来！孙队长差点要憋过去。孙队长大怒，正要动点刑罚，却发现这狗舌头很奇怪，竟然是蓝的，像蓝黑墨水。它满不在乎，舌头拐弯舔着嘴边的口水，露出了黑色的牙龈。孙队长是个有探索精神的人，他还从来没有见识过这样的动物。不过这时他还没想深究，是讯问室里传来的话激发了他的斗志。那周长根在里面说："不就是条狗吗？我们老家满地都是，多哩。"孙队长扔掉半截烟，一个箭步踩住地上的狗绳，冲讯问室那边道："你们先忙着。我有点事，去去就来。"

那狗乖得很，一牵就走。孙队长出了派出所，拉开车门，狗非常主动地身子一纵，自己跳上了车。孙队长发动车子，绝尘而去。

他这一去，时间可真不短，记者就先收工走了，这一走致使他们错失了一些精彩的镜头，事后大为懊恼。他们走后约莫一小时，孙队长回来了。那丑狗跑在他前面，神气活现，简直有警犬的派头。孙队长撒了狗绳走到讯问室，冲周长根一笑，掏出腰间的手铐，"咔嚓，咔嚓"把他铐了起来。周长根大惊失色："我咋啦？我咋啦？"他挣扎起来。"你的事大了！"孙队长伸手一按他肩膀，"这狗是洋种，名贵得很！价值十几万！"

“啊！十几万？！”周长根直着脖子喊，“咋能值十几万？你们诓人呢！”立即觉得自己态度不好，软了：“我承认狗是我偷的。我就是偷了吃肉。我嘴馋，我该死！不过——”他哀求道，“这狗也就是个吃货，十几斤肉，一斤狗肉十块钱，这么算还不行啊？”

孙队长冷笑，不理他。周长根呆了。如坠梦中。

好几个警察围过来看。小赵也闻声过来了。孙队长道：“你马上办手续，送看守所。我到农学院动物系查过了，这狗叫拉卡什么——”他皱皱眉，从口袋里摸出一张纸来，“这是教授的鉴定证明，你收好了。”又问，“那两个记者走啦？你抽空告诉他们案子的进展。他们识货。”

小赵接过证明，看看周长根，看看天井里的狗，再看看同事，大家面面相觑。孙队长的注意力还在狗身上，他笑眯眯地说：“我今天还真是长了见识了。”他指指那摇头摆尾的狗道，“这狗舌头上还有几个小斑点，粉色的，教授说，那是胎记。胎记长在舌头上，呵呵。”那狗正好伸了一下舌头，果然奇怪，像一片蓝花布。孙队长刚拿下一桩大案，却不骄不矜，平静淡定，真是难能可贵，很不简单。不过几天以后，这件案子还是让他乐活了一把。狗那时已还给收容站的李女士，当天就被一户富贵人家领养了，李女士十分开心，她不顾孙队长的再三推辞，亲自送来了一面锦旗，上书八个大字：“火眼金睛，除妖降魔。”这像是在表扬孙悟空啊，队长正好姓孙，大家恍然大悟，全都笑得肚子痛。

小赵办好手续回到所里，那只狗正在大家的围观下，拖着绳子绕着香樟树跑圈，跑得不亦乐乎，其乐无穷。这丑狗一直也没看出有多么了不起，至此，所有人都不得不对它刮目相看了。小赵认识到，他要学的东西确实还很多。

周长根被带了出来。夏日的太阳已经偏西，但依然晃眼。他头发晕。走到大铁门那里，他回头眯眼朝狗看看，狗也停下脚步朝他望望。它咧咧嘴，挤挤眼，似乎是朝他笑了一笑。

2011 年

阿青和小白

小白坐在方凳上，头上顶着一堆巨大的白沫。刚才，他的头发还像一团乱草，一大坨洗发精挤上去，淋上水，却搓不出沫来。他的头太脏了。这是第二遍，少许的洗发精就造出了一大堆白沫，乱草总算是被白雪覆盖了。他好像是戴了一顶奇怪的白毛帽子。阿青抬着双手，麻利地揉着，搓着。白沫塌下来了，沿着脖子淌下去，她抽出手，朝上抹一下，再拨弄一下，双手捂一捂，白沫就成了个粮仓的形状，尖尖的。阿青端详一下，抿嘴笑了。她的双手插进白沫里，像两只小鸟，钻到粮仓里去了。她的手小巧而灵活，抓，挠，搓，揉，抠，但动作不大。她既没有大刀阔斧地翻弄那堆白沫，也没有挺起十指在男人头上啪啪弹动，连虚握双拳在头上敲打那一套也省了。那一套手法是讨好，是卖弄，其实是做给客人看的。客人享受的基本不是头上的感觉，他的快感主要来自于对面的镜子，有个小妹在为自己忙活。这一点阿青明白得很，给自己的男人洗头是做家务，不需要那么虚张声势。白沫轻轻蠕动着，阿青的双手忙个不停，你完全看不出她的手的活动，但小白已经舒服得不行了，他哼哼着，腰肢也扭动起来。阿青的手滑到他耳朵那里，揪一下，意思是叫他坐好。小白坐直了，反手朝她腰间摸过去。这下轮到阿青扭腰了。她的腰扭着晃着，躲着他的手，自己的手继续在白沫里抓挠，白沫颤巍巍地蠕动，好像盖着夫妻的白色被子。阿青的脸红了，心怦怦跳。她手上加力，想用疼痛阻止他，但他不在乎，想把阿青拉到身前，却拉不动，竟然猛一转身，忽的九十度，双手搂住了阿青。

这里就他们两个，没有别人。顶上的日光灯发出嗡嗡的电流声。小白在喘粗气，但他只能动手，头不能动。阿青坚决地用手固定着他的头。她的衣服很漂亮，不能弄脏。他头上这么个情况，其实干不了啥的，他只是情不自禁。阿青长吸一口气，稳稳神，伸手端起桌上的杯子，往他头上倒点水，继续搓起来。这里没有专门挤水的瓶子，只能用杯子代替。天很冷，水肯定有些凉了，正好给他浇浇冷水。小白老实了些，手不乱动了，但他坚持让阿青站在他面前。这样他们就是面对面。他坐得很直，眼睛时不时地朝阿青看。头上的水不断流下来，沿着眉毛，流进眼角。他夸张地挤眉弄眼，阿青不时得替他擦一擦。这下好，竟成了阿青给他擦亮眼睛，好让他不断抬眼看自己。阿青又好气又好笑，她双手一搂，抹下了一大团白沫，像个大雪团，今年还没有下过这么大的雪哩。她在他头上拍一下说："好了。自己去冲掉。"小白站起身，没去卫生间，却一屁股坐到椅子上。他伸手从头上刮了一指泡沫，看看，笑道："这下白了。"他就着泡沫洗着手道，"这么冷的天，工地上洗澡真不方便——你不会是嫌我脏吧？”阿青道：“为什么这么说？我嫌过你吗？”她脆声道。她端起地上的开水瓶，到卫生间的水池里兑好了水，见小白坐在椅子上还不动，突然扑哧笑了：“我知道你为什么洗头不肯坐椅子，要坐凳子。你，就是想突然转过来，骚扰我！”小白脸腾地红了：“我可没想这么多。谁叫你，你那么好看。”说着进了卫生间，乖乖地把头凑到水池上。他头上的白沫坍塌了大半，在灯光的映照下，无数的小泡泡幻化着颜色。小时候老师说，一个泡泡就像一个愿望。这无数的愿望啊！阿青抓起毛巾沾上水，一把就把泡泡们消灭了。她现在已经很少给别人洗头，就是说，洗头已经不是她的主要工作了，但给小白洗头是她自己愿意的。她盼望他来看自己，但不喜欢他头上顶着灰蒙蒙的头发。他头上的白沫现在在白色水池的衬托下，显得不那么白了，“你看看，好脏啊。怕有半斤灰！”小白的耳朵里糊了很多泡沫，听声音都是嗡嗡的，当然，他听得见她的话，但他假装听不见，用手指指自己的耳朵。阿青夸张地叹口气，手一滑，两根手指一伸，一拧，分别爬进了他双耳里。她的手指真细啊，进得那么深，那么滑，在耳朵里轻轻爬梳。小白舒坦地抽一口气，浑身紧绷了起来。前面的水池妨碍了他，这回他不好转身了。他手朝后一伸，抓住了阿青的腿。“不许动！”阿青用手指顶着他的后背，像一支枪。小白一震，果然不动了。突然，他开始短促地喘气，扑哧扑哧的，阿青奇怪地看着他，他脖子陡然一梗，“啊哧”打了个喷嚏。他指指水池，不用说阿青也明白，下水口的味道太冲了。这个喷嚏让他老实了。阿青怕他着凉，飞快地给他擦着头发。他的头在毛巾的搓动下摇晃着，他的视线却固定在一个地方。马桶边上有一个纸篓，里面乱糟糟的。他的眼睛躲闪开去。他们回到了小厅里。

小白坐到椅子上，全身松弛了。他已经累了一天，也可以说是累了一年，是阿青让他轻松了。他在一个工程队打工，砌房子，也拆房子，都是吃灰的活计，满天的扬灰干涩，呛人，拉嗓子，是没有生命的味道；这里的味道似乎是浑浊的黄黑色，有分量，像黄昏里的奇异植物，能辨出的就有方便面，榨菜，酱油，被褥，香水，还有人的味道。男人和女人。他吸着鼻子，心慢慢沉了下去。他不喜欢这里。但是不在这里又在哪里？难不成还去开房？他忍不住扭头扫一眼马桶边的纸篓，又看看阿青，觉得冷，把棉袄穿上了。

冷了就更饿。他真是饿了。他还没吃晚饭呢。他挺了挺身子，眼睛下意识地四下看着。阿青绕到他身后，拍他肩膀一下，一个猪蹄戳到他面前。小白哇地大叫一声，手不动，一口就叼住了猪蹄。好香啊！他双手接着猪蹄，大口啃着，“好吃，好吃。啊，还有肉包子！”阿青一把夺过猪蹄，拎上装包子的袋子，去微波炉上热。小白跟过去，盯着显示屏，在心里倒计时，最后竟读出来了。四,三,二,一，微波炉“嘟”一声，他迫不及待地拉开了炉门。食物似乎热过了头，塑料袋软塌塌地趴在食物上，他嘴里吹着气，抓起包子就要吃。“至于吗？你真饿成这样？”阿青娇嗔地说。“真饿了。你对我真好。”其实他还真不至于饿成这样，但他愿意夸大他的饥饿。袋子里有两个猪蹄，他抓起一个递给阿青：“你也吃。你真舍得啊，半个猪都在这里了！”阿青抿嘴笑笑，接过去，吃玉米一样秀气地啃着。小白最喜欢吃的其实是鸡，但是，他在这里吃过好几次饭，一次鸡也没吃过。他们都明白这是为什么。这时候，阿青的电话响了。是她妈妈的电话。她妈是个干瘦的女人，因为守寡多年，苦，五十不到就干枯了。小白还没有见过她，但看过照片。阿青站在她妈身后，她妈搂着她弟弟。阿青就像一朵枯树上开出的花。小白减轻了啃猪蹄的力道，似乎怕干扰了母女俩的对话。其实隔着几百里的山山水水，哪儿听得见呢。但小白似乎能看见阿青母亲说话的样子。阿青说着他们家乡话，小白能听个五六成。他知道说到了她弟弟，还有她家的房子。阿青肯定多次接到过类似的电话，她说再过一个月一定回去，回去过年。她很平静，这说明没有什么大事、急事。阿青挂了电话，难以察觉地叹了口气。小白没有开口。他说什么都不好。突然说：“刚才我们上来的时候，我好像看见楼底下的墙上写了个‘拆’字。这里也快拆迁了。”“是的。这不关我的事。”阿青懒懒地道，“说不定你又有活干了，就是你们来拆。”小白道：“其实也不关我的事。老板叫拆哪儿就拆哪儿。我只管干活拿钱。”似乎觉得自己的话太没劲，恶狠狠地道，“我把城里人的房子拆掉，回去干啥？起房子！起自己的房子！起了房子就剩一件事，嘿嘿，娶媳妇。”阿青道：“你做梦娶媳妇，美得你！”话虽这么说，她的脸上还是泛出了一丝红晕。她真好看。她擦擦手，从口袋里掏出一样东西，往他面前一摊道："这，是你说的大话！"

那是两片树叶。红叶。小白愣一下，脸立即红了。支支吾吾说不出话。"这是我刚才在路上捡的。你说带我去栖霞山看红叶的，现在树叶全掉了。"阿青嬉笑着说，"是你吹掉的。吹牛吹掉的！"小白道："这不能怪我。我们工地可以请假的，是你走不开。"他确实是请过一下午的假的，但阿青下午开始上班，就不能随便外出了。时间就是"钟"，按"钟"算的。所以阿青一听这话脸就沉了下来。她受伤了。她是个洗头妹，这个他知道，他们就是在洗头房认识的。后来他来这里，她只是悄悄掌握着"钟"，但从来没有在他面前提过"钟"，提"钟"那成什么了？其实小白刚才那话也只是男人习惯性的犟嘴，但阿青觉得自己被隔着衣服刺了一下。就像小时候她去抓河蚌，手一戳河蚌的嫩肉，它就会紧紧地夹起来，她板着脸沉默了。小白有些不知所措，拉过她冰冷的手在手里焐着。阿青没有挣扎，像个木头人。她们洗头房里经常放一个歌：我想去桂林呀，我想去桂林，可是有时间的时候我却没有钱；我想去桂林呀，我想去桂林，可是有了钱的时候我却没时间。就是这么唱的。老板娘说我们不是叫休闲洗头房吗，这个歌最贴切，提醒顾客要抓紧人生。阿青真是很向往去看红叶的，当然是和小白去。但现在树叶都掉了。阿青搓着手里的红叶，道："其实，红叶不看也没什么的。我看着这片叶子就想到那棵树，想到那棵树就能想到满山包的红叶。我小时候看得多了。”她说的那棵树就在她上班的洗头房边上。她这样说是不想让小白难受。可她这么一说小白立即想到了她的家乡，马上就想到了她刚才接的那个电话。她妈妈，还有她弟弟，似乎来到了这个房子里。就站在他们面前。小白抱住她，有些发怔。她家里人应该不知道她在城里做什么。他一开始就知道，可他就是喜欢她。他家里人也不知道，他们永远也不会知道的。等他起了房子娶她回家，她就是一个小媳妇。

阿青很漂亮。她染了栗色头发，白皮肤，细腰身，好漂亮的小媳妇！小白看见了她的乳沟，躁动起来。他身子没动，但身体的某一部分已经有了反应。阿青感觉到了，情不自禁，立即有了呼应。她挣开他的拥抱，走过去，打开了电视机。电视里正说着天气：有一股强冷空气，自北向南，昨天下午到达本市。本市气温直坠冰点……气温到了冰点，小白的热情正快速上升，向沸点挺进。阿青把电视机的声音又调大了些，走向朝南的房间，小白立即跟了进去。阿青按亮手里的手机，看了看，说：“我们快点吧。”又摸到遥控器，“哔”一声把空调打开了。风吹了出来，很冷，夹带着一股浑浊的气味。小白紧紧拥抱着阿青，吻着她。阿青喘息着，身子慢慢软了下去。身后是床，双人的，阿青下班后就和一个同伴睡在这里。床托住了他们的身体，小白的手开始动作。阿青顺从地配合着他。他们这就要做了。阿青想：我这才是在做爱，和跟客人做是两回事，那是做生意。做生意的时候她的心在身体外面，挂在天花板上注视着自己，这会儿，她的心归了位。她的肌肤在昏黄的光线下飞快地从衣服中挣脱出来。突然，一阵轻微的振动从下面袭来，阿青立即定住了。又一阵振动。是手机，阿青调成了振动。她把小白轻轻推下，往床那头挪远些，接通了电话。“嗯。知道了。没事，你再加一个吧。”她简短地挂了电话，不等小白询问就说：“是阿丽。我让她帮我买个牙膏的，买两个可以打折。”小白不再问。这像是老板娘的电话，催“钟”的，但他愿意相信阿青的话。他还相信阿青只洗头，不做别的。她洗头洗得那么好，那么舒服，这就说明她是专业的，手艺没落下。别人做什么那是别人的事，但阿青不做，阿青只和自己做。很多事是不能追究的，就像他也不希望别人追究自己一样。追究了就可能要伤人。然而他还是有些走神了。外面的电视里还在播报新闻。说科学家正在研究宇航员的性爱问题。在太空中，由于失重，人类的正常性行为变得十分困难。但在漫长的太空航程中，宇航员的性爱既不可避免，也不可或缺。欧洲航天局早已着手这项工作，但对具体进程不予披露；至于此前的太空活动中是否已经存在自发的性行为，相关人员也三缄其口……小白上过高中的，电视里的话他能够听懂。他忍不住要笑。阿青摸着他还没有干透的头发，吻着他的耳垂，喃喃地道：“我只愿意和你。我只和你……”小白近乎被她点燃了。他摸着她的胸部，突然冒出一句：“那阿丽，阿丽她做吗？”“什么，做什么？”阿青一时没回过神。其实话一出口小白就后悔了，说到底，他关心的只是阿青，他自己的阿青，但脱口却问了阿丽。其实连阿丽也不该问的。他这时只好接着说："我问阿丽她跟不跟别人做。"阿丽和阿青睡一张床，她有老公，很豪爽，这个小白知道。阿青气恼地说："你这么关心她，下次你找她好了！"小白直摆手："你瞎说什么！"阿青道："你既然这么关心她，我就告诉你：阿丽她做。她老公吃喝嫖赌什么都来，没钱，阿丽不愿意和他做那事，讨厌他，她宁可和别人做，挣了钱给他，让他出去……"她咬住了那个难听的字，"出去找别人。"阿青也许是觉得有些话总是要说的，认真地道，"我和她最好。我蛮喜欢她。女人骨子里都很挑的。她跟我说了，等她离了婚，就找个老实男人，再不在外面做了。"阿青似乎有些伤心，紧紧搂着他的腰，柔声道："我只跟你。我不要再找了。就是你。"

小白想：阿丽这样挣了钱，给她老公出去甩，他还会跟她离吗？这有点脑子不清楚。但脑子清楚了又如何呢？很多事是不该多管的，很多事也不能深究。小白从老家出来走南闯北，其实也是见过世面的，他早就知道，有些事还是模糊一点好。阿青不是说了吗，阿丽只要真能找个好男人，她就会抽身。阿青这也是表态啊。他相信自己算个好男人，会对阿青好。他来见一次阿青，其实也不容易，每一次的亲热都是在这里，让他心醉神迷。这里是他身心的栖息地，在这里，他有一点家的感觉，似乎拥有了一个未来。阿青按亮了手机屏幕，看了一下。她这是在看时间。时间是珍贵的。小白找到阿青的嘴，用舌头拨开她的嘴唇，深深地吻了下去。他们滚到了床上。

房间里陡然亮了起来！亮光在移动。如果不是伴随着汽车的引擎声，一定会被误认为是谁射来的手电。灯光把外面的树枝投射进来，射在墙上，像移动的铁栅栏。阿青显然有点紧张。小白说："是车灯。"阿青撑起身子，直直地看着窗外，直到灯光消失。小白继续，但阿青心不在焉了。她轻轻推开他，拽一块毯子披着下了床，走到窗前，朝外面张望。

窗户关得很紧。但窗户本身就像一堵冰墙，寒气袭人。

立冬已经好些天了，但前一阵的报上一直在议论到底算不算入冬。今年天确实是有些暖。从下午起，天陡然变了，冷风从北方呼啸而来，黄叶和尘土漫天飞舞，气温直线下跌。风稍一歇，雨又来了，还夹着星点的雪花。冬天终于来了，没准还是个脏冬。

天是铅灰色的。白天没有太阳，晚上没有星星。天空看不见一片乌云。但其实满天都是乌云。云太大了，一片乌云遮满天。

这天天黑得格外早。路灯提前亮了，马路上车来车往，人影憧憧。沿街的霓虹灯明灭闪烁着，很有点五彩缤纷的样子。相形之下，那些门面后居民区就显得黑沉沉的。其实有心的人都明白，大马路边的门面都只是城市的脸面，真正的内容都隐藏在它的后面。陡然而至的寒冷猝不及防，人被冻得直哆嗦，树也哆嗦，落叶遍地。路边停着不少车子，车顶泛着淡淡的寒光，车窗像黑洞洞的眼睛。七点前后，两条人影走向路边的一幢楼。走道的灯亮了，然后是二楼，透过楼道的圆窗，可以看见一男一女两个人停在三楼。女的在开门。然后，房子中间，应该是客厅的位置，灯亮了。

居民区里行人寥寥。灯光昏暗，勾勒出房屋凌乱的轮廓。隔了一会儿，路上出现了一些人，不声不响地在忙碌。很快，零零散散的火光出现了。东一堆，西一群，有人不断往火苗上添纸。这一天是冬至。很多人看到火光才想起这个日子。火光摇曳着，晃动着人的影子。

阿青怔怔地站在窗前。小白跑过去，连着毯子把她抱到了床上。阿青紧紧裹着毯子，不愿意被摊开。她的身体轻轻抽动。“你哭了？”阿青不答。“你怎么啦？”小白跑到窗前一看，也不说话了。他想起了自己的爷爷。阿青啜泣着道：“我答应回去烧纸的。我妈刚才打电话，我都没有想起来。妈妈就不说了。”小白拉过被子，把两人盖好，让阿青枕在自己胳臂上。“别哭啊。马上就过年啦。过年了就可以回去的。如果你肯，可以带我一起去你家。”阿青侧过身子，面对着他，认真地道：“真的？可我更愿意跟你回去。”“啊，就今年？今年就去我家？！”阿青说：“好。”小白想起正月十六，他们那里叫“十六夜”，也是要点火的，人们在街头点上一堆堆篝火，穿梭着在火上跳来跳去，祈望来年的运气。他说：“我们回去一起跳‘十六夜’！就是在火上跳，去晦气。你们那里也这样吗？”阿青点头，说：“我跟你回去跳。你如果能起好房子，我去了就不走了。”小白兴奋得坐了起来：

"你说话算数？我肯定能把房子起起来的！"这样的话其实他们说过许多次了，但没有这一次这么明确具体。"我说话当然算数，就做你的小媳妇。"阿青抬起她红艳的嘴唇，在他额上"叭"了一个，"我先盖上一个章，私章。这个男人是我的。"小白幸福地呻吟一声："我的小媳妇哦！"他的火焰重被点燃了。正要动作，阿青的手机"嘟嘟"响了两下。是短信。阿青叹口气道："阿丽要过来。"她很不高兴这时候有人进来。没有人来，这地方类似于家，她和小白的家；阿丽一来，这里的味道就变了。

小白沮丧地靠墙坐起来。墙很冷，很快冷到他的前胸。阿青开始穿衣服。本来就没有全脱光，很快就穿好了。小白的头发早就干了，他用手指梳着自己的头发，突然说："你说她宁可和别人做，挣钱给老公出去玩，是不是很奇怪？""谁？哦，你说阿丽，"阿青做个手势，让小白也穿衣服，"这是她自己说的。反正她老公常来要钱，不给就打。我相信她只要找到个好男人，就一定能不再做那个了——女人就是能说到做到！"阿青边往房间外走，冷笑地说："她一会儿就要来了，你有兴趣可以自己问她。"

小白干笑两声，点上了一支烟。"砰砰"，有人敲门。阿青停住脚步，侧耳听听。敲门声很有节奏。阿青问一声："谁啊？"待门外应了声，她去把门打开了。

阿丽进来了。身后跟着个男人。大冷天光着头，也不戴帽子。是个光头男人。他大大咧咧的，看来也不是第一次。阿丽化妆很浓，脸上红是红白是白，穿得也不多，露着不少肉，冻得缩手缩脚的。

“好冷啊。”阿丽朝阿青笑了一下，对光头男说，“厕所在那边。”自己先进了另一个房间。光头男四处打量着，并不上厕所，朝阿青身后的房间看了一眼。房间里有两点亮光，一个是空调的指示灯，另一个在活动，是烟头。光头男嘿嘿笑一下，乐呵呵地跟阿丽进去了。

小白有点紧张。他盼着阿青进房间来，又似乎不愿意她进来。似乎她进来了就和隔壁他们一样了。阿青果然没有立即进来。外面，厕所的门响了一下。阿青到厕所去了。小白抽着烟，动也不敢动。忍不住又侧耳细听。两个房间是大间隔开的，隔音不好，人在这边，耳朵差不多就在隔壁。只听到那光头男说：“你把灯打开。”阿丽说：“开灯干吗？”“我要好好欣赏欣赏你。”阿丽没好气地说：“你刚才在店里还没看清楚啊！”啪一声，她还是把灯打开了。“你好漂亮！好性感！”那男的赞叹道，又说，“这里，我看看。就是这儿啊。”他肯定是嬉皮涎脸地指着某个地方。阿丽坚决地道：“不行。你什么意思啊？！除非你看过就算完事！”“我总得先看看嘛。检验检验。”光头男说归说，倒也不坚持，道，“那就看看这个。”他长长地“咿”了一下。小白正奇怪，这是什么意思，阿丽气恼地说：“舌头你也要看？”“你不是不让看那个吗，”这时阿青猫一样进来了，小白指指隔壁。那男的继续道，“你不给看那个我才要看舌头的。嘿嘿，先检验检验。”又是“咿”的一声，这次是阿丽的声音。紧接着阿丽突然叫起来：“你怎么还带着手电筒！你有毛病啊！”凳子在地上哗啦一下，大概是阿丽把他推了开去。光头男嘿嘿地笑着："我是有毛病。医生说我既有脂肪肝又有酒精肝，所以要注意。"阿丽冷笑道："原来你有两个肝！你的心肝跟一般人不同。"光头男认真地道："是啊，我有两个肝，很容易被传染起来发病的……我，还是算了吧。"阿丽"切"了一声。光头男道："对不起对不起。你没毛病，是我自己有毛病。我干不了什么了。"说着传来一连串的脚步，大门一响，他出去了。

小白直想笑。阿青动都不敢动。大门吱地一声，咣关上了。楼道里传来渐行渐远的脚步声。阿丽在客厅里骂道："有多远滚多远！"对迎出来的阿青说："这种人，少有！"抓起桌上的一个包子，捏一下，"你这是冻包子，砸得死人！"气鼓鼓地出去了。阿青没好气地道："又不是给你吃的。"

这套房子肯定每天都要进出不少人。今天晚上先是小白和阿青，阿丽他们是第二对；很快就会有人再来，但小白这会儿可想不到。不知怎么的，他像气球被撒了气，软塌塌地提不起精神了。按说他年轻精壮，和阿青又难得见面，不该这样的。倒是阿青似乎不受干扰。她双手吊在小白脖子上，问："你不想啦？想要我们就快点。"她从来没有告诉小白，每次他来，她都要给老板娘交台费。她和小白交朋友是瞒着老板娘的。现在早过了一个"钟"，第二个"钟"还有剩余，反正省不下来了。她像喝醉了酒，玉香温软，娇喘吁吁。小白忍不住了。他们躺到了床上，衣服一件件飞到了地板上。今天有点怪，关键时候，小白不肯用那个东西了。他呜呜地亲着阿青，动作坚决。阿青阻止着他，不依他。但她的阻止是无力的，“你等等。”突然她说，“阿丽啊，她真厉害。她说以前有个男的不肯用这个，阿丽就对他说，其实我是最讲规矩的，从来不坑人。我什么都不要你的，你也只会给我一点点。男人问她什么一点点。阿丽说，一点点就是你的几千万分之一！一个精子！那男人立即就吓傻了，然后就老实了——喂，你听见吗？”

小白听见了，但是他呜呜地亲着阿青道：“我和他们不一样。”他抬起头坚决地说，“不要这个！我不是要给你一个，我要给你全部！我要你怀上我的孩子！越早越好！”阿青轻轻地叹一口气，好像是让步了。她敞开身体躺在床上，等待着。让暴风雨来得更猛烈些吧！他们初中都学过这段课文的。他们似乎是说好，要在如注的大雨中尽兴地奔跑。但其实，阿青不愿意淋雨。还没有出门，她的手上突然变戏法似的出现了一把雨伞。雨伞把他们罩住了。

空调已经开了很久，房间里暖和多了。被子被掀掉了，房间里充满了含混的气息。

半晌，房子的门开了。小白走了出来。阿青在后面锁好门，跟在他后面。外面好冷啊。小白浑身紧了一下。他按亮了走道的灯，拾阶而下。和他们进来时相反，先是三楼，然后是二楼，走道的灯一路朝下亮了下去。他们的轨迹拖亮了半条楼道。刚下楼梯，一道电光刷地照住了小白。一条黑影从墙角蹿出，小白的右手腕被死死掐住了。小白喊："干什么干什么？你们干什么？！"抓着他的黑影手往他面前一伸，亮出了证件。小白的眼被刺得发花，他没看清，但他心里清楚了。他的头嗡了一下，争辩道："我们，我们没干啥事！"手电后面的人在冷笑。小白道："我们是在谈朋友！""谈朋友？嘿嘿。"抓着他的那个人也冷笑。小白坚决地说："我们是要结婚的！"这句话让阿青心里一热，有点感动，这可是当着警察说的。她仿佛多了底气，道："我们要结婚的。你们弄错了。"话音刚落，手电光刷地划过来，照在她身上。那拿着手电的道："拿来！钥匙！"对另一条黑影说，"你带她上去，固定证据。"阿青手上的钥匙被一把拽了过去。她在心里呻吟道："这一回，我真不是做那个的啊。"

小白挣扎起来。他真有把子力气，但他不专业，刚一动作，肘关节就突然一疼，腰不由自主地就弯了。他昂着头道："我们谈恋爱，犯法吗？"情急之下，嘴里爆炸了，"妈的 ×，老子谈恋爱，不行啊！"这时，两边楼上好些人家的灯开了，有人下楼来看热闹了。很快就会有更多的人过来。这么好看的事从来就不缺围观的人。小白的手腕被抓得更紧了，那人抬一抬他的胳臂道："你不要叫。再叫你就难看了。"说着拉开了路边的面包车门，把小白按了进去。

转眼间上楼去的黑影下来了，他拉开车门，坐到小白的另一边，把一个东西往小白前面一送，一股怪异的味道直冲过来。"你还有什么可说？"那是个纸篓，厕所里的。阿青被推到副驾位置。她嘤嘤啜泣着。

车外光线一闪，手电熄灭了，最后一个黑影也过来了。他拉开驾驶室的门，说："你们不许再说话！"坐上了驾驶座。黑暗中，他显得格外地壮实。小白惊恐地看着他，看着他的头。他的头顶在车灯的散射中，泛着明亮的寒光。

2012 年

郎情妾意

城市广场其实是一个楼盘，一共四栋高层。每到傍晚，楼下的空地上都很热闹。人多，狗也不少。忙了一天，有人喜欢下来转转，还有的人其实愿意待在家里，但他的狗不愿意，必须下来撒撒欢。所以在这个地方，你要保持一点警惕，你必须防备着狗，还要小心脚下的狗屎。

天已擦黑。狗和人都少了，回家了。广场上顿时就有点空。她暂时还回不去，因为克拉不肯回去。克拉是她的狗，小母狗，贵宾犬。克拉平时是很上规矩的，出来溜的时候，跟在她的左后方，亦步亦趋，合乎所谓的“驯犬规范”。但最近它变性了，不乖了，时而蔫头耷脑，时而焦躁不安，不再安于斗室，有机会就要冲出牢笼。它出了家门就往前蹿，绳子被拉得笔直，主人被拉得趔趄。这不是人遛狗，简直是狗遛人了。该回家的时候却又赖着不走，四个爪子像长了吸盘，拖都拖不动，最后索性趴在地上，任你怎么拉它，眼都不抬一下。这是老太卖土豆，就这一堆了。

当然最终也还是会回家的。办法总是有的。办法是什么？胡萝卜加大棒。所谓胡萝卜，那是对驴子而言，对狗来说，就是小饼干，牛肉味的。小饼干凑在它鼻子前，拽一拽绳子，再不走，就是一鞋跟。出脚当然不重，毕竟是自家的狗。这样就基本奏效了。克拉好不情愿地起了身，被牵着走了。贵宾犬毛长，修成泰迪毛型，很有些姿容，走起路来也顾盼生姿，但现在克拉垂头丧气，灰头土脸，实在是一副晦气相。主人牵着克拉，像拖着一大团破布，感觉很不好，不由得心情也差了。想起刚才克拉见到别的狗就直奔过去，朝人家屁股直嗅，突然又趴在地上，可怜巴巴地摇尾巴，实在是丢人！克拉的女主人身材凹凸有致，长发飘飘，拖着只疲塌狗还努力做到款款而行，显然是个很注意形象的女子，这克拉真有点配不上她。

这时天几乎完全黑了，狗主人的容貌是看不清的。你只能看见轮廓。你看不清她的眉眼，更看不清内心。要了解她，你需要一点机缘。了解人从来都不是简单的事情。其实不说人了，即使是事物，譬如养狗，你不养，你就不懂。这一点，克拉的主人就深有体会。没有养狗之前，她只知道狗好玩，不知道狗麻烦；养了狗之后，她知道了狗的麻烦不亚于人，吃喝拉撒，比人还不能马虎。养了克拉她才知道为什么楼下总有一股尿臊味，原来都是狗撒的，路两边每一棵树下都有尿迹，公狗抬腿，母狗下蹲，不放过每一个撒尿的机会——不养狗哪知道这些啊？结论是：浮光掠影是靠不住的。方法是：要知道梨子的滋味，你就要亲口尝一尝。

浮光掠影靠不住，不光由养狗得来，了解男人也一样。这个说来话长，先不多说。总之因为在认识男人上的曾经沧海，她对表面现象十分警惕，一律怀疑。问题是，明知表面现象不可信，每个人还都要修饰化妆后再给别人看。下面这段文字就是对一个人的描述：

某女，32 岁，身高 1.66 米，大学本科，城市白领，未婚；善解人意，兰心蕙质，身材好，性格开朗大方；征条件相当之成功男子共度美好人生，公务员或事业单位人员优先。

这是征婚广告。一种约定俗成的格式。虽用辞藻美化过，但基本合符事实。某女芳名苏丽，这个在征婚广告里不能说；她养了一只狗，母的，叫克拉，这个不必说；身高 1.66 米，绝对的理想身高，不过没扣除高跟鞋；身材好，准确地说那是几年前，现在要凹凸有致必须要穿塑身内衣了——可怕的时光啊！大学本科倒真是货真价实的，属国家承认的成人教育，思想政治专业。在这段文字中，“善解人意”可以说是最虚的话，但其实相当符合实际。苏丽一点也不笨，很善于观察别人，洞察人心。至于“善解人意”的另一层意思——体贴别人，那要看对谁了。

这样一个女子，平心而论，即使洗尽铅华，也还有中人之资，不知怎么的，一来二去，就剩下了。必须指出的是，“剩”，是别人对苏丽婚事的看法，相当粗鲁，她自己的看法是：她正处于筛选中，暂且未婚；大量男人被她筛落下去，暂且没有留下的，如此而已。收成不好是一季，找不到好男人是一世，绝对马虎不得。如果要用一句话说明苏丽的婚姻观，二十五岁以前是："没有爱情的婚姻是不道德的"，所以感觉最重要；自从过了二十五，苏丽坚信："不以婚姻为目的的恋爱是邪恶的，基本等于耍流氓"。少男少女可以耍耍流氓，但大于二十五岁的女人耍不得，因为那是被男人耍。你应该看出来了，苏丽以前讲求彼此的感觉，现在注重婚姻标准。所谓标准，主要就是房子车子身高长相等硬件。总之，她现在是感觉和标准并重。为了扩大接触面，她不排斥相亲了。征婚广告就是这么出笼的。她字斟句酌，亲自执笔。苏丽见男人，不不，筛选男人，持续好几年了，说是阅人无数也不为过。事后回顾起来，这无数的男人可以分成两类，一类是见了面有感觉，却不符合标准；另一类是符合标准，但却没有感觉，即使努力委屈自己，感觉也上不来。其实还有第三类，那就是既有感觉，又符合标准的，这样的人可以托付终身，不过，他暂时还没有出现。所谓白马王子，就是王子骑在白马上，光来匹白马当然不行；来个男人不骑白马，八成也不是真王子。白马是什么？白马是硬件。苏丽真是有点急了。婚姻尚在前面飘忽，但时光的脚步更快，转眼间就会把婚姻抛到后面。就在这时，克拉出现了。

克拉是她养的狗。但以前不是她的。她的闺蜜，叫杨琴的，早婚，却没有早育。结婚多年没孩子，于是加班加点，反复努力，突然就成功怀了孕。这样可能影响坐胎的克拉就成了危险分子，不得不送人。苏丽寂寞，狗并不多余，但这只狗的背景却让她不快。哦，你早早地抓了个老公，又马上要有孩子了，狗就多余啦？我没有老公就该和狗做伴？这不是欺负人吗？不过闺蜜到底是闺蜜，杨琴对她特别信任。杨琴说：你知道它叫什么吗？可拉！就是可以拉一个人过来！她摸着自己的肚子好像已经大得挺不动，说：我的儿子就是狗拉来的。苏丽长期待字闺中，一点迷信是免不了的，想起以前乡下的女孩子多有叫“来娣”“招娣”的，这可拉没准还真能带来运气，见那狗又跟自己似乎特别亲，前世有缘的样子，就接受了。

必须说明一下，克拉以前是叫可拉的，但苏丽用同样的音调叫它，心里却给它改了名字，叫克拉。把名字改掉，就像小孩改成继父的姓，有某种仪式感，少不得。可拉叫了克拉，说不定就可以冲喜，那些明星的婚戒不都是大号的“克拉钻”吗？

相亲依然在继续，克拉也养着。克拉对生活要求不高，有君子之风，一箪食，一瓢饮，它就很满足，就是说，你给狗食盆里添满了水和狗粮，基本就没什么事了。该见人你就去见人，你心情不好回来，它会安慰你。它跟你要吃的要喝的，要你带它出去散心，让你觉得还有人需要你，你不是个没人要的人。

克拉所有的口令、习惯和技艺，杨琴都已经移交了，但她有时还来看看克拉。苏丽虽寂寞，但并不很欢迎。这不仅是养父母对亲生父母的警惕，更主要的是杨琴来了基本不逗狗，却喜欢摸着肚子抱怨她儿子在肚子里蹬她，“我夜里真是没法睡！”当然她夜里睡不着也还另有原因，就是他的老公，她恨恨地说：“他夜里就要折腾！想着法子折腾！我真的好辛苦。”苏丽还是未婚女青年呢，她又羞又气，撇嘴道：“你自找的，两个男人一大一小，一里一外，里外夹攻，哈哈！”杨琴道：“你看你看，我儿子又在蹬我。这里都突出来了！”她口口声声“我儿子”，话头一转鼓励苏丽快找，说眼光要准，下手要快。她很真诚，这符合女人们骂过老公随后就要为别人介绍对象的规律。“好男人都被一轮一轮挑完了，所以你要降低标准。”她总算嘴里积德，没有说出“像我老公那样的现在到哪里找”之类的话，但那味儿还是出来了。苏丽没好气地说：“怎么降低？再低就是负数了！”苏丽认为，男人这个物种，其设计方案是不错的，但现在质量太差，基本都是残次品。因此不能怪上帝，是人自己不好。“这些男人都太小气！”她比画着说：“长得小气，为人也小气。”杨琴道：“如果条件大差不差，你可以改造啊。”苏丽心里冷笑，改造人那么容易？生怕她谈起改造老公来就滔滔不绝，立即把话题转到克拉身上。“人没有狗好！我现在要改造狗。它这几天发癫。在家待不住，不吃不喝，就想出去。是不是发，发……发疯？”“不是发疯，是发情了！”苏丽道：“你说它想男人了？”两人哈哈大笑起来。杨琴一把抓过狗，看看它后面，突然指着克拉的腿叫道：“来啦！它来月经啦！”克拉被她吓着了，挣脱开去，躺在地上舔起自己的腿来。苏丽愣住了。杨琴安慰道：“没关系的，它一年也就春秋两季。每次一个月。”苏丽惨叫道：“啊！这么麻烦。

你把它带走吧。”杨琴笑道：“不麻烦啊。你不能只想玩它，一点不想付出。”她站起身，要告辞了，“男大当婚女大当嫁。这是自然规律。解决了它就心平气和了。”她挺着肚子出了门，“你们一起加油！克拉拜拜！哈哈。”

杨琴走后不久，竟又发来一个短信：“你和可拉要互相学习。狗向你学习抬高视点，你向狗学习增强嗅觉。”这是啥意思？难不成有老公和孩子，就有资格充当人生导师了？嘁！

苏丽今天没有去赴约会。自从征婚广告登出后，她就成了个热门。不断有人联系送检，但一个合格的也没有。她似乎成了男人检验员了。更讨厌的是，她意识到自己已成了那个叫“鹊桥仙”的公司的摇钱树。就是说，公司不断介绍男人约她，她反正看不上，公司却扣除了应该给男会员介绍见面的次数。她条件好，素质高，不想却成了媒子，而且是免费的。她又不傻，这多窝囊！于是她决定不再轻易出山。今天电话又来一个，几句话讲完她就决定谢绝。那人的话写下来是绝对没有问题的，但你要知道，话不是用来读的，是用来听的。那人的声音像刚吃了几斤辣椒，或者才动过喉部手术，比所谓的公鸭嗓子还要怪异。这基本就预示着是个太监，当然不见。今天是个星期天，时间是有的，但她有更重要的事情。克拉的血把家里弄脏了，她必须认真打扫。一检查才知道，寻寻觅觅，点点滴滴，怎一个恶心了得。这些痕迹基本位于正常视线之外，不易发现。再仔细检查，才发现几乎克拉接触过的所有东西，或多或少都沾了血。这说明克拉发情已非一日，而且差不多歇斯底里。苏丽之所以没有及时发现，一是因为她没有养狗经验，二是克拉自己身上很干净，这跟经期的女人们外表看不出而只能从脾气上推测是一样的道理。看着克拉又在那里自舔，苏丽又恼又烦。现在有三个出路，一是把狗送走，但她舍不得，要找个合格的接受者或许跟找对象差不多不容易；二是把它骟掉，绝育。这不光费心，还要费钱，据说狗的手术费比人贵得多，败家女才会这么做；三就是不管它，随它熬着，火烧完了它自然熄灭——可这万万使不得！杨琴不是说过吗，一个月哩！这一个月她岂不成护工了？其实还有一个办法的，杨琴说，解决了就心平气和了，就是说，它满足了就万事大吉——岂止是万事大吉，这个办法不光人道，还有一个好处哩：可以带来下一代，狗崽。两只或者更多，几乎可以成立狗仔队。贵宾犬属于热门的好品种，据说一只值三五千。三五只约等于一万，这不是一件一本万利的好事吗？

苏丽想定，恨不得立即就出门实施。克拉也是盼望已久，它在家里魂不守舍，坐卧不宁，茶饭不思，彷徨无策。它几乎时刻蹲在门边，眼巴巴地看着你，急了还去扒门，扒门还不理就去瞎咬东西，主要是咬苏丽的裤脚。这基本是揭竿而起的前奏了。老实说，它可真没有人的修养好。恬不知耻，没羞没臊。苏丽站起来，给克拉拴狗绳。克拉兴奋得直哈哧，苏丽却慢腾腾的，有些犹豫。但这时已经由不得她了，门一开，克拉嗖地蹿了出去。在电梯前苏丽再次犹豫，但电梯门自己开了，苏丽别无退路，只得跟它下楼。

苏丽犹豫，原因简单。她一个大姑娘，带一只春心荡漾的狗，不伦不类，深究起来竟又是同属待字闺中的一类。羞人答答的，谁知道克拉会怎么丢人？她牵着狗，不时拽一下绳子，让克拉慢些。楼下的告示栏贴了不少广告，苏丽一贯懒得理会。但有个人突然说一声："哟，征婚广告贴这里啦！嘿嘿。"苏丽好奇，一看还真是征婚的，不过是为狗征婚，还附了照片："纯种金毛，雌性，两岁，体重 70 斤，体健聪明，柔顺勇敢。征条件相当之纯种雄性金毛，共结连理。非诚勿扰。价格面议。"这与人的征婚广告格式类似，但是最后那句话：价格面议，说中了苏丽的心思。看来狗的征婚广告即使是人写的，也和狗发情的表现一样，都是赤裸裸的。克拉要解决问题，显然要付钱。正觉得为难，克拉又在绳子那头用力，把她拖到另一个报栏前。这里另有一个广告，是卖狗的，正是贵宾，三千起步，价格面议。这个此前她看过了。克拉老实地蹲在脚边，不时抬眼看看她，似乎在说：真的能卖钱呢，别畏苦怕难。可这事是真有点难啊。她一个大姑娘，到哪里找公狗？说都说不出口的！难不成也去登广告？况且，她根本就不愿意出这个钱。她听说公狗发情也是很麻烦的，不光闹心憋气，有时还要闹事。公狗难道不也需要解决？难道不是"解决了就心平气和了"？凭什么大家都是解决问题，就要母狗付钱？这是性别歧视，不公平啊！

看似狗不讲理，其实是人不讲理。要知道苏丽是做会计的，她不傻。因为她不傻，她才能从出纳升为会计；也因为她太不傻，她未能再接再厉，晋升为财务科长。不过这个原因她自己并不知道，她知道的是单位不讲理。在人事上遇到不讲理也就罢了，在狗事上竟然也这样——这算怎么回事？！

苏丽很纠结。她曾经在找男朋友上跟着感觉走，事实证明这不成功。但是狗的事你却只能跟着感觉走了，准确地说是跟着狗走。跟着逻辑就要付钱，谁叫她的狗是母狗呢？这时，克拉突然竖起了耳朵，它听到了狗叫。它的鼻子明显地在空气中探索，搜到了位置，呼一声蹿出去了。苏丽被拉了个趔趄。她恼火地拽一下绳子，喝住它慢一点，被克拉牵着往广场中间去了。虽说已不能主导，但苏丽心里却也有个态度：乱来是不行的，决不能见公狗就蹲。这直接关系到下一代的素质。也是计划生育，优育。克拉只管解决问题不计后果，她岂能不管……尚未见到克拉心仪的目标，苏丽心里就已打定主意：克拉跟谁好，必须要经过主人批准。克拉不设防，她必须要把关。

克拉的性行为被严格管控着。品种是一个控制线，品种不一致不要，品种不纯也不要。另一个原则是：免费。总有些公狗火急火燎，格外主动；总有些公狗的主人比较厚道，或者信息闭塞，不知道公狗还可以挣钱。如此看来，克拉的性行为，还是与人有关。

当天，克拉的寻找以失败告终。它感觉灵敏，绝无同性恋迹象，只有遇到公狗它才会放下身段。但它又几乎是饥不择食的。第一条公狗它是见了面就起意，可惜落花有情流水无意，人家不理它；而且那是只博美，品种不一，即使博美愿意苏丽也不答应。后来在广场东角又遇到一只贵宾，巧的是主人还不在，而且郎有情妾有意，彼此挨挨擦擦，稍一前戏就要来真的。但苏丽一拽绳子一抬腿，棒打鸳鸯，生生破了它们的好事。这一次品种是匹配的，但色系不一，对方是黑的，克拉可是白狗，这乱不得。苏丽从来就不赞成跨人种婚配。狗是一锤子买卖，无须长相厮守，谈不上生活习惯、文化背景，但混血儿很漂亮，四不像的狗可是一钱不值啊。

克拉可不懂这些。它饥不择食，倒还没有慌不择路，它与公狗之间的直线就是路。苏丽的策略是，找狗由它自己找，把关还得靠自己。这有点丈母娘的意思了。克拉越来越急，哼哧哼哧直喘粗气，完全失去了基本的妇道。在广场中央，它直冲一条黑贝跑过去，摇起屁股跳起了热舞。苏丽恼羞成怒，抬腿就是一脚。你也不怕压坏啊！那黑贝有一百斤，大狼狗，简直就是色狼，见有人干预，本来还装矜持的，这时竟跃跃欲试真想上。苏丽大叫："谁家的狗耍流氓！再不来人我就打啦！"说是打，其实也怕，步步后退。那男主人不知从什么地方跑过来了，悻悻地赶开黑贝，舰着脸嘟哝道："你这么猛啊！一夜四次郎啊，昨天才配过的嘛！"说得苏丽立马满脸通红。她差点就要开骂了。这什么话，耍流氓！什么素质！

接下来的几天，苏丽继续带克拉到广场去。她盘算过了，不能在同一个时间下去，原因很简单，狗主人的生活是有规律的，何时遛狗基本不变，这就是说，淘汰了一批狗，就意味着要排除这个时间。为了扩大筛选面，最好连地点也换掉，但这个太麻烦，她做不到。通过第一天克拉与黑贝的邂逅，她得出了一点心得，那就是狗的素质反映了人的素质，或者说是人的素质决定了狗的素质。狗是随人的，狗和人互为镜像。如此说来，克拉找狗，也几乎是在帮她挑人了——她时刻也没有忘记自己依然待字闺中。狗绳的一端是狗，另一端是人，也许是男人，好男人。红绳也没规定不能是狗绳啊。

这个想法很乐观。苏丽看见那些牵着狗绳的男人难免如此想。据说男人十分讲究三大件，手表、皮带和钱包。随着时代的进步，其实男人牵的狗更能反映他的实力和品位。以前的那三大件太敏感了：钱包装钱，其实更是关钱的，不宜多看；手表只能扫一眼，扫的力度和频度太大就有点像小偷了；皮带，那管的是下半身啊，非礼勿视是必须的。但男人手上牵的狗就随便看了。你夸他的狗，基本上就跟夸他孩子差不多。如果他不夹生且有教养，他会投桃报李，反过来夸你的狗——这跟相亲有点类似，但要自然多了。

如前所述，男人养的狗，其教养习惯反映了他的教养；狗的品种，也常常透露出他的品位乃至实力。养小狗的基本房子也不大，养大狗的很可能住的是豪宅——虽然不可一概而论，甚至有反其道而行之的，但大致算有个谱。总之，关于狗的信息是了解一个男人的额外的窗口，狗和他的男主人互为表里，互为佐证，比素昧平生的两个人直接坐到茶馆要可靠得多。苏丽之所以有如此心得，直接原因是她在广场上的际遇，具体说，她在遇到无数“不合适”的狗之后，终于遇到了一个合适的。一个合适的男人，他的狗叫“大喜”。

大喜当然也是贵宾犬，白色，无一根灰色杂毛，眼圆腿健，血统纯正。它极有教养，出来遛时令行禁止，不犯规；撒了狗绳也不跑远，随叫随到；撒尿时腿抬得极高，一点不撒自己身上——这是个很小的细节，但细节直指本质。那个男人，叫宁凯的，身材高大，超过一米八，配得上一米六六的女人。身上的细节看似随意，都很有品位。所谓的三大件四大件，现在还看不全，但所有看到了的，譬如皮鞋、皮带，狗脖子上的皮绳等各类皮具，都很上档次。人不光高，还很挺拔，跟他的狗一样品貌端正。更值得肯定的是，他很得体，不光谈吐得体大方，衣着也得体。所谓衣着得体，对遛狗的男人来说，绝不是西装革履油头粉面，而是低调闲适，却又考究精致。更深入地说，所谓得体，其实就是合适，和苏丽合适。富贵逼人的人她吃不到，所以就说吃不消；各方面平平的她看不上，土豆掉到土豆堆里还是个土豆。她一直寻找的就是一个看上去眼亮，靠近了心动，离开了就心慌的男人，这就是合适的男人。而宁凯就是。

克拉找到了大喜，苏丽遇到了宁凯。这城市人和人相距遥远，虽说是人挤人，但不合适，或者不合用的人那能叫人吗？你找修表的，那地方却改换门庭变卖杂货了；你找男朋友，却遇到个老尼姑……总之不合用的人你就会急得骂他不是人。苏丽遇到宁凯，殊为难得。这得归功于狗，妙狗偶得。在苏丽的心里，她和宁凯就像两个盲人，导盲犬克拉和大喜，依仗本能的指引，凭借神灵的感应，牵引着他们，相遇，靠近，走到了一起。

如上所述，她之所以对宁凯中意，主要是他得体。所谓得体，还得细说。除了通常的理解，苏丽认为，得体主要还得温和，有亲和力。所谓亲和力，不光是你觉得他亲切，同时他也要对你有兴趣；他不光对你有兴趣，还得好说话。所谓好说话，就是能驾驭。

苏丽以前没有见过宁凯。她在原来的地点，不同的时间，遇到了合适的人。毋庸讳言，克拉功不可没。看来狗不光可以破案，狗还可以找人；狗不但可以看家，还能帮着成家哩。克拉和大喜天生有缘。通常她是每天傍晚带克拉出去，如果是周末，她就有时间带狗出去两次，每次时间也可以稍长一点。那天，果然是在比傍晚还略晚时才有了收获。就在克拉失望，苏丽也认为这一天又将一无所获的时候，克拉突然兴奋起来。几乎是同时，苏丽看见了宁凯。如果不是对人心存希冀，苏丽的眼睛绝对比不上克拉的鼻子；如果对克拉完全信任，并认为仅仅是它自己的事，苏丽就会狗绳一撒，随它去。但情况并非如此，苏丽是要把关的。她不但为狗把关，因为那只狗的主人看上去合适，她也要为自己把把关。于是她用力拽紧了手上的绳子，而且，脚步也迟缓了下来。这就像买东西，一眼望去就不合适的东西不须再看第二眼，看上去合适的，你倒要仔细打量。

目测的结果相当乐观，令人心动。如前所说，大喜品种优良，貌美体健，生机勃勃，是克拉眼里的白马王子。克拉四爪扒地，使劲向前，显然已经急不可耐。这实在是毫无矜持，有失体面。苏丽使劲拽住克拉，拐弯，退到花台后面远观。那只暂时还不知道名字的大喜显然已感觉到母狗的存在，它被气味激发，开始躁动了。它鼻子在风中探寻，跑两步，先撒了泡尿，朝花台这边汪汪叫了起来。那尚不知名的狗主人诧异地朝这边看看，眼睛亮了一下。因为花台挡着，他肯定不会看见克拉，他看见的是人，因此他眼亮只能是因为苏丽。苏丽相当美丽，尤其是远看。苏丽当然也看见了宁凯，她早就看见他了，但她眼睛不发亮，反而是一副意兴阑珊，了无兴趣的模样。她欲语还休，好像要说什么。终于开口了，却是批评狗的。她娇声说："你发什么癫啊。走。该回去了。"说着拉着狗绳，强行把克拉拽走了。克拉不情愿，继而大怒，竟突然回头冲苏丽狂叫，龇牙咧嘴，像是要造反。苏丽不为所动，手上加力，终于还是拖着它离开了。

苏丽并没有走远，她押解着克拉走到了广场的另一边。天色已晚，这里很清静。她心里还有些迟疑。或者说，她需要进一步确认，需要想好步骤。有两个方面的问题：那公狗显然是优秀的，但它的主人会配合吗？很多人靠公狗挣钱，他会不会很计较，也提出一个价码？另一个问题是，单身男人会养狗吗？或者说，养狗的男人，是否意味着他已经成家？即使第一个担忧获得解决，就是说男人不计较，但如果第二个问题的答案是他已婚，那苏丽大费心思，岂不仅仅是为克拉解决问题了？

苏丽踌躇了。事到临头她有些畏缩。但她是个有决断的人，关于已婚未婚的问题，她立即就放下了。她自己不也是未婚？她不就养了一只狗？况且不去接触岂能了解实情？不去尝试又怎能知道人家是不是要钱？要钱的广告贴在墙上，又不会贴在狗鼻子上。中国女人就是太害羞，太含蓄，完全没有其他哺乳动物的敞亮和坦率！克拉也是女性吧？你看它茶饭不思，焦虑憔悴，有机会就勇往直前，低身求欢，毫不隐瞒春心——简直比男人还勇敢。现在剩男剩女很多，但如果没有人类的阻挠，肯定不会有剩狗——这是绝对的！苏丽对自己不耐烦了。克拉早就不耐烦了。于是转了一圈后，她们又回到了刚才和大喜邂逅的位置。但大喜和主人已经不在。昔狗已乘黄鹤去，此地空余绿草坪。克拉焦躁，在地上使劲地嗅，那里是大喜的尿迹点。苏丽懊恼，怎么一转眼就不见了？怪还怪自己过于犹豫迟疑，裹足不前。正有些恍惚，克拉欢叫着朝远处冲了过去——毕竟狗找狗比人找狗要高效。原来大喜和主人还没有走，只是换了地方，被一簇灌木挡住了。

找狗靠克拉，免费还得靠苏丽。她义不容辞。狗是不用货币的，但是人把钱发明出来了，于是狗的生活也要用钱了。这是现实，你得认。有了钱这东西，也才有了会计这个职业嘛，这是她的饭碗哩。苏丽愿意和钱打交道，进进出出，但决不愿意为克拉的性事付钱。大姑娘倒贴，要不得！关键还是人不好。世上的男人都小气。虽说这世界斤斤计较不能全怪男人，但男性不是主导吗？当然就怪他们。男人捐精不是也能拿钱吗？所以公狗也就要挣钱，这不就是男人的思维惯性嘛！

苏丽果断地斩断自己的思绪。这是在抱怨。这不好。她待嫁这些年，抱怨越来越多，已有些怨妇的味道。她早已警醒，不能再这样下去。男人虽坏，但是少不得。男人大多小气，没出息，但优秀的男人一定是存在的。他们并没有被外星人打包掠走，也没有被别的女人一网打尽，漏网之鱼说不定就在眼前。掂一掂，探一探，甚至撩一撩，才有可能看出这个男人的成色……这么想着，克拉已经把她牵到了男人面前。

成任何一件事，都要看眼力、手段和运气。这三项中还是运气最重要。就拿找对象结婚来说，你眼力好，看准了；手段高，使尽浑身解数，但如果运气不好，不投缘，你还是会以失败告终。这一回苏丽运气不错，否极泰来了，时来运转了。克拉真好。

克拉看大喜，苏丽看宁凯，眼力都算不差；手段嘛，克拉的本能就是手段，苏丽靠的是智慧和筹划。宁凯虽不大富大贵，却也算成功人士。重要的是，他恰到好处地有点散漫。所谓散漫，就是有一点点漫不经心，有一点点满不在乎。就是说，他不是个锱铢必究、斤斤计较的人。这样的男人是绝品啊！当然，他也有点“色”，所谓“色”，就是对女人感兴趣。因此他看见大喜和素昧平生的小母狗一见如故就装作没看见，也许心中还窃喜。狗大喜，他窃喜，呵呵。他差点说：它们看来有缘哩！但毕竟是初次见面，他没有造次，忍住了。他远没有精明到，也不需要精明到靠狗发财的程度，因此他从来没想到靠大喜挣钱。他对两只跃跃欲试的狗视而不见，喜滋滋地和苏丽攀谈起来。他显然被傍晚邂逅的苏丽吸引了。

他们攀谈的起点，只能从两只狗身上开始。他们攀谈的时间长度，基本等同于克拉和大喜从彼此试探到成其好事的时间跨度。两人站在草坪上，交流狗经，苏丽借机向纵深处引导。她的姿态是美丽的，在夜色中简直有魔力。她收着嗓子谈吐，温言细语。这是她的长项，多少次她在镜子前摆好姿势说话，回回都能把自己迷住。她聊着天，时刻注意着狗的情况。她装着没抓稳，克拉脖子上的绳子脱了手。苏丽作势欲追，宁凯要来帮她，她却提议说：“你把绳子也撒了吧，让它们撒撒欢嘛。”大喜瞧出便宜，开始使劲挣脱，宁凯随手就把绳子松了。两只狗嗖地钻入灌木，投奔欲海，私奔去了。宁凯说：“狗不会跑没了吧？”苏丽说：“我的狗不会。你的狗也训得不错吧？”含笑道，“好狗都上规矩的。”这一说，大喜岂能被目为不上规矩的野狗？宁凯道：“它很听话的。”扭头看看灌木，叫道：“别乱跑！”狗不应声，但灌木在动。那丛灌木孤立于宽阔的草坪之上，它们不可能在眼前蒸发，他放了心。

和曾经沧海阅人无数的苏丽比起来，宁凯是个大男孩。他身高一米八二，可这不代表他就是大男人，他十七岁就这么高了。他有女朋友，从小学就开始的青梅竹马，已开始谈婚论嫁，所以他知道男女那档子事，当然也隐约看出两只狗想干什么，但他不能唐突佳人，不好明说。他虽通晓人事，但并不知道狗做这种事的细节。很多乡下孩子见过狗干这事儿，一公一母时间没到被人冲散，各奔东西，却分也分不开，那叫个惨！他没见识过，因此也不会细想。面对着佳人神驰此事，那也不是大男孩了。他只是和苏丽闲聊。苏丽虽说阅人多多，但对狗事也只是偶尔想想，绝对想不到具体的涧深处，她以为狗的时间也该和人相当，十几二十分钟差不多，超人本就不多的，大喜和克拉也不见得是超狗。她聊着天，粉脸飞红，有点心猿意马。两人聊得轻松，谈得投机，不想灌木那边一个男孩叫起来："哈哈！抓流氓啊！"他拍手大叫，一边还笑嘻嘻地看着旁边的女孩。这坏小子才十一二岁，就已经脸老皮厚，竟拿根棍子往灌木里捅。狗在里面惨叫，树枝乱摇，宁凯闻声大惊，跑过去，先朝里面看一下，转身挥手叫孩子走开。小男孩不依，举着棍子朝里打枪。宁凯跟过去，夹手把棍子夺了，远远扔到一边。小男孩跑过去捡起棍子，继续远射，嬉皮笑脸地为女孩做现场讲解，女孩骂他："你臭流氓！"跑掉了。

宁凯回过身来，尴尬地笑。不一会儿，大喜出来了，克拉也出来了。云收雨散，曲终人尽了。克拉靠近苏丽，在她脚边蹲下，一副心满意足的样子。丑！苏丽心里骂一句，生怕宁凯说出什么话来。她已不担心宁凯开口谈钱，他根本就不是那样的人，但他这时只要说出任何与狗有关的话，苏丽都会羞赧难当。她的计划是，她自己分散狗主人的注意力，让克拉得偿心愿，但万没想到会有小孩过来搅局，而且宁凯显然看到了灌木中的那一幕。幸亏宁凯有教养，有分寸。他们的相识从狗身上开始，但这时再落实到狗身上，简直就是公然的调戏女人了。宁凯呵呵一笑，夸张地看看天色，说："呵，这么晚了，该回去了。"在华灯绽放的广场上，苏丽大方地道："我们留个电话吧。"

苏丽原本担心克拉和大喜那天被撞破鸳梦，草草了事，不成正果，可喜的是，克拉明显起了变化。它不闹了，吃得多，睡得多，它心愿得偿，对苏丽似乎也万般柔情起来。显而易见，苏丽的担心是多余的，狗没有月经，只有"年经"；狗也没有什么安全期，只有发情期，它们效率极高，一发即中。苏丽妙计得售，克拉大功告成了。

好事成双。苏丽和宁凯也开始了经常性接触。所谓接触，当然先是言语接触，闲聊，逐步深入，最后过渡到身体的接触。在言语接触阶段，克拉依然要尽向导之责，待两人熟稔后，克拉就退居幕后了。所谓退居幕后，就是苏丽单刀赴会，不带克拉出去。之所以如此，倒不是新人进了房，媒人扔过墙，而是克拉的变化更明显了，乳头红了，乳房大了，肚子也膨胀了，它“出怀”了，遮掩不住了。俗话说“猫三狗四猪五羊六”，这克拉的进程似乎要快一些。反正，它是不宜再抛头露面了。

克拉在家坐胎，苏丽和宁凯接触频繁。我们都知道，苏丽乃成熟女子，经验丰富，只要她愿意，还颇显风情。相对而言，宁凯是单纯男人，经历简单，人生道路顺遂。虽有个长期女友，但这同时也意味着他曾被长期禁锢。外面的世界好精彩啊，外面的女人也别有一番情致。至少，苏丽的身材就大大优于他清瘦的女友。狗是杂食动物，男人却是肉食动物，更别提那丰饶迷人的肉体还附带了那么令人怜爱的表情和思想……总而言之，宁凯和苏丽顺利地接近了，贴近了，深入了。

苏丽很健谈，但并不饶舌。她思路清晰，有时也适当展示娇痴的混乱。她很会层层递进，若还若往，欲语还休，半推半就。这就像跳舞，三一挽两一带，男人就被带到自己的节奏里来了。譬如通过询问宁凯怎么到这里遛狗，马上就能摸清他住在哪里；问他怎么在这个时间遛狗，就能知道他做什么工作；从工作就可以过渡到收入、家庭，就可以了解他的婚姻状况……世上无难事，只怕有心人。他的女友，苏丽也见到了。苏丽那时还带克拉出去，在草坪上她没有遇到宁凯，却见到了宁凯的大喜，克拉的丈夫。大喜引导着一个女子从苏丽身边走过，苏丽只看了一眼，没有再看第二眼，就是说目光未作驻留。倒是大喜认识“丈母娘”，跑过来和苏丽亲热。苏丽不看第二眼主要不是因为不想看，而是不须再看。苏丽只看一眼就做出了评估：此人不是对手——有机会！她不看第二眼更因为大喜很讨厌，你再停留它就要顺竿爬，没准会追着她要老婆——这可不行，时机不成熟。她眼下尚未操必胜之算。幸亏没带克拉出来，否则两只狗纠缠不休，情意绵绵，说不定就提前暴露目标了。

她不带克拉出来遛，宁凯也问过为什么，苏丽说送妈妈家了。两人熟悉后，已到了可以在草坪以外的地方约会的程度，宁凯逐渐解放，露出了男人的本质。所谓男人的本质，就是“十个男人九个花，剩下一个是傻瓜”；说得更到位的是“十个男人九个花，一个不花是条件差”。但宁凯不傻，条件很不差，他只是需要一点引导，适度开发。说他们两个一拍即合对宁凯不公平，说苏丽处心积虑苏丽肯定断然否认。这么说吧——缘分。这个词使用率极高，可以解释一切阳光或地下或露水的因缘。总而言之，简而言之，苏丽和宁凯因狗相识，开始约会，其地点从草坪向茶馆饭店转移，最后落实到更窄小的空间里了。所谓窄小空间，你懂的，就是房间，就是床。双人床，最后双人床当单人床用。到了这份上，宁凯也曾端着酒杯说：“酒是色媒人，我们的狗才是媒人啊，感谢狗！”又说：“它们一见面就干了那件事，嘻嘻。”他手搭上来了，“你的克拉有没有怀孕啊？我的大喜很厉害的，百发百中，上个月我老妈还带它去帮了一回忙，人家要送我们一条小狗哩。”

这话说出去他就后悔了。是苏丽的脸色阻止了他下面的话。

他们吃过饭有时会去开房，这天他原本是要让苏丽好好表现一下的，她那么迷人，似乎有无穷无尽的潜力。他要说：马上你要好好谢谢我，犒劳我一下。不想苏丽乍然变色，抬手打掉他搭在肩上的手："什么那件事这件事，我没看见！"她脸色难看，断然否认，却又娇声补一句："大喜不避人，你也不避人啊？"这其实又是承认了，承认两只狗做过好事。这承认有调笑的味道，再配以娇羞的表情，宁凯简直受不了。但事后回想起来，那天的见面十分晦气，有些话几乎是一语成谶。他们那天没有开房，苏丽说身上不方便。其实哪里是身上不方便啊，她那个"不方便"已经不光临了。她怀孕了。说这话时，她十有八九已经珠胎暗结有孕在身了。

此后两人有一个多月没有见面。宁凯开始是很想的，后来就想得淡些了。她说是出差，培训，回来后再联系。事实上他们常常联系的，说点风话，写下来是颇为肉麻的，但宁凯也不当真。他对联系没有多大兴趣，电波又没有触觉、味觉，见面才有意思。街上的美女是看得见摸不着，电话那头的苏丽既看不见更摸不着。宁凯不是个很随便的男人，却有点随意。突然的分开让他把事情想得简单了。而且他还真的相信苏丽是出差了，因为这话和以前的一句话对上了榫。苏丽曾说，克拉已经送她妈妈家了。单身养狗的人，是没法离家这么长时间的。他相信了第一个谎言，很容易就相信接下的另一个。

苏丽学着克拉，也在家里坐胎哩。说什么猫三狗四，其实克拉三个月不到就生了。一胎四只。大喜真厉害。刚满月她就送了一只给她的领导。这比送其他东西实惠给力。送卡，少了难出手，再多也很快会刷掉；送狗就不一样了。狗是个话题，她可以态度得体地指教领导。这是件活礼物啊，可以天天代她在领导家里转，狗能活十几年呢。另三只小狗待售。她已经在网上把照片贴出去了，应者如潮，不愁没人要。唯一需要注意的就是价格问题，她的小狗健康漂亮可爱聪明，她定将坚守价格底线。她从来不缺乏耐心，如此优良的父本母本，如此优秀的后代，岂可明珠暗投，随便就出手？小狗吃奶，又不吃狗粮，再养一阵子其成本几乎可忽略不计，她等得起。可见苏丽的耐心是理性的耐心，待字闺中的女人最不缺的就是这个。

之所以说苏丽有耐心，还体现在她自己身上。体现在她的身体上。确凿无疑，她怀孕了。宁凯防不胜防，况且他也不是个步步设防的主。有限的那么几次，他终于脱颖而出了。他脱颖而出并不是因为他有过人之能，只是因为他们床上的领导有心让他出头。选拔人才是这样，男女之事有时也是这样。苏丽暗施小计，他就出头了，她也就收获了。收获是什么？就是宁凯的一点点，趋近于无穷小，零。

公允地说，苏丽也算是有言在先的。在心醉神迷时，她说过：“我什么都不要你的，我只是喜欢你。”这话让宁凯感动，继而激动，然后大动。苏丽又说：“我什么都不要，我要的差不多就是零……”她百忙之中还抬手做了个圈，一个零——这样的女人多好，你哪里找？他轻装上阵，没有负担，羽化登仙了。可当苏丽挺着个胖肚子出现在他面前时，他傻了。分开八片顶阳骨，倾下半桶冰雪水！他从天界跌到地上，被打回原形，原来还是个色狼！他自己都觉得自己真不是个东西！

有个笑话说：三个小伙子向老头摊牌，都想娶他女儿，一个说有钱，一个说有产业，最后一个穷小子却说我什么都没有，只有一个孩子，他在你女儿的肚子里，于是他就赢了——结论是：在关键的岗位上你得有人啊。他看到这个笑话，也曾乐不可支，哈哈大笑。现在这笑话竟戴着面具撞过来了。他一不留神有了孩子，这孩子他还没见过，就被别人绑架了。他暴跳如雷，继而又如皮球泄气。他心里骂自己不是东西，却也想到反扑。但苏丽风度娴雅，不急不躁。她养胎养了近三个月，一直等到了瓜熟蒂落才现身。所谓瓜熟蒂落，不需要等孩子生下来，而只要等到肚子尺寸足够，目光难以忽略即可。她已经等到现在，绝不会在这个节骨眼上失控；她已经等待了这么多年，也绝不会在最后关头失手。她有理有节，轻声细语，竟然还带点幽默："我才是受害者，生孩子是女人疼，男人在产房外面呢。"此时说到产房，比说到牢房还要吓人。宁凯根本不敢问她是不是要生下来。他只虚弱地说："你说过什么都不要的，你说过的。"苏丽道："我是说过的，我要的差不多就是零。"她羞涩地道，"几千万分之一，几毫升的几千万分之一，无穷小，还不算是零吗？"宁凯呻吟道："你这下要了我的命了！"苏丽笑道："我哪会要你的命啊！你的命就是我的命。”她双手拍拍自己幸福的肚子道，“你的命就是他的命，我儿子的命哩。”她终于有资格像杨琴那样说“我儿子”了。

这是十分私密的谈话，比商务谈判更为重要，只能在家里谈。现在苏丽的家里只剩下一只狗，就是克拉。所以即使苏丽如愿以偿跟宁凯结了婚，宁凯也不会知道这三个月内她家里曾完整经历了一次狗的孕产。苏丽永远不会让他知道的。有朝一日他如果知晓，只可能是苏丽的闺蜜，也就是克拉的原主人杨琴说漏嘴。如果他们结了婚，克拉和大喜也就是一家人——不不，一家狗了。不过有一点他们还不知道：两只异性的狗是不能养在一起的。那事儿年年来，月月来也就罢了，要是天天想来那么一下，那可怎么过啊？要一起养，唯一的办法，狗类饲养专家已经指导过，那就是把大喜骟掉。嘿，挨刀子的还是宁凯的狗。

2012 年

长亭散

五月的斜阳明晃晃的，照在眼前的大街上。我像是站在一个梦里。三十年前，我曾在这里读过高中，但这个市镇与我记忆中的印象，没有任何重叠。印象中的小街铺着青砖，终年湿漉漉的。从西往东，街口是一家老虎灶，对面是铁匠铺，它们总是热烘烘的。再走不远是一家弹棉花的，整天蓬蓬嚓嚓，有棉絮一丝一缕地飘出来。再往东有一家烧饼店，然后是仁心药房。烧饼店很安静，清晨做好的烧饼堆在案板上，等着卖；药店里永远都传出一种奇怪的声音，那是在碾药。这两家店做的是饮食和药的生意，那时我每次走过，都会想起一句话：人吃五谷，哪能不生病，觉得自己会活学活用俗语了……现在它们全消失了。穿镇而过的小河也不见了，大概已成了脚下的大街。我有些恍惚。看看街两边鳞次栉比的商店，很多店招上都有“长亭”两个字，这提示我并没有来错地方。可这个地方我能认出的，大概也就“长亭”这两个字了。

大街上人来车往，熙熙攘攘。一条横幅凌空跨越，上面写的是“热烈欢迎长亭中学81届校友返回母校！”这条横幅倒跟我有关，我就是回来参加三十周年聚会的。聚会的地点在水源酒店，虽然我完全不认识路，但水源酒店号称三星，几乎路人皆知，我稍一问，就明白了该怎么去。每个路口都贴着红纸写的指路牌，它们指示着我，很快我就找到了此行的目的地。

长亭位于县的腹地，当年有“长亭出门苦，出脚二十五”之说，就是说从长亭出来，到最近的几个镇都有二十五里。这个二十五当然是华里，但那时都是乘船或步行，二十五里确实相当遥远了。现在到长亭，一路高速向北，与县城擦肩而过后，不久就能看到长亭的路口牌。五月的田野，丰赡而华美。油菜花虽说已凋谢大半，但它们是那么广阔，远远望去，依然黄得耀眼。油菜黄，麦田绿，大地是极为鲜亮的格子地毯。开车前，我的脑子里是极为清晰的，我这是要重返母校，和当年的同学和老师聚会，他们的面容历历在目。然而离长亭越来越近，我竟越发恍惚。三十年了，浓烈的油菜花香依旧，但其实一切都变了。长亭镇中原有一个两河交界处，一座桥，一座木质亭子，看这模样，绝无可能还在。和镇子平行的小河都已经不见了。

没想到我终于还是见到了那座亭子，就在水源酒店宽阔的院子里。院子就是停车场，果然早就车满为患，水泥地面满载着金属，夕阳乱射。几朵阳光射在亭子上，写着“长亭”两个字的匾额亮得晃眼，你无法忽略，也必须承认，这就是长亭。我首先见到的是长亭的主人，水源酒店的老板，也是我的同学，张桂平。然后，一个一个都见到了。我尚在路上的时候，他们中的很多人曾跟我通话，用普通话或者长亭的方言给我指路，让我把车子停在镇里的停车场而不要停在酒店下，就是其中某一个的好主意。跟我通话的人我基本对不上号，因为常常是这个讲几句，另一个就会抢过去说。我只能记起那些自报家门的人。那些没头没脑上来就吼，或者叫我使劲猜他是谁的，基本都是喝多了。我高一来长亭读书，高三随父亲离开，真正同学就两年。我曾经担心认不出同学会尴尬，却也自信绝大多数我都能认出来。实际的情况是：那些原来就不太熟悉不属于玩伴的，我稍一错愕马上就心里认了：这是我的同学；而那些当年熟悉要好的，那些历历在目呼之欲出的，我却目瞪口呆无法相认——当然我并不表现出来，我嘴上很亲热、亲切，似乎在这三十年里我们一直在心里亲密无间，但我的眼睛不认，心更不认。实际上他们看我又何尝不是如此？每天照镜，我知道自己成了什么样子，过了这三十年他们朝我一看，那肯定也是触目惊心——就如同我看他们一样。我悄悄松了口气：原来不只是我一个人老了。

皱纹，发胖的身体，夹杂银丝的头发，或者谢顶，时光大概一个都没有放过。不仅仅是胖了。时光不是一个简单的放大镜，它不按比例放大，我们是都变形了，浑浊了，暗淡了，边缘模糊。明亮的镜子碎了一地，反射着无数惊愕的眼睛。

也有例外的。那些原本就胖乎乎的男生或女生，那些原本皮肤偏黑的女生，他们的变化相对较小。看起来提前先胖些黑些，老相些，倒是逃避时光的一个诀窍，就像一个毫无胜算的拳击手主动提前倒地。这至少比染发效果要好，那看上去有点瘆人。

另有几个同学是偶尔见面的。我们都属于“考出来”的那一群，如果有机会，我们会聚一聚。葛炎是这次聚会的发起者，他累坏了，听说我到了，跑过来骂我误了中饭。我和他一年总得见上三两次，可我乍一见他，竟也是一惊：他把头发染黑了，乌乌油油，乱糟糟的，忙了几天没顾上刮胡子，灰白的胡子衬得头发更黑，黑得不正常。头发二十岁，胡子五十岁。但他的出现让我暂时不那么恍惚了。他似乎是茫茫水面上的一个桩，至少他我是熟悉的。

大家都穿得光鲜体面。我们班原本多少人我已不记得，看了葛炎发给我的当年的花名册我才知道，是五十八人，其中女生十五个。有一个同学已经离世，另有两个“进去了”，被判了刑，都是经济问题。答应来参加聚会的，大概有四十几个。他们大多生活在本县；外地的同学，我算是来得迟的。而且，因为我并没有从这里毕业，此前的聚会我也没有参加过。这成了同学们的话柄，他们几乎每个人都要责怪我，说我早该来了，再不来就要开除班籍了。他们很亲热，热情的程度足以让我觉得自己不好，不是个东西。但说心里话，我并没有迫切与他们相见的愿望，究其原因，大概还是自己混得不那么好，没有多少可供炫示的人生业绩。除我之外，他们彼此似乎都很熟悉。他们有的大早就来了，中饭就已经小聚了一下，彼此间已经熟得像当年下课时的样子。我看出来，他们大多过得很好，或者说，混得好的同学特别活跃，话多，他们特别能吸引别人的注意。

水源酒店高大巍峨，十分气派。长亭作为一个休闲的凉亭，已成为酒店的一部分。长亭当然是重修的，以前在桥上，现在立于水边。原先的两条交叉的河，现在只剩下这一条，另一条正如我的猜测，成了大街。我们站在凉亭边闲聊寒暄，后来张桂平提议索性进去坐坐。大家嘻嘻哈哈，彼此夸奖对方没变化，年轻，潇洒，或者一看就是个人物。夸你，夸他，有的时候也含蓄地自夸，这样的主旋律一直弥漫于整个聚会过程。

其间，不断有同学加入进来，也不断有人被喊走，有些同学其实我一时叫不出名字，但既是同学，竟然认不出，无疑尴尬，甚至罪过，我只得装出个个熟悉的样子，悄悄留心他们彼此间的称呼，并且记住。一会儿也大致对上号了。这样的闲聊貌似散漫随意，其实以介绍和自我介绍为中心。葛炎说张桂平厉害，不光开了这个大酒店，这河里的水他都能卖，因为镇上的自来水厂也是他家的；张桂平说，我们在小地方混，你们才好，我也想到省城，就是没路子，这说的是我和葛炎；葛炎却说，还是他们做教授的舒服，黄华和你（说的是我），又清闲又高级，他说自己也是在瞎弄，不过省城也就一个字：难；又对我说，你们几个，汪晓均、张知，对了，还有李萍！他喊道：李萍呢？说，你们是同行，都是灵魂工程师，还一条龙哩！汪晓均说：人家是大学教授，我们是基础教育，你别瞎攀比。又说，我们是卖嘴皮子的，教授卖脑子，张桂平你卖水，他很会总结，说最厉害的是搞房地产的！我说：那厉害，谁啊？汪晓均道：李明堂啊，他是顶级房地产商。他语出惊人，我还想再问，看大家的神情都有点诡异，就忍住了。汪晓均不愧是中学老师，文绉绉的，意犹未尽道：一抔黄土……我没听清，疑惑地看着他。

说话间张桂平手机响了。是镇上领导找他。不久县里也有人找他。原来是询问我们班最大的领导吴榕有没有到，什么时候到。吴榕是本市政法委书记，平时他们请都请不到的。这时我才明白街上那些热情的横幅的真正由来，水源酒店也挂着一条，超大，署名是：县委县政府。吴榕当年看不出特别，连个子都不高，也不记得他成绩突出，但人家就是当成了父母官。张桂平的手机把大家的话题都引到了吴榕身上，说起他的种种逸事。总而言之，这小子有本事，官运也好，难得的是还十分重情义。其实据我的记忆，吴榕精瘦矮小，酷爱打篮球，他球技不行，但动作凶猛有力，曾经打掉过两个同学的三颗牙齿，其中就有张桂平的门牙一颗。张桂平家里开老虎灶，天天帮他爸挑水，一身肌肉。那次两人动了手，吴榕吃亏不小。这样的事大家当然都不提了，只我忍不住老朝张桂平的嘴里看。葛炎说吴榕一定会来，因为他答应了的。张桂平却说基本肯定他不会来，不信你们等着瞧。

吴榕当年动作凶猛，后来就没人愿意带他打球了。他球打不成，就兜里带个哨子，随时为别人当裁判。中学生打着玩，要什么裁判呢？也就是由着他随便吹，基本没人理。但现在人家成了真正的执法者。他没有参加聚会，但他不在江湖，江湖上却到处有他的传说。他自始至终没有出现，印证了张桂平的预见。其实仔细一想，领导当大了，头绪太多，有些场合当然还是不出现为好。张桂平果然老于世故，是个合格的酒店老板。他拥有如此家业，自有他的道理。

长亭里凉风习习。太阳已经偏西，水面映照着对岸人家随意播撒的油菜花，梦幻般的摇曳，清香阵阵。如果你仔细辨别，河水其实有点异味，有些发黑，也远不像你想象的那么深。三十年过去，河少了，水浅了，所有的人都不复以前的那个样子。三十年，说不上沧海桑田，但足以发生让你目瞪口呆的变化，有的国家不都倒掉了么，人算个什么？三十年，足够长出明眸皓齿的茁壮一代，甚至第三代。张桂平的孙子已经三岁，在幼儿园工作的同学李萍把他带了过来。小家伙老嘎嘎地按他爷爷的指示给我们敬烟，一副小老板模样。葛炎打趣说长得真像他爷爷，不像祖孙，像父子哩！这是此地恭维人的通常玩笑，大家全坏笑起来。

李萍是有任务的，她管着接待登记。葛炎批评她，说她脱岗。李萍笑嘻嘻地说嫌我干得不好你自己去干啊，喊我跟她去登记，安排住宿。葛炎说你们快去登记，我们晚上就摆婚宴。大家嘻嘻哈哈，我跟着她去了前台。

酒店里人更多，男的女的都有，女生们大多在里面帮着张罗，据说还有不少在歌厅和麻将室。大家见了面，免不了亲热寒暄。意外的是，女生们都还有点羞涩，三两结伙地在笑。我主动上去自报家门，她们全说：我们知道！鼎鼎大名！我其实认不出几个。当年我拼命读书，大部分女生本来就印象淡漠。现在她们都成了接近老年的中年妇女了。时间毫不怜香惜玉，甚至对她们更为苛刻。她们大多化了妆，厚粉，细长眉毛，头发也染成栗色，这样一来更显出她们对时光的怨尤和敌意。当年她们有的漂亮，有的不好看，据说还彼此嫉妒，闹点别扭，现在都差不多了，平等了。那时候我们男女同学间几乎不说话，谁和异性同学多接触，就会被同学打入另册，但其实，至少对我而言，女生们具有特殊的意义。她们是我少年时一个神秘的存在。那活泼的笑声，掠过的雪花膏香气，见到男生就转过身扎堆嬉笑的样子，是我的情感启蒙。我突然觉得，我回来参加聚会，就是为了看看她们。现在她们虽没有围着我，但就在我的周围。隔了三十年的时光看过去，却仿佛比目光还要远。我看着登记簿随口问：全到了吗？李萍笑眯眯地说：差不多全到了。你还等谁啊？女生们哄笑起来，有人说：你还不知道你面前的是谁吧？就是她啊，就是你等的李萍啊！

她们这是瞎开玩笑。李萍差不多是变化最小的一个，因为皮肤微黑，没有发胖，也许还因为她是教师，要注意一点仪表，她很容易被认出，只是她牙齿也变黑了，很触目，也许她当年牙齿就有点黑？我记不得了。后面有个声音道：李萍，你这是登记工作没做好，信息不全，人家要找的人找不到。这事应该我来。李萍嗤道：李明堂，你少来！李明堂就是做房地产的那个。他跟我握手，手劲很大。我依稀能看出他当年的样子，只是头发几乎全掉了，很亮。我用眼睛替他戴上假发，他果然又回到了从前；如果不是多年没见，人家又是大老板，我会建议他索性刮个光头，那样更有派头。李萍大概是跟李明堂斗惯嘴的，脆生生地说：我们这里个个能管登记，就你不能！我的眼睛询问：为什么？李萍说：谁找死啊，到你那里登记！女生们都说：就是就是。这时我才听清了汪晓均那句一直盘旋在我脑海里的话：一抔黄土！莫非李明堂做的是墓地生意？李明堂显然不愿意在这个话题上多说，悻悻笑着说：你们不要嘴凶哦。

汪晓均过来了。他很顶真，似乎怕我还没明白，对李明堂道：你是终极版房产商，你牛！对大家说：都说吴榕官大，吴榕开会我们还可以不到，但李老板登记，我们迟早都得到——不过在外地的同学你可管不到。李明堂嘴里说着那是那是，眯眼看着他。汪晓均道：你最好再把医院包下来，这样就一条龙了，还有权宣布谁缓期。他的话里明显带了奚落。李明堂道：你就是嘴厉害。汪晓均道：不对啊，我想起来了。他卖个关子顿住，说：没准你比我们先去哩，你恼羞成怒在那边集合，喊我们全去，我们肯定不理你！李明堂看出很恼火，却呵呵笑着说：你小子什么都不行，就剩个嘴。

酒店里空气浑浊，歌厅的门开合着，连续冲击出声浪。我脑子又有点恍惚了。如此笑谈生死，我万万没有料到。他们这不是想得开，而是这里有个风俗，据说什么事谈开了，坏事也就躲走了。我看出同学们尤其是汪晓均，似乎都不怎么待见李明堂。我觉得不宜再撩拨，就问晚宴什么时候开始，老师们有哪几个会来。李萍说，老师们比你守时，中午就在这吃的中饭，现在回去休息了。还说你要是饿了，餐厅里东西多得很。说着就领我往餐厅走。我玩笑道：还是李萍好啊！女生们笑成一团。汪晓均说：你和她登记的，你们当然好！叫李萍继续在前台张罗，自己带我去餐厅。

我肚子并不空，心里却空落落的。老师们马上就会见到。记忆像一块版图，正逐渐显现，但有一块地方，却依然空缺。有一个人，她曾拨动我少年时懵懂的心弦，令我期待，令我惶惑。她，来了吗？她会来吗？

我原本是可以直言询问的。但汪晓均在上厕所时揭发说，李萍和张桂平好得很，是这酒店“三老板”，排在张桂平和他老婆之后。他挤挤眼睛，神秘地说，李萍喜欢打麻将，老是到这里的棋牌室玩，一来二去就好上了。厉害的是，张桂平老婆和李萍处得像亲姐妹！他有本事吧？我呵呵地笑，指指后面的蹲位，意思是当心隔墙有耳。他这个揭秘让我打消了问那个人是否会来的想法。如果不想成为话题，尤其是不想成为曲终人散后的长期话题，我还是什么也不问的好。心里缺一块，又何必补全呢？就像李萍，那时虽没有班花这一说，但她当年确实漂亮好看，我如果不来，不看见她的黑牙齿，她岂不是依然明眸皓齿吗？

汪晓均告诉我，当年的老师全部退休了，教数理化的老师都还健在，教语文的王老师和教英语的孔老师已经过世了。当年他们大多四十左右，最大的跟我们现在年纪相当，三十年过去，这样的状况其实正常，但我心里发木，况味难言。我说：现在再也找不到那么敬业的老师了。汪晓均笑道：那不一定，我就很敬业！我出语唐突，没想到他是老师，母校的老师。连说失敬失敬。汪晓均道：老师们对你们是有功劳的。我诧异，我们？这怎么讲？汪晓均续道：你们这些考出去的，都是受益者。我说：你们现在都过得很好，其实绝不比我们差。老师们当年也没有厚此薄彼，他们是人人平等遍施雨露。而且真的，你们过得很不差，中学老师工资加了，我们还没加哩。

汪晓均笑笑。我跟着他往餐厅走。酒店真是有规模的，通道挺长。我有感而发，说张桂平家以前开老虎灶，现在经营自来水，也算是升级换代了。我记得李明堂的妈妈做过接生婆，他倒没有学产科。汪晓均说：他那成绩，能考得上？他现在卖墓地，真是发了。我悚然一惊：是啊，他妈接生，他卖墓地，他们母子竟括弧似的涵括生死了。我一时有些发呆，汪晓均絮絮叨叨说的什么，我都没有听清。

还不到晚饭时间，餐厅里人并不多。这不是大家等着吃的时代了。餐厅里摆了六七桌，服务员正在铺桌布。几个同学坐在靠墙的椅子上抽烟喝茶。张桂平过来，挥挥手，让服务员拿了些茶点来摆好，由我自用。我并不很饿，盛情难却就吃了两口，目光却注意到墙角那排椅子上，有个老头孤零零地坐着抽烟。他在朝我望。我似乎是想起来了。张桂平一拍我肩膀，说：来来，带你去见个领导。我们走过去，老头站了起来，憨憨地笑着。张桂平道：班长！你说你是不是领导啊？除了老师你最大，就是领导干部嘛。周安邦！我喊他，他也叫出了我的名字。我们握手，他两只手都伸了过来。手极粗糙，粗砂加硬茧，我一辈子还没有摸过这样的手；他原本就比我们大些，现在发白脸黑，已是彻底的老头了，而且是小老头。我一时没什么话说。他嗫嚅着说着欢迎，嘿嘿地笑，笑容把皱纹全集中在一起。我在他身边坐下，给他续根烟。他的情况不问可知，我说什么都不好，但也不好走开。汪晓均道：听说你们最近要涨水价？他这是对张桂平说的，你小子不要太狠，别罔顾民生哦。他在这样的情景下说这个话，倒也不全是生拉硬扯找话说。张桂平道：水价我能做得了主？等吴榕来了你向他反映。汪晓均说：你不是说他不会来嘛，他来我就敢说。周安邦大概怕同学顶牛，接口道：其实你涨不到我，我们还是吃河水，嘿嘿。

张桂平端来一碟点心，说让周安邦先吃点垫底，晚上好好喝，我们就出去了。出了酒店，我长吸一口气，似乎如释重负。我以为周安邦还是在种地，张桂平告诉我，周安邦家原先的地被李明堂征了，做了墓地。周安邦没地种，就帮他刻墓碑。周安邦的字写得极好，我当年收作业本，他的字间架整齐，钢笔字都有笔锋，可算鹤立鸡群，只可惜高考不看字。汪晓均骂道：这个鸟人！他骂的当然是李明堂。他说，我们不能放过他，要叫他给老周加工钱。张桂平这时倒帮李明堂说话，说你就知道加工资，还不许涨水价。你们教师涨过工资了，我们自己做的哪里弄？看汪晓均又要和他顶起来，我忙看看表，说看看老师来了没有，往酒店院子大门外去了。

夕阳已经沉下去。我站在酒店大院前，不断冲那些熟悉却又陌生的同学点头微笑。早晨我还在省城，现在好像突然空降于一个意外的地点。我恍惚着，心思飘忽。老去了三十年的老师们很快就会出现的，那么，她呢？她会来吗？

每个人心里都有一个隐秘地，是自己的秘密花园，外人勿入。我也有。刚毕业那会儿，我的秘密花园里还常有倩影晃动，在我梦里；后来，逐渐淡了，成了如梦似烟的水墨画。但此情此景，一切又都清晰起来。我似乎又看见了她忽闪的目光，和那一回头时摆动的小辫。

喇叭嘀了几声，葛炎坐着车从门前经过，说是去学校接老师。他是聚会组织者，掌握最全面的信息，应该知道她会不会来，但我不好问他。老师们一来，我的少年记忆又将拼上一块。老师们连接着我的血管，他们的滋养启动了我的成长，我受益至今；而她，一个眼波，一个没头没脑的话，曾经触碰过我羞怯的神经，她和我少年时纤细的神经隐隐相连。我突然明白，我之所以参加聚会，恐怕主要还是为了见见有些人。同学和老师中的“有些人”。是的，仅仅是几个，说实话，真的不是全部。所有其他的女生只是一个群体，而她伫立于群体之外。

即使我现在已脸老皮厚，也算曾经沧海，这样的心思也只能秘不示人。我高一高二在长亭上，高三转学去外地，她是高三下学期转走的。我们都是这个班“早退”的人。高中毕业后的第七年，我曾经在省城与她偶遇。我从医院探访一个朋友出来，偶然一瞥间，突然看见了一个熟悉的身影。我定定神，几乎肯定就是她，却不敢贸然相认。其时我正往台阶下走，她站在台阶上，往上走几步，四下在看，好像在等什么人。我的心跳得厉害。就在擦肩而过的那一刹那，我站住了，她偶然扫过的目光在我脸上定住，脱口而出：你？是你！你好。

有一种感情，从未挑破，却难以磨灭。那时候男女生间突然有了明确的界线。我们绝不说一句多余的话，绝不注视任何一个异性同学的眼睛。这当然也因为学习艰苦心无旁骛，更主要的是因为我们的身体开始了飞速生长。我们的心畏缩着，我们的眼睛自然就畏闪。然而有一双眼睛是活泼的。课堂上，几乎所有的视线都如箭矢，齐刷刷地射向老师和黑板，仿佛贪婪的吸管，然而，有两双视线却常常横逸旁出，在空中约会。我坐在教室左后方，她坐在右边前排。每当老师讲到什么有趣的话，她扭过头，我侧过脸，我们的目光自然相遇。她嫣然一笑，我承接着她复杂而单纯的信息。一切都是无声的，似乎永不为外人知晓。下课后，女生们聚在一起，叽叽喳喳地笑闹，或跳皮筋，或跳绳。我故意或是偶然走过，她会突然活跃起来，又打又闹，或者目光扫过我的脸，陡然就安静了，亭亭地站着看别人闹。

我们没有单独说过一句特别的话，更没有拉手之类的过分举动。我们没有挑破，也不知道如何挑破；因为后果严重，也没有勇气挑破。因为没有挑破，它是否存在，也似乎存疑。我只能暗地里甜蜜着，忐忑着。直到有一天，因为物理成绩大幅下滑，我父亲带我找到了老师。我当时极度惊慌，认为自己的不轨一定会被揭露，因为物理老师的眼睛比激光还要锐利。他已经多次在课堂上提示：不要分心，你们必须拼。说这话时他意味深长地看看我。我相信他早已是洞若观火，但他慈爱地保护了我。他对我父亲说：他这一次考得不理想，我看有偶然性。他前面一直都在进步的。有的时候我的卷子那个考点，正好跟他错位。我心乱跳，手心里汗都出来了。冯老师的话让我长吁了一口气。他又叮嘱我：你再加把劲，钻研，专心！我对你有信心。他的话很有分寸，既点了我，又护了我。作为旁观者，他的话也代我挑破了朦胧而忐忑的心结：别人都看出来了，那确实是真的。

绚丽而梦幻的泡泡飘荡在我的梦中，突然被点破了，只剩下一滴水。落在脸上，凉凉的。

高中的学习是一种“绞杀”，能拧去你身体最后的液汁。就此，我和孙叶亭的目光交接终止了。我们彼此回避。我的成绩果然扶摇直上，直到我高三转学，我们的目光即使再意外相遇，也是软软的，是断续畏闪的虚线，没有能量，也没有信息。

她站在我的面前，在医院前面。强烈的阳光有些晃眼。似有万语千言，却无从说起。我们已多年未见，孙叶亭窈窕依然，但瘦了些，当年还没有“魔鬼身材”这种说法，但朴素衣裳也难掩风流。她眼睛不像李萍那么大，是细长的，但配着她修长的眉毛，十分波俏。眼前的她眉眼间有风霜之色。我忍不住问：“你，是来看病？”孙叶亭正要说话，她身后一个男人走了过来。他拎着一个略显土气的包，尴尬，又略带警惕地看着我。孙叶亭把我介绍给他，对我说：这是我丈夫。久仰久仰，久闻大名，孙叶亭丈夫立即说，我们不是来看病的，是来看一个病人。他脸上掠过一丝慌乱。孙叶亭瞥了他一眼。我相信这是假话，因为高中毕业后，我还记挂着孙叶亭，曾装作无心地向葛炎他们打听过。我知道她结婚了，知道她不甚如意，因为不孕，据说夫妻间也彼此埋怨，一度闹到要散伙。这是一家妇幼保健医院，以治疗不育不孕著名。我相信他们一定是在四处求医。孙叶亭的丈夫朝她使了个眼色，像是怕这个话题继续下去。

没有话说了。孙叶亭局促地淡笑着，眼角现出了细微的皱纹。她的丈夫双脚不断地动，手里的包放在地上，又拎起来。我突然坚信，他们不育，有问题的一定是她丈夫；如果她跟我结婚，她一定不需要到这里来的，她一定很容易得到一个可爱的孩子！

这样的想法荒唐可笑，完全不讲理，说下作也不为过。我的脸红了。孙叶亭木木地笑笑，说你忙吧。我嘴里说着请他们去家里做客，手已伸了出去。她笑笑，手还没伸过来，那个已经走开几步的丈夫回过身来，抢过我的手摇摇，他们就走了。

这么多年，我们自始至终没有过身体接触，连手都没有握过。一次都没有。我只领略过她的眼神，她的身影，还有，她的字迹。我作为课代表，每次收来本子，都会偷偷地翻看她的作业。这不是情书，是物理作业，是公式，是冰冷严谨的科学，但我痴迷于她的字迹，似乎作用力与反作用力、光的折射与反射，也如青鸟，传递着她的信息。

她的字迹长久驻留在我的脑子里，一个个都是活的，但它们终于没有排列组合，化为情书。我曾假装遗失，藏起过她的一个本子，不知什么时候已不知所终。后来又曾听到过她的消息，她离了婚，又再婚了，自己打拼。具体怎样，不甚了了，我也无从验证。我忙于学业工作，娶妻生子，记忆虽依然清晰，甚至越发清晰，但终于远去了。

她也许就在离长亭不远的地方，也许萍踪千里。她不是从长亭毕业的，不来参加聚会也属正常。但我心里终于知道，我最想见到的，其实就是她，孙叶亭。

不知不觉间长亭镇华灯齐放了，它仿佛是某个巨大都市的一角。酒店前的大道边蜿蜒着两道射灯，照射着夹道的白杨，恍若梦境。高大的白杨哗哗摇动着叶子，热烈，杂乱，像无数鼓着掌的小手，伸出了梦境。

车灯扫过来，又划过去，接老师的车子拐着弯驶了过来。晚宴即将开始了。

晚宴是正餐，是聚会的重点。偌大的餐厅里摆了七桌，华灯高照，彩灯闪烁，若不是“友情永在”那四个大字，一定会有人误以为是一个婚礼。晚宴丰盛，热烈，也略显混乱，这样的混乱在所难免。其实不需要描述，你完全可以想象出那样的场面。我们的同学叫邓牧洪的，是镇派出所所长，他担任主持却身着制服赴会，另一个主持李萍立即下令：“扒掉他的虎皮！”几个男生三下五除二就把他上衣扒了。晚宴从一开始就进入了高潮。

也安静了一会儿的。前面总有一些固定的程序。大屏幕上，打出了“聚会宣言”：“转眼间两鬓染霜，刹那间人到中年。”“三十年前我们依依不舍，挥泪作别；而今我们相聚于此，共叙友情！”这些言辞是我熟悉的，放大的屏幕上，却显得陌生，不像是我写的。还没喝酒，我脸就有些红了。我坐到老师那一桌，一个个问好，感谢。数学化学和政治老师都来了，教物理的冯老师却因病没有来。他们都老了。老师们都很关心我，问我近况。我说还好，有时会忙一点。他们虽夸我是“佼佼者”，但我自知自己其实乏善可陈。况且，真正的佼佼者渐次登场了。那个也在大学任教的黄华，美国海归，先是自告奋勇上台朗诵了一首长诗，后来晚宴进程过半时，又到楼上的乒乓球室摆下了擂台。我看见了他从餐厅出去，回来时换上了全套的乒乓球专用装，握着带套子的专用球拍，他边走边告诉大家，他在美国请了一个前国家队队员专门陪练。擂台的结果我没有亲见。总而言之未出意外，他输了，据说有三个人打败了他。胜者中的李明堂倒不声张，下来继续喝酒，倒是汪晓均到处偷笑说：看来李明堂真有名堂，比国家队的还厉害。笑闹间席次逐渐乱了，分成了好几堆，欢声笑语。李明堂说今天的酒不好，原因就是张桂平的水不好，他预先自带了茅台。本来他只在自己桌上摆出两瓶，大家一哄，他立即出门，到院子里的宝马车上抱来两箱，于是每个桌上都摆上了茅台酒。

各桌上重又掀起一轮高潮。同桌要喝，以前家里是邻居的要喝，球友要喝，甚至当年打过架的也要喝，亏他们还记得。我们都敬老师，老师随意，敬酒的要一口干。我基本算是没喝酒，但也晕乎乎的。忽听见有人说当年谁对谁有过意思，那交杯酒是必须的——我心中一惊，幸亏说的不是我，奇怪的是，也没有把李萍和张桂平捉到一起。餐厅的两个大门进进出出，我斜靠在椅子上，视线在两个大门间来回跳跃，反复扫描。这视线今天已注定要失望，肯定等不到那个迎接我视线的人了。

餐厅里乱哄哄的，后来又来了一批和我们同届不同班的同学，于是更闹。这时我才明白我们班只来了四十几个，却摆了七桌坐得很松的原因。最前面的那一桌空了一半座位，原来是等吴榕的。他是大领导，他一来，县里镇上的领导一定得来。但是吴榕始终没有到。他来不来我其实并不挂怀。我期待中熟悉的身影——也许，那身影我已不熟悉了——她依然没有出现，也许，她不会出现了。可也许，她下一分钟就会出现呢？

事后她告诉我，她其实早就来了。她早就进入了县境，只是到长亭比较晚，到酒店更迟。不知是刻意还是偶然，她是在餐厅最为混乱时进来的。那时，黄华在展示了他文能作诗，武会打球后，不知怎么的，又开始宣传起中医来。他的专业是计算机，因此坚信二进制是《易经》里就有的，更坚信中医的天人合一。他很快就汇聚了所有女生，让她们一个个伸出手来，他用特殊的手法在她们手背上拍打，他说通过手背上的征象和自己的手感，可以看出她们各自身体哪里有毛病，什么毛病。黄华脸上红润健康的气色是最好的神医招牌，他悬壶济世同时又口若悬河，说起来一套一套的，手一拍一拍的。女生们一个又一个被他拍过，咯咯乱笑，有的被他的诊断吓得花枝乱颤。男生们围着看，少有人伸手。葛炎突然在人圈外大叫：啊！黄华你厉害啊，三十年过去，你终于把她们的手全摸遍啦！羡慕嫉妒恨啊！张桂平一直保持着老板的稳重，这时八成是酒喝多了，散了板，端不住了，喊道：李明堂！黄华是你派来的吧？他吓死人，你就发啦！汪晓均刚刚领教过黄华的乒乓球球技，该大学教师在他这个中学教师心中已成色大减，喊道：邓牧宏，你徇私枉法，非法行医你不管啊？！

我心思散淡，带着笑，懒懒的隔岸观火。黄华悻悻地收了手，把已得出的诊断结果说完大概就要收摊。他真的是很爱国，比任何一个人爱国，且仇视老外，这一点他毫不隐晦。此前在省城小聚，我就领略过他的观点。可国外那么不好，他又何必一住十年？又何必让他儿子入籍？好多事他不说，我们也不好问。黄华还在说，嘴直动，餐厅里的喧闹渐渐变成了嗡嗡的声音，晚餐已进入了尾声。菜已经走完，服务员们手上闲了些，都站在门口围观；大厅边上的椅子上，坐了好些不认识的人，大多是其他班的同学，或者是同学的家属，来看热闹，同时监督自己的老公。总之，人是大为杂乱了。我虽喝得少，但脸也红了，火辣辣的皮肤似乎特别敏感。我感到有一个目光掠过我的脸颊，如鸟翼的风。我骤然警醒，四下打量，搜寻着，期待那个目光能被我捕捉。交叉，然后，定住。

但是没有。人实在是太多了。我看见那边，张桂平把葛炎喊走了，葛炎又去找到邓牧宏，三个人议论着什么。突然间掌声骤响，邓牧宏请一个黑胖子上了台。原来是镇书记。镇书记说了许多祝贺的话，主要意思是，尊敬的吴榕书记临时有要务，不能来了，但他通过县委县政府，并委托我本人代表他，向各位同学致意！还说，吴书记是我们长亭中学的骄傲，也是我们长亭镇的骄傲，他一直在百忙中关心我们长亭镇的建设，尤其是外资引进工作。这次，就是刚刚，哈，又给予了我们一个实际的支持——具体什么支持，现在还不能向大家报告。他调皮地笑笑，显得更黑胖了。最后他高亢地宣布：我们镇上决定，拿出十万元——不是日元，是人民币——以感谢大家这次的光临，和今后经常的光临，也表达对尊敬的吴书记的感谢！他在掌声中拱拱手，下台走了。

吴榕不来，这个正常，但他隔那么远抡个黑色钱包过来，大概谁都没有想到。送黑胖书记的葛炎张桂平他们还没有返回，大家就在议论，吴榕究竟给了镇上什么支持，让这胖子肯如此放血。送客的诸人一回餐厅，就有人开始安排这十万怎么花了。作为基金，以后的聚会不用再动员大家赞助，这是大部分人的意见；张桂平说钱可以先放在水源酒店，欢迎在座的各位随时光临；马上就有人反对，李明堂说还是立个账户好，选几个人管理，以后聚会可以到县城去，或者去市里的名胜古迹。大多数人只在底下议论，因为这时提出其他意见事实上都是反对张桂平。汪晓均提议由老师们决定，听老师的！但老师们微笑着，摆手不说话，数学老师耳背，根本就没听见。

晚宴到此，如若没有这个插曲，其实已可以散了。老师们明显累了。政治老师朝葛炎摇摇手，指指左腕的手表。葛炎对大家说：这事以后再说吧，有钱还怕不会花啊！他嘻嘻笑着，看来是要散了。李明堂却站起身，到女生那桌拿起茅台酒瓶道：酒还没喝完啊，再坐坐，大家再聊聊嘛！他说的再聊聊，其实就是再议议。气氛竟有些怪异起来。

对这笔钱，我脑子里并无定见。虽觉得似乎应该有更好的用法，但我难以凝神。剧烈的恍惚席卷了我的脑海。我偶然间依稀看见，最靠近大门的地方，那排靠墙的椅子上，似乎有人递出了一个什么东西，指指台上。我睡醒了似的瞪大了眼睛。那是一个女人，穿着不知是藕色还是灰色的风衣，齐耳短发，低头安静地坐着。不认识。我凝神望着她，没有留意她所递东西的运行轨迹。那是一个纸条，突然就捅到我的手上，我下意识地传到左边。片刻间，条子就到了台前，葛炎邓牧宏和李萍他们几个主事的拢到了在一起。李萍叫道：我赞成！张桂平走过去道：你赞成什么？李萍嘻嘻笑道：我赞成钱不放在你这儿。你就知道吃吃吃！女生那桌有人道：都吃出三高四高了，你要管管哩！大家哄笑。葛炎大声道：有一个提议，这十万块我们先别动，用于资助那些需要资助的同学。具体怎么用，大家再商量。我突然想起了木讷的班长，他坐在边上那一桌，一直憨憨地笑着，这时低下了头。我说：这个办法好！李明堂挤眉弄眼地道：对啊！钱就放在邓牧宏那里，跟他的铐子放在一起，没人敢乱动！大家全笑了。

李明堂又开始倒酒，说酒不能浪费。葛炎拎着车钥匙说要把老师们送走，大家一起起立鼓掌。我站起身，平射着目光，朝餐厅门那边走去。朝她走过去。她慢慢起身，抬手划拉一下头发。我们的视线相遇了。

所有的声音都静默了，所有的人都消失了，偌大的餐厅里就剩下我们两个人。刹那间我失去感知，只有心脏在跳，眼睛还是活的。我直瞪瞪地看着她。如果不是看见她在嘴边轻摇的食指，她的名字一定会脱口而出。

她微笑着走出餐厅。我迟疑着跟过去。我小心翼翼地走下台阶，所有的声音重又出现了，杂沓纷乱的脚步声在走道里嗡响。同学们三两聚着，商量着等会儿去唱歌或是洗澡或是打牌。我快步跟过去，一边和老师作别，一边留意着她的身影。院子里很乱，车灯前漂移着乱糟糟的人影。她的身影在人群的边缘晃动了一下，然后就不见了。

尾灯闪烁，我悄然退到一棵大树下，四下张望。妈的，我喝多了，找你开车找不到，你怎么在这儿？葛炎过来说：跟你商量个事，今晚你和谁住？我笑道：和你住。葛炎道：我正是要和你住。他们把我和黄华登记在一起，我不想和他住。我问为什么？怕他拍你手？葛炎笑道：这个也怕。魏新红手背都紫了一大片，去医院了……不过主要不是这个。我说：那怎么啦？葛炎说：据说他入了籍，是美国人。他们学校不知道。反正，嘿，你小子别装傻。我笔记本里东西太多！我明白了，葛炎虽宣称自己在省城瞎混，其实在 IT 界是个“大拿”，还参加过“973”“863”之类项目。我不能断言他是过虑，但黄华口头的爱国确实有点过度了。我笑说只要不和女生住，和谁都一样。葛炎重重拍一下我的肩，走了。

似有一根无形的线牵引着，我信步走进“长亭”。斑驳的树影下，映着水光，似有一个人影伫立。我停住脚步。她款款走上台阶：谢谢你没有叫出我的名字。你一点都不笨。

果然是她。孙叶亭。我曾担心真的和她面对面我能说什么，现在，我却突然轻松了。我说孙叶亭，我再叫一次孙叶亭，我问你，为什么你不让我当众喊你？她微笑着说：没什么的，我只是不想出现。看看。我看看就够了。她说：我看到他们了，也看到了你。你容光焕发，很神气啊。我说我一直都稀里糊涂的，直到现在，直到看见你我才清醒。她幽幽地说：是吗？我说是的。我说见到你，这次聚会才算圆满。她嗤地一笑：你索性说你是为了见我才来的，好了吧？我接受——可这又能怎样呢？

我语塞。幽暗中，她含笑看着我。她依然堪称秀丽，但岁月显然也不曾放过她，她的身形和面庞只是一个似曾相识的影子，是她的目光点燃了我的记忆：正是这特别的目光让我在喧嚣中发现了她。她的眼神明亮、丰富，曾如无声的电光掠过我的眼，现在已温婉了，淡淡如风，又如水面潋滟的波光，只那一丝活泼和佻脱，恍若当年。

酒店大院里人声嘈杂，步行的，驾车的，很多人离开了，另有些人回到酒店。这里各式娱乐应有尽有，一个喧闹的夜晚将延续。有车子在掉头，车灯如探照灯般划过河边的树木，划过长亭，但并没有灯光在我们身上停留，撒在我们身上的是细碎的月影。我们随意说着话，拉拉杂杂。我知道了她有个女儿，十九了，在国外留学。她自己有个公司，做药品，现在也做医疗器材。她甚至还在我工作的高校读过 MBA，但没有联系我。她说她父亲得了肺癌，一直在她那里治疗，这次是送他回老家，因为治疗已经没有意义了。她说：我把父亲安顿好，陪他吃过晚饭，然后就过来了。我没有预先计划好一定不露面。不过就这么隐身来看一下，真的挺好的。

她语调很平静。看得出，她此前的路并不平坦。她的女儿得来不易；没有正常上大学，却也读到 MBA ；一个女人，做医疗行业，我知道有多难。但是她说：我公司做得挺大，肯定比你想象的要大。她笑嘻嘻地说，我和女儿的生活，足可以得到最好的保障了。我说：那岂不是比张桂平他们几个加起来还要大？她淡淡一笑道：可以这么说——可是，这又有什么用呢？我认识那么多名医，找到最好的医院，但我没有办法，我没有办法救我父亲。她哽咽着说：我尽了最大努力，整整两年，但我真的没有办法了。

她捂着脸，啜泣着。晦暗中，那么弱小。我很想抱抱她。我的父亲，我自己的父亲，那个为了我的学业去找老师的父亲，也已经不在了。前年他中风走了。去年清明我去扫墓，他墓上的石缝里已长出了青草。父亲在的时候，我觉得衰老和死亡离我还远得很，他的离去让我感到最后的防线消失了。我转开话题说：你女儿一定很漂亮，像你小时候。她说：不漂亮，但很耐看——我小时候漂亮吗？她扬起眼睛，闪亮地看着我，她脸上现出了小女儿情调。我肯定地说：我觉得你最好看。

她拳头在我肩上轻拍一下，咯咯笑着说：我真笨。我这是逼你说我好看哦。她看看前面逐渐寥落的大院，说：我们去看看冯老师，好吗？我还想去看看校园。她说：要不是冯老师发邮件叫我来看看，我可能就不会来，可是他自己却来不成了。

没有人注意到我们。我们步行，路过镇上的停车场，她的车正好也停在这里，而且，竟然和我的车并排挨着。我哈哈大笑，坏笑。她嗔我一眼，也笑。她的车很好，低调，是“凌志”。她从车里拿了些带给老师的东西，我们继续向学校走去。

长亭中学当然也不复旧观。这是意料之中的。我们上课的苏联式教室没了，成了四层的教学楼；小虹桥不见了，连小河都填平了；操场从东面移到了西边；围墙外原先环绕着田野，现在全是家属楼。冯老师住在四楼。他两个月前跌了一跤，腿跌断了，脑子也中风糊涂了。他躺在床上，认不出我们。师母唠叨着说她爬不动四楼，说她没人说话，冯老师整天发呆就是不理她。我们坐了一会，冯老师就打起了鼾，我们陪师母说了一会儿话，就告辞了。

如果不是今晚亲见，冯老师将永远是一个精力旺盛的人。当年，物理经常不及格的李明堂曾神秘地告诉我，他发现冯老师的耳朵里有毛，而且打了两条小辫子，盘在里面！弄得我更加害怕冯老师，经常想看他的耳朵却又不敢看。直到父亲带我去找冯老师，他庇护了我，我才不再惧怕他。就在那天，我也验证了所谓的辫子完全是鬼扯，其实只有一两根耳毛，我自己耳朵里现在也有了。

校园的路灯远比当年明亮。月笼疏影横斜照，银钩高挂，月亮还是三十年前的月亮。下了晚自习的学生嘻嘻哈哈地从各个教室里出来，他们笑谈，打闹着。垂柳如披。一个女生垂着长发，独自走在路边，我无端觉得，那很像孙叶亭的女儿，或者说，就像少年时的孙叶亭。我们跟在那女生后面，相视一笑。那女孩子没有注意到有人看她，这些孩子们也并不注意我们这两个成年学长。我们看见了我们的过去，他们大概还不会想象到他们和我们类似的未来。他们将像种子一样散落四方，谁知道他们会遇到什么样的土地？谁知道他们将长成什么形状的植物呢？我们不由自主地随着他们，沿着林荫道往校外走，一对男女生慢慢从人群中落下，他们撇进灌木，窃窃私语。我看看孙叶亭，她站住，含笑看着我。她说：我这次，想看的，能看的，都看到了。我朝灌木那边侧侧脸，说：包括这一幕？孙叶亭道：是。我们探望的，其实是我们自己，是我们自己的青春。

是啊。如果我们没有在这里上过学，这个学校，这个镇，跟其他地方差不多的，并无特别。话一出口，我倏然一惊。这个想法很冷，我就这样看待我的同学？但其实，我自己怎么就长成了现在这样一个人，我自己都说不清的。我当年对我的那些同学，又何尝真的了解呢？我们当年又何尝没有竞争？只是因为规则简单透明，因此而单纯罢了。我喃喃道：都差不多的。就是这样。

孙叶亭说：今天，我迟到的这个聚会，也一样的。一定也有人情往来，也有钩心斗角，甚至也有交易和对价，免不了的。我打断她说：但也不全是！我用眼睛示意她朝灌木那边看。两个纤细的身影只剩下一条，原来他们抱在了一起。我抬手拨开挂在我们面前的垂柳，轻声问：我能抱抱你吗？

2012 年

视线有多长

1

早上一上班，生产部就送来了两本样书。一本是画册，本校一个摄影家的个人作品集；另一本是精装书，雅致厚重，就像是一块古朴的砖头，是水文学教授徐恺先生的学术专著，毕生的精华之作。老先生常说，能写出一本死的时候可以当枕头的书则此生足矣，这本书就是了。上班路过学校工会报栏时，李毓看见了那张讣告，他知道，徐老已经逝世了。这本书做得很漂亮，可惜徐老没能看见。

徐老是1952年院系调整时的本校元老，可以说是国内水文学的奠基者，又是现任校长的老师，所以李毓这个副社长亲自担任了责编。徐老自己对这本书也很重视。翻开封面和环衬，徐老坐在写字台前，面前摆着一本书，他右手拿着老花镜，看着前方，慈祥雍容，不怒自威。书前有两个插页的照片，是徐老从一大沓照片中亲自选定的。几十张照片大大小小，有的已泛黄，不少还裁了花边，是徐老从一个世家少年到留洋博士最后成为业界权威的人生剪影。一个人的一生，都在这里了，和书稿一起摆在李毓的桌上。书稿差不多有半尺高，手写稿，上面布满徐老修改的笔迹。

李毓叹了口气。书出来了，人不在了，一些后续的程序有点难办。书稿可以归档，但稿费开给谁？徐老的老伴早年得了老年痴呆，瘫痪在床多年，只有他侄女可以联系。稿费开给她吗？李毓有点犹豫。他把书稿和校样装进档案袋送到档案室，几个同事正在谈论徐老的死。徐老是倒在厕所里去世的，早上保姆来时才发现，人已经冷了。不是脑溢血就是心肌梗死。同事们见李毓进来都住了口，表情讪讪的。李毓出了门稍一迟疑，到办公室取上那袋照片，来到总编办。这是徐老的人生缩影，理应还给家属做个纪念。他指着袋子上张玫两个字和电话号码对小王说：“这是徐老的侄女，你联系一下，”他沉吟着说，“或者，你送过去也可以。”

他回到办公室里，随手翻开那本画册。一幅作品十分扎眼。画面色彩绚丽，主题不明，仿佛一幅油画。晴空碧水间，一只似乎是乌鸦的黑影虚着身子飞掠而过，刺眼而压抑。这样的 PS 是一种意外，一个恶作剧，你的眼睛无法回避。画册的作者在本校离退休处工作，因此他有机会游历山水。李毓皱着眉合上画册，小王进来了。她说她已经联系过，照片人家不要了，由我们保管。说到“保管”这个词时小王略有停顿，显然考虑了一下措辞。这样的停顿其实流露出小王的态度。是的，心寒。李毓知道对方的原话恐怕还要冷一点。他决定稿费的事他自己来联系。还没等他拨通手机，桌上的座机响了。对面的声音熟悉却又陌生。她的意思是：样书先放在出版社；稿费直接打到账号上。“我最近很忙，这你应该知道。”张玫语气平静，思路清晰，“我的账号你是知道的。”

2

徐老离世了，更多的人都还活着。各人头上一方天，有的是蓝天白云春光明媚，有的却是乌云密布阴雨霏霏。李毓呢，他大概像那幅摄影家的照片，也算得上碧水盈盈风平浪静，但却有黑色的鸟在上面飞掠盘旋，驱不掉，躲不开。不过，他已经习惯了。

目前他一人独居。儿子也被带走了。当时的理由是，迪迪上学需要租一个学区房，然后就分开了。分开之前经常吵，现在不吵了，联系也不多，除了周末李毓要去接迪迪。房子是一个三居室，它曾经是一个三口之家的窝，现在却是一笔财产。它实在是太坚固了，钢筋水泥胶结勾连，没有一把爽利的刀能公平地劈开。因为看不清房价未来的走势，他们也就不能断定他们婚姻的终结点。如果能做到双方满意，他们大概早就离了。

就这么耗着。从理论上来说李毓已婚，就是说这个时候如果谁做他的女朋友，谁就是小三。这是个很要命的称呼，在这个庞大的高校很可能会成为焦点。当然，这个城市更庞大，庞大到任何个体都几乎可以忽略不计。想到这个，李毓又觉得自己未免过于自抑了，这两天的心情也太过压抑，但当小王拿着两张演唱会的门票悄悄到他办公室时，他犹豫片刻，还是拒绝了。他一时找不出恰当的理由，小王的脸涨得通红，慢条斯理地把票撕掉了。他们无疾而终。

徐老刚去世，他没有心思看演出，这确实是理由。但他还是感到歉疚。他想起了徐老，这学校里好多毕业生娶了教师的女儿，或者，侄女；如果徐老没有教过李毓一门课，李毓就不会有他的这一段婚姻。他曾经在心里感谢过徐老。

去殡仪馆一次你至少会压抑一天。松柏，菊花，黑纱，尖利的哭声和饮泣，一切都带着死亡的气息。徐老躺在鲜花当中，那张李毓熟悉的照片被裁剪放大了，悬挂在大厅里。他目光散淡地看着他身后这些依然活着的人。这里有人听过他的课，有人和他有过争论甚至争吵，也许，还有女人曾经和他发生过恋情……李毓没有看见徐老的夫人，到现在老太太还被瞒着，其实她即使脑子还清楚也不能来了，她已经完全瘫痪。李毓昨天去看过她，她认不出任何人，你说什么她都似乎没有听见。有一个保姆在床前坐着，李毓没有看见张玫。

告别厅里略有些乱。离退休处的人正指挥着来宾依次站队。来的人很多，大多是门生或同事。隔壁的那个告别厅外老的小的哭成一片，显得这里格外安静。徐老身后寂寞。李毓的视野模糊了。似乎有人在向他招手，让他往前面站，李毓摇摇手退到了队伍里。他看见了张玫，一袭黑色的大衣，戴着黑纱，戴着白花，安静地站在人群最前面。他试图看清她，但泪眼模糊，所有的物象都变了形。他只看见一个晃动的影子。

校长致悼词后，张玫代表家属致答谢词。李毓泪流满面。哀乐低回，李毓跟着队伍慢慢地沿着遗体边的通道走过去。只能再看这一眼了，送别的人们散去后，遗体将被推入熊熊的火炉，化为一抔没有生命的无机物。这具身体里曾经活跃的智慧有一些落在了纸面上，装订成册，摆在了书架上。那一袋照片正安静地躺在档案架上，灰尘飘落静无声。

压抑的啜泣盈满了耳朵。李毓像是失了魂。他梦游一般缓缓朝前移动，出大厅的时候，他木然地握握张玫伸过来的手，什么也没有说。回头看去，她站在大厅门口，向每一个来宾致谢。队伍出了门就散开了，李毓站在远处，这时他倒看清了她的面容。眉眼间，依稀有徐老的影子，那是一些已经死亡的因素。李毓闪开了视线。

3

人们三三两两地站在绿树环绕的广场上，等待着回城的大巴。冷风刮过，松涛阵阵，绿荫如海，这广场就像一个圆圈，一个句号。所有的人，无论贵贱男女，都将络绎不绝地来到这里，在炉火的推拥下从那个高耸入云的烟囱飞升上去，飘向辽阔的天空。今天来的不少都是本校同事，李毓看见了好几个熟面孔，他们彼此点个头，都有些拘束。他们干站着，此时此地，那些平时再正常不过的问候语都不宜讲，“你也来啦？”“你最近身体怎么样？”“还那么忙啊？”——这些话要么是滑稽的，要么会被理解为一种讥讽。李毓很佩服那个摄影家，他挂着个相机东张西望，见了熟人还粗声大气递烟问好。他或许是见得多了，又或者这洒脱其实也不过是另一种形式的胆怯。大多数人都沉默，觉得局促，似乎连呼吸都不敢太深，小心翼翼生怕把某种不祥的东西吸进去。

来了两辆车，好些人上车走了。李毓继续站着。大概大家都不愿再站在原地，不约而同地往前走了一段路，出了巨大的院门站在马路边。马路伸向远方，通往喧嚣的尘世。气氛轻松多了。李毓一言不发，听着别人谈天。

“前几天我还看到他在学校散步哩，真没想到，”一个谢顶的老先生叹道，“人也是假的，真没意思。”

另一位头发乌黑看来是染过了的老先生说：“他比我们身体都好，不想他倒走得早。”

“那是假的，看是看不出来的，”一个老太太说，“真是没意思的，我家孙女整天吵死了，我一夜睡不到半夜觉，我不烦了，烦不了了！明天就把她送到她爸妈那儿去！”

“你舍得？”

“怎么舍不得？孙女送走我就到黄山去，旅游！”

染头发的老先生说：“我们应该要求离退休处组织了去。”

“得啦，”谢顶的老先生道，“要去自己结伴去，指望单位是靠不住的。我是哪儿都不去，就在家里待着，比什么都好。”

“倒也是，车子还不安全哩，”老太太嘟哝道，“我烦不了了，小孩反正要送走。”

“东奔西颠没意思，”染发的老先生道，“黄山也就那样，九寨沟我也去过的，就那么回事。忙来忙去疲于奔命，想想也没劲——职称又有什么意思？副教授正教授又怎么样？”——他话一跳就跳到了职称，想来这是他的一个遗憾。他转脸对李毓身边的一个中年人说，“小张，没意思的，想开一点。”

中年人没想到会说到自己的职称，顿时显出不快，笑着说：“我怎么想不开啦，迟早要上的嘛——我想得开。就像您老，正教授没上，副教授不一样退休啊，身体还比别人好。”

染发的老先生有点尴尬，嘿嘿干笑着，转脸又继续和他的两个老伙伴聊。李毓听着看着，心里都被他们说空了。实际上，约莫一小时后他们一起从车上下来，那个声称要把孙女送走的老太太抢先挤下了车。染发的老先生在后面说：“你忙什么忙啊？”老太太说：“我孙女只吃进口奶粉，再不买就断了。”她头也不回地道，“我比不得你。”说着匆匆地过了马路去了。

李毓哑然失笑。类似的情形他以前参加送别会就见过多次。

这世上的牵挂或者羁绊岂是那么简单就能轻易卸下的？李毓刚要离开，那个中年教师紧赶几步凑过来，很客气地问起自己的书。他有一本专著在李毓社里出版，他希望帮帮忙，尽快赶出来。四月底是职称申报的截止时间，李毓允诺决不会误事，至少赶几本样书出来。他这才放了心，连连拱手感谢。上车前他们一起等车时李毓就看出他有事要说，那时他确实不方便开口。那些四大皆空的议论和他的职称格格不入。李毓当时在马路边站了很久，又反身回到了告别厅附近。告别仪式已经结束了，大厅正在撤空，徐老离开了他最后的栖身之地。李毓用眼睛搜寻着，他看见了她，然后迎了过去。

张玫很漠然，不过还是停住了脚步。他们面对面，是两人站着说话除了恋人之外的最近距离。“知道你这几天很忙，”他看到那个摄影家脖子上晃着相机匆匆跑过去，指挥着校长的车掉头，“不过，有学校操办，你应该还好。”她看他一眼，不说话。“我去老太太家里看过，没有见到你。”她辨出了他话里的味道，皱起眉头道：“有什么事你就说吧。我还有事。”

她一开口李毓倒被噎住了。她确实还有事要做。徐老最后的木房子她无论如何不能再叫别人代领。李毓忍不住说：“我们还是好好商量商量吧。”他没有明说商量什么，但她是个聪明女人，应该想到他们那个她已久未光顾的家，那套房子。李毓闪开视线不看她的脸，他看着她身上那件黑色的大衣，比那件米色的似乎更显俏丽，他像被电了一下似的突然说：“老先生的房子怕是也会归你吧？呵，你看得远，比用望远镜看得还远。”他冷笑道，“我看老太太那里你还是应该多去去。我听说老年痴呆是一时糊涂一时清醒的。”她的脸突然绯红：“这不劳你操心！”她狠狠地瞪着他道，“你自己不要犯糊涂才好。我已经找了律师。不相干的事请你不要费心。你说完了吗？”李毓无语。张玫说：“那我走了。”

李毓说：“好吧。你走吧。”

2013 年

吐字表演

据说恭维女人是男人的基本功，但真正的美女相对稀缺，夸女人有时会难以下嘴。于是，有人撰文指导说：如果她长得不漂亮，你可以夸她身材好；如果身材也不好，就夸她气质好；如果她什么都不好，那就夸赞她聪明，兰心蕙质，性格好。这篇文章可谓用心良苦，称得上曲尽其妙。但面对含逸，这篇文章派不上用场。含逸是个真正的美人，她面容秀丽，身材曼妙，气质超群。极言女人之美，套话很多，倾国倾城，国色天香，闭花羞月，沉鱼落雁，其实都夸张了，但看到含逸你眼前不由一亮，这是免不了的。眼前一亮是因为惊艳，也因为你面对的是电视机，电视屏幕是很亮的。

含逸是播音员。省电视台的新闻播音员，是台柱子。她在这个位置已经待了十二年了。十二年，电视机从荧屏到等离子再到液晶，都换了好几代了，但含逸没换——你把旧电视淘汰了，买个新的回来，一打开，含逸还在那里。除非你不看新闻，否则几乎每天，你都可以在固定的时间、固定的地点，也就是你家电视机的位置，见到这个女人。好多男人早已不正眼看老婆，但他们天天看含逸。

含逸所在的电视台早已“上星”，全国都能看得到。全国我们姑且不说吧，在省内，她即使不是尽人皆知，但家喻户晓那是肯定的。“今日要闻”晚上六点半开播，“正在播报”是中午十二点，如无特殊情况，含逸如约而至。所谓如约而至，就是她通过电波，准时深入你家里，或客厅，或卧室。她在你家里操着标准播音腔，侃侃而谈，娓娓道来。人们早已熟悉含逸的声音，倘若那些重要的国际国内以及省内新闻偶尔不从她嘴里说出，你简直不适应，要怀疑它的真实性。她的声音具有了某种权威性。说到声音，含逸的声音十分难得，极富魅力。所谓魅力，就是不但好听悦耳，而且富于变化。作为新闻播音员，字正腔圆、大方庄重自不必说，难得的是她有时还很亲切随和，在节目的后半部，新闻常常与民生有关，这时的含逸自然亲切，那语调，抑扬顿挫，声声养耳，恍若邻家小妹。

这其实是两套迥异的声音系统。唱美声的唱不了通俗，唱通俗的唱起美声来，无疑赶鸭子上架。但含逸按照新闻的内容，随时应节，操控自如。总体说来，她的声音珠圆玉润，悦耳动听，但细细品来，她既能如一行白鹭上青天，也可以是两个黄鹂鸣翠柳；有时是清平乐，满江红，有时却又踏莎行，声声慢，亲切。她这一亲切，很多人竟恍若置身于间关莺语，沐浴着冬日暖阳了。

十二年了，日子是一天一天过来的。含逸在这个位子上正襟危坐了十二年。这个“危”字，看节目的人只看到含逸坐得端正，潇洒，但含逸自己另有所感。年轻的丫头们一茬一茬长出来，一个比一个漂亮，一个比一个会来事，她们对这个位子心驰神往虎视眈眈。十二年，含逸的男搭档已经换了四个，她的声音其实也有了变化。喜欢她的人说更有磁性了，尤其是每一句的尾音部分，多了点沙哑，带了点滞涩，不客气地说，这是老了。这种滞涩她无法控制，可以控制的是播音的姿态。她花在化妆镜前的时间更长，妆也浓艳了不少。播音的时候，该庄重的时候更庄重，该亲切的地方更亲切，往观众身上贴。庄重是因为内容的需要，也是因为她内心的需要，那架势有点理直气壮，舍我其谁，这位子就该我坐的派头。近来，她播时政要闻的时候也有了些细微的调整，她在庄重里又糅杂了点随和，一点点漫不经心，那些新闻主角的名字——都是大人物——从她嘴中亲切地吐露出来，有点像是说着自家的事。这就透露出某种背景了，这或许可以阻吓那些企图取而代之者，但含逸自己清楚，她只是跟台长很熟，跟那些更大的人物，她没有交情。这种心态必然会体现在她的工作里，她自己也无法控制。播报完毕后，她要跟观众道再见，她的脸微侧，下巴一收，深深的一个点头，“各位观众，这里是《正在播报》，我是含逸。再见！”最是那一低头的温柔，诚恳，甚或还有一丝巴结。

《正在播报》的片头是全省俯瞰加祥云缭绕，但含逸并不生活在云端里。播音结束，她摘下耳麦，走出播音室回家，她踩的不是云，也就是一般的马路。马路上有污水，有垃圾，也有凹坑。她住的四方城虽是高档小区，但雨后的路面也有积水，一不留神，驶过的汽车溅了她半裙的污水。

最近一直在下雨。梅雨季节，下雨是常态。如果雨只是淅淅沥沥的，路面还不至于积水，早晨雨稍大，这小区的排水系统就吃不消了。当年只知道这里是高档小区，没想到档次高，地势并不高，再加上偷工减料，实实在在留了个暗疾。好在含逸家住20楼，只要到了家，永不至于担心水漫金山。

含逸早晨出门，心里还是悠闲的。丈夫是一家电气公司的老总，上班早，她一般总要赖到十点以后才去上班。《正在播报》中午十二点开播，她只要提前一小时到岗就没问题。她吃了早饭拾掇好自己，临出门，随手带上了墨镜。自从成了名人，这墨镜已成为她出门的必备之物。墨镜很大，几乎遮住了脸的三分之一，它既标示这是个名人，又免除了遇见熟人时眼睛做出笑容之累。她锁好门，墨镜还没戴上，突然看见走廊里站了两个人，正朝窗户外张望。含逸吃了一惊，她注意到他们的脚下摆了一个长提箱，比小提琴盒略长。她狐疑着站住了，觉得不安。那人冲她说道："没你事。你走你的。"含逸正犹豫是回到家里关上门，还是继续走过去，说话的那个人朝她走了过来。

含逸的心咚咚跳。她强自镇定地站住。那人板着脸走到她面前说："我们正在执行公务。"随即他眼睛睁大了，带了笑意，"哦，是你？"含逸慌乱地点点头。她知道他是认出了自己。她稍稍平静了些，道："那打搅你们了。"那人一笑："你忙你的吧。"含逸迟疑着挪动脚步，朝窗户那里看看，快步走了过去。

她见过大场面，是名人，但终究是个女人，面对这样的小场面理所当然会感到害怕：这是含逸事后给自己的解释。进了电梯后她又想起，那说话的男人手里还拿了副望远镜，这充分说明他们绝不是冲自己来的。他们要看的是远处，真的是在执行任务。到底是什么任务，含逸一无所知。

这一天含逸心里有些不安。她并不是一个关心国家大事的人，那些国家大事、省内要闻从她嘴里播出，那只是她的工作。她在镜头前发音，发音的内容由不得她做主。她只相当于那个话筒，只是一个零件。她也曾做过一段时间的时事评论类节目，但她当时只觉得恐慌，觉得是老了，被退居二线了，完全感觉不到指点江山的快感，很快就努力推辞不做了。所谓努力，其对象就是台长。台长当着新闻部主任的面宣布，含逸不再做时事类节目，继续专心做好新闻主播。所谓专心，就是稳定的意思。所以这是维稳的谈话。台长强调："你们新闻部是很重要的，含逸的工作也十分重要。国家的大政方针，领导的动态，要通过我们传达给人民。"他幽默地一笑，"你们很重要，我们都很重要。领导做了些什么，我们不播，从某种意义上讲，就等于没做过；领导到过某个地方，我们不播，对人民来说，可以说就是没去过。"毕竟也是个不小的领导，这话水平高。含逸不知怎么的，一下子就想起了台长的这番话——看来，今天早上遇到的事，说明上面某个重要领导到省城来了。那两个带着装备的男人确实是执行特殊任务的。这当然不关含逸什么事，她只是好奇：是谁来了，这么大的阵仗。来了做什么，她不想推测，也不必推测，总而言之，新闻稿一定会送到她面前来。

早晨的事转眼也就过去了。一切都还是稳定的。她在大办公室和同事说说闲话，翻翻报纸，很快就拿到了新闻稿，然后《正在播报》也就播完了。一点差错都没有，新闻内容也没有任何特别。唯一的不快是接到了丈夫的电话，问见到台长没有，台长有没有空。她知道他找台长什么事，他是做电气工程的，这电视台大楼如果去掉水泥，剩下的不是钢筋就是密如蛛网的电线电缆，正是丈夫的衣食之源。从理论上说含逸不能反对他找台长，但她不愿意他多找，更不喜欢他通过自己去找。那语气，有点巴结，还有一点赖到自己身上的样子。要知道是台长管着她，她又不管台长。她没好气地拒绝了他联系台长的要求，扔下手机，继续卸妆。她和丈夫的关系有点奇怪，不冷不热，也不吵不闹。他上班很少待在自己办公室，这会儿肯定不在家。含逸正犹豫着是不是先回家，她的替补，那个字幕上叫夏波外号叫波波的丫头迎面走了过来，她颔首一笑，莫名其妙地叹道：“淫雨霏霏，好讨厌啊！快变天吧！”说着还扬了扬手里的值班表，擦身走了。含逸知道值班表上今天的《今日要闻》还是自己出场，没那个波波什么事。她大度地一笑，站起身挺胸走了。

但她心里窝火。回家的路上又被溅了一裙子的污水，更是倒霉。她到家后飞快地换了身装束，出门，上街去了。所谓换一身装束，除了裙子，还包括配套的上衣，鞋子和包包，还包括上一点淡妆。这一连串的动作麻利而果断，没有丝毫的犹豫，倒似乎是她中午回家，就是为了要换一身装扮，就是为了换装后出门逛街。

蒙蒙细雨下，街上湿漉漉的。潮湿的天气并不能减少街上逛街的人数。很多人逛街，并不为购物或者其他消费，逛街本身就是目的。含逸以前并不同意这种断语，她认为这是男人们不解风情或者为了保护钱包的托辞。女人们常常上街前并无明确的想法，回来后手里拎着的购物袋就是收获，这个过程怎能说没有目的？况且，那些美丽的女子，譬如她自己，收获的又岂止是购物袋？路人的羡慕尤其是男人们的惊艳眼神，颗粒归仓都收在她心里带回去了。据说，延续了原始社会男人狩猎、女人采摘的天性，男人目标明确，女人随手收摘，但面对着含逸这么漂亮的女子，光天化日之下，男人们只敢拿眼神去射箭。这样的艳羡之箭，每一支都能给含逸带去自信。

街上的含逸风姿绰约，光彩照人。她的姿容、装束，包括墨镜，包包，都散发出一种比高级白领更高一点的气息。但又不是通常的所谓贵妇，她有一种优雅，一点书卷气。街上行人如过江之鲫，因为连日阴雨，好些人因为怕污水溅上裤脚，走出了花步来，含逸抿嘴一笑。她的心情似乎明朗了些。但突然，她犹豫了，不知道要到那哪里去。她的包里有各种各样的卡，但她不需要购物，厂家赞助的衣服源源不断，有的只在镜头前出现过一次就被挂在衣橱里。去做美容？她不想去。美容基本是骗人的，短暂的效果以皮肤吸收乱七八糟甚至假冒的护肤品为代价，后患无穷；整容才是真家伙，在脸上动刀子，但含逸不需要这个。她天生是个美人坯子。台里女人扎堆，整容是个经常性话题。一般是谈的人不做，做了的人不说。但这个规则是逐渐形成的，以前，几个女人还会谈论着商量着，互相打气，搭伴去做。那时候含逸刚坐稳主播的位子，可以说是稳如泰山，也尚未感觉到韶华易逝，嘴也快，但她从不参与这个话题，这不光因为她自己不需要去动这个手脚，也因为讨论别人脸上的缺陷，几乎等于公然嘲笑，态度越恳切，越显得自鸣得意居高临下。但有一次她还是忍不住插了嘴，那是因为她的前任三番五次把话头往她脸上引。含逸忍无可忍笑道："玻尿酸，肉毒杆菌，嘿嘿。"含逸是很讲究吐字发音的，"尿，毒——有病！"最后这四个字她吐得轻重有度，节奏清晰。边上的夏波哈哈大笑："尿，毒，症！"那时小丫头夏波还真只是个小丫头，在含逸面前十分巴结，气得那个前任直翻白眼。夏波恭维道："人家含逸才不要去吃刀哩，她妈妈的肚子就是手术室，她妈给她做好了才出来的。"她双手虚拢着含逸的脸，端详一下，说："一般一般，世界第三，生出去吧！"一时哄堂大笑，嘻嘻哈哈，各种笑。现在的夏波，双波越发凸出，经常虚虚实实在含逸前面晃，也不知是真的假的。

前面就是一家整容医院。含逸有意无意地瞥了一眼。就这一眼她有了发现。她看见了一个熟悉的背影正走进医院。是夏波？含逸不能确定。夏波的双波挺高，鼻梁却不高，这是她脸上众多缺陷中的一个。她的傲人双峰并不别致得像骆驼一样长在背上，所以含逸并不能确定那就一定是她。含逸扑哧一笑，往前走几步站住，暗自希望夏波能出来“偶遇”一下。突然又觉得这地方也不宜久站，心里暗笑道：“她乳房不长在背上，你也别把鸡鸡长在脸上，那太过分了。”笑笑，往前走了。

一想起那个关于大象、骆驼和蛇的笑话含逸就忍不住要笑。这三个活宝互相嘲笑对方乳房或鸡鸡的位置长得不对，引得台里那些色鬼好一阵子都热衷于互相调笑。有的男人属大象，鸡鸡长在脸上，一望而知是色鬼；还有些男人像蛇，鸡鸡长在脸的后面，脸很冷峻，一本正经。私下里，台长平易幽默，什么话都说，他也曾对这个笑话有所评点。想到这里，含逸的脸沉下去了。牛毛似的小雨撒在身上，顿时感到了重量。细雨如雾，绝不是怀春的柳絮，含逸觉得厌恶。含逸跟台长的事是台里不能说的秘密，但知道细节的却只有台长和一些女人，含逸是其中一个。台长在私密场合也就是个男人，一个有特点的男人。想到他的特点，含逸鸡皮疙瘩都起来了。含逸跟他也放得开，什么话都说得出口。含逸曾调笑台长一定属蛇，因为他的鸡鸡藏在脸后面。台长哈哈大笑，说我倒是想属蛇，属蛇我还能多干几年，又严肃地说："蛇不如我。你要注意一个事实，蛇的鸡鸡虽然很长，却蜿蜒弯曲，我可是直的！曲直是非不可不察啊！"想到这里，含逸竟然嘴角带了笑。边笑边骂自己无耻。不要脸。

有些事是不能多想的，多想了你就活不成，更当不了主播。含逸踏上台阶，走进了电器城。

这是淡季，电器城里人不多。门口的地面亮晃晃的，反射着顾客带进来的雨水。含逸漫无目的地东看看西望望。新潮流行的小电器都摆在一楼，因为逛街的人可能随手就买了；要买大件电器，你就必须要上楼，你有目的来，就不该嫌麻烦。这就是商家揣摩的人生。含逸冷笑一下，承认商家有理。她踏上自动扶梯，远远就听到了熟悉的声音。

这是这世界上她最熟悉的声音，她自己的声音。整整三面墙，层层叠叠，摆放着各种电视机，一个比一个靓，一个比一个大，最大的那个仿佛墙上开了一个巨大的落地窗，不过窗外不是风景，是含逸，含逸"正在播报"。这是复播。那声音，那语调，那美丽的姿容，含逸无比熟悉，此刻却又格外陌生。许多电视机都呈现着同样的画面，她置身于三面宽阔的电视墙中，面对着无数的自己。她们以同样的姿态，说着同样的话，环绕着含逸。虽然含逸今天不是为了这个场面而来，但她早已预见到这一幕，因为她在这十二年中已领略过许多次。还有些电视里播放的是高清风景片，它们点缀其间，使含逸也成了这世上最美风景的一部分。她不得不承认她享受这个场面。一时间她竟感到虚幻，仿佛自己是孙悟空，拔一把毫毛就幻化了无数的替身。她朝迎过来的营业员微笑着摇摇头，突然想提醒他们，不该开这么多电视的，太浪费了。但是她没说。这有点矫情了，多此一举。她连墨镜都没有摘下。她早已不需要被认出，被搭讪。她如果摘下墨镜，那简直是在主动去招人了。正要离开，营业员又过来了。他手里拎着一副厚重的眼镜，说这电视是立体的，效果绝佳，请含逸试试。含逸摆摆手，转身离开。立体的含逸还没走到楼梯那里，手机就响了。是台长。

含逸皱起了眉头，那边的台长不可能看见。他依然是一如既往的腔调。电视里的自己继续侃侃而谈，一脸的国计民生，经国大业，含逸突然觉得厌烦，她听着手机，快步走下了台阶。台长又在召见她了，即使她推托，今天晚上下班前她也得去奉召。就是说播完《今日要闻》，她还得“加班”。“加班”这两个字，几乎已成为他们之间的密语。所谓加班，其地点就在台长那个位于顶楼、配套齐全的办公室里，他们将坦诚相向，她也将继续保持工作状态。所谓工作状态，具体说就是播音，含逸需要再次播报新闻，内容不拘，一般就是当日的国际国内大事。台长十分重视新闻工作，她播得好，台长的状态也就好。这也是新闻的效应。

重要的事情往往要延后。含逸把雨水弄脏的裙子拿去干洗了，第三天又拿回来，那条预料中的重要新闻才送到她的面前。确实是重要新闻，因为来的人物很大，大得除非他到地方上去，一般只会在中央台的屏幕上出现。领导带来的是关于经济文化发展的精神，高屋建瓴，无疑是春风化雨。含逸播报前凝神聚气，播报时语调庄严，绝不亚于中央台的水平，难得的是，她的神情还带了一点欢欣鼓舞，有久旱甘霖之意。所谓声情并茂，大方得体，就是这个境界。含逸内心并未看出这条新闻与自己有什么直接关系，却能播出如此效果，这就是功力。出了直播间，她居然有一点成就感，仔细回味，播报堪称无懈可击，但却似乎少了点东西。她卸完妆，又坐了一会，这才明白少的是什么：凡遇特别重要的新闻，台长都高度重视，在播报前鼓励，播报后肯定，可今天没有。在这条新闻的画面里，含逸曾看见台长，一闪而过，看不出任何异常，但播前播后这两个环节的缺失却不能不说有点异乎寻常了。

近两年来，有关台长升或者退的传言一直不绝于耳。所谓升，就是到广电总台或者厅里去，升不上去，就逼近退居二线的年龄了。但传归传，并没有人公开谈论，要谈他们还不如谈点饮食男女，谈点美容养生。两天前，台长召见含逸时也看不出什么端倪。当时两人重整衣装，含逸随口说起了在整容医院看见夏波的事，台长慈祥地呵呵笑道："年轻人，想进步，有勇气！"含逸听了这话十分不爽，冷笑道："我看你也要去整形！"台长一惊，皱着眉头道："你是说我丑？嫌我老了？"说到"老"字，声调拔高，有点声色俱厉的意思了。含逸不慌不忙道："你只要去做两项，一个丰胸，一个隆臀，”含逸站起身一手抚胸，一手摸臀，摆出个S形，“这样，你就可以随时摸，想摸就摸。”台长一愣，哈哈大笑了。大笑的效果是台长再贾余勇，又“高升”了一回。

电视台从来不缺少消息灵通人士。这两天传闻渐起，含逸谨言慎行。她除了播音，基本闭嘴；摘下耳麦，耳朵张得大大的。这些传言来路不明，莫衷一是，虽呈七上八下之态，但确有点渔歌唱晚的味道了。或许，台长对重要新闻表现出的轻慢或者疏忽，也是一个印证。按理说这事只有有限的几个人注意到，但新闻部主任知道，就等于人尽皆知。大多数人难得见到台长，无法察言观色，含逸算是台长身边的人，但她一切如常，看不出特别。

所谓台长身边的人，你懂的，就是那个意思。含逸也知道这个意思。她没有喜欢过，但也从来没有拒绝过。但这两天，她竟有点分神，坐在那里，总觉得凳子上有人用手骚扰，坐不稳，要庄重大方得靠毅力。坐不稳也还罢了，“正在播报”时嘴里还出了错，幸亏号称直播，其实有十多分钟的延时，要不然就真无法补救了。她这分神来得真不是时候，真要命，却无处可说。要说也只能跟台长说。台长喜欢她跟着一起忙。他自己忙上忙下，忙得不亦乐乎，含逸也不能闲着。所谓不闲着，也就是播送新闻。从朱唇玉齿中，那些重要的国际时讯国内要闻娇喘吁吁着鱼贯而出，别有一番风情，传播效果极佳，台长显然受到鼓舞，精神振奋，干劲更足了……所谓“加班”，还真不全是调笑。这样的加班是一味药，这药对含逸也有效果，效果一是含逸的位子坐得更稳，效果二就是坐着的含逸面对镜头有时会走神。含逸职业素质高，对这第二个药效已经产生耐药性，也就是说她基本不会在正式播音时娇羞或者磕巴了。要不是近来谣诼四起，牵涉到台长的位子，她这次绝不会在播音时突然红脸。

能免除第二个药效其实也不容易，就像他们达成和谐与默契也有个过程一样，开头总有点难。台长刚开始私密约见时，嫌她太闷，叫她出声。含逸知道自己的强项，却含笑道："出什么声？我不喜欢出声。"突然想起什么，自己笑了出来："你是让我叫？"台长一愣，笑道："啊对，你叫——"这其实滑到段子上去了。于是含逸轻轻叫道："床——床——床——床！"她叫出了四声，叫出了平上去入，果然不同凡响，显示出功力。台长乐不可支，板起脸道："你啊你啊，这么好的声音，怎么能浪费到如此简单的单音节上去？"于是台长开始示范，含逸简直不敢相信自己的耳朵，犹豫迟疑着开始"复播"。从此她掌握了台长的药。这药从她嘴中金丹般度出，字字珠玑，台长即使白天工作再疲劳，也能重整旗鼓，再掀高潮。

不能说含逸现在急于见到台长，但说她有所期待并不为过。傍晚下班前，那夏波竟戴着个硕大无朋的墨镜到台里来了，她忍着术后感染的危险那是她的事，可气的是她竟拖腔拖调地朗诵起诗来："啊！与其在悬崖上展览千年，不如在爱人肩头痛哭一晚，啊！"去掉这两个"啊"，这是舒婷写的《神女峰》，因此她也没忘记摇晃自己肚子上方的峰。这实在太过嚣张了。她的朗诵里提到了两个男人，一个叫悬崖，一个叫爱人。台长含逸暂时还没见到，丈夫的电话却来了。丈夫告诉她，他跟台长联系上了，那个工程基本搞定，他要去上海一趟，这就动身。含逸心里大致有了数。果然，今日要闻刚播完，台长的电话来了。台长约见含逸，但这次地点不在他的套间办公室，他要去含逸家里坐坐。所谓“坐坐”，其实必定要动动，但到含逸家里去，一头扎入最基层，却是前所未有。他还有如此兴致，似乎暗示了他大局稳定，甚至心想事成，但也可能是他自感去日苦多，再鼓余兴，究竟怎样，一时还真无法判断。含逸不肯去家里，但拒绝无效。半小时后，她驱车到家时，台长的车已经停在楼下的停车场了。

这是一次异乎寻常的约见。含逸的家很大，很豪华，近两百平方米的平层，卧室三个，电视机有四台。这四台电视并不能证明含逸的虚荣或自恋，事实上，她并不嗜好在家里的电视里看见自己。电视都是丈夫搬回来的，他是电器工程的行家里手，对各种新设备保持着狂热的兴趣。最新式的立体电视摆在客厅里，茶几上摆着两副立体眼镜。

台长坐到沙发上，拿起立体眼镜摆弄一会，戴了起来。立体眼镜含逸没戴过几回，因此两副眼镜都可以说是丈夫的，她看着台长，眼里闪过一丝烦恶。台长戴着大白框眼镜，十分不搭，而且看什么都是虚的，含逸的厌烦也是虚的，他没看见。考虑到台长的职务，他深入收视终端，研究最新设备的使用情况无疑也算是职务行为。他摘下立体眼镜拎在手上，用他的老花眼含笑打量着含逸。含逸被他看得不自在，只得领着他四处参观一遍。台长边走边赞，站在卧室门口不动了。

含逸走开，随步走到客厅的镜子前，看一眼自己。镜子里的自己面若芙蓉，眉头轻蹙。她今天本怀了察言观色的心，但台长毕竟老到，她什么也看不出，也不好出言相询。她打开镜前灯，看到了自己眼角细微的皱纹，心中不免一沉。那边突然传来了含逸的声音，又是复播！是台长打开了卧室的电视。含逸怔住了，突然觉得怪异。镜子里的那个女人瞪大了眼睛，但她看不透镜外人，电视里的那个女人又何尝不是幻景？如果此刻家里另三台电视也都打开，调到同一个频道，那这房子里就将有六个含逸！这太滑稽，简直是恐怖了。她啪地关掉镜前灯，抢在台长踱过来之前离开了镜子，因为接下来的那一出她已预见到，台长将会凑过来站在她身后，端详她，伸出双手搂住她。

但那双手终究还是要伸出。台长抓着她的手，半搂着，把她带到了主卧室。他这是反客为主了。既然来了，当然就要占据要冲，哪怕只是暂时的。这是战场的主峰，是一个家庭的要津。野渡无人舟自横，他现在是这里的主人。是男人就要做主，即使不能做大楼的主人，做一个房间的主也别有意趣。除了略施小计腾出这方天地，对此后的过程他并不费心去构思。从心所欲才是真正的做主，他今天决意随心率性。

他斜躺在床头，含逸没有过来，也没有说话。这是个聪明女人，她什么也不问，他当然什么也不会说。她坐在圈椅上，拿起遥控器，把自己换掉，随意调着电视频道。屏幕上的画面顿挫闪烁，变化莫测，刚看见一个孩子正在舞台上卖萌，突然又是一场婚礼；婚礼进行曲尚在回旋，忽然变成了哀乐，是追悼会的场面。含逸把声音关掉。于是无声的屏幕上，那个在主席台上做报告的人，大开大阖的手势和嘴就显得十分夸张。含逸抿嘴一笑，手轻轻一动，串到了法制频道，一双手铐扣住了一双手。一支话筒伸进了画面，对准了一张沮丧的脸。

含逸打开声音，那嗫嚅的嘴正发出忏悔，垂头丧气语无伦次，却也主题鲜明。她偷眼看看台长。台长舒适地倚在床上，看不出任何情绪波动。他动了一下身子，朝圆茶几上指了一下。那是另一个遥控器，空调的。含逸把空调打开，朝台长摇摇手，拨通了丈夫的手机。

一分钟不到她就收了线。对面的声音断断续续，是最令人放心的音效。其他的任何声音背景都可能是虚晃一枪，只有高铁风驰电掣带来的效果才让人安心。空调已有了效果，房内的气氛也暧昧起来。她放下手机，垂眼不看台长，脱掉了外衣。她身姿窈窕，有如成熟的浆果，饱满而艳丽，轻轻一碰就会热液流溢。但这浆果依然悬挂在枝丫上，就是说，她依然坐着没动。台长站起身，走了过去。

下面的过程已是水到渠成。但这是一个特别的场所，最近似乎也是个特殊的时期，正因为最近流言四起，她才勉强答应在这个场所见面。然而她还是什么也看不出，哪怕电视里出现贪官被抓的场面也对他毫无触及。这真是个老江湖哩，摸不透。含逸松了身子，任其所为。她甚至不得不有所迎合。就在即将真正开始的时候，台长似乎对自己不甚满意，他停顿一下，说："开始。"

所谓"开始"，你懂的，就是播音。不从千家万户的电视里播出，只为一个人表演。这种播音是他伴奏。含逸今天突然不想开口了。她哦了一声，伸手摸到电视遥控器，乱按着，很快就传来了正在播报的复播声。她把音量开大，整个房间立即弥漫起自己的声音。她的意思是用这个作为替代，讨个巧。她以前偶尔也使用过这样的简易工序，但是台长今天不愿将就。他看着含逸询问的眼神，坚持说："开始，走你！"

含逸只得打叠起精神，换了一口气，开始工作。这是一种特别奇异的感觉，此地远离电视大厦，是在自己的床上。含逸吞吞吐吐，娇喘吁吁，与电视机里的含逸判若两人。电视里的是导师，床上的是学员，相映成趣。这奇幻的场景显然激发了台长的工作热情，他如疾风暴雨，似惊涛拍岸。含逸若不胜风，几乎语不成句，所有的标点符号被打落一床。她深吸一口气，突然灵光一现，脱离了电视里提供的文稿，现编现播了。

以前也不是每次都照播今日要闻。偶尔台长白天工作时过于劳心费神，晚上简直如沉疴难起，这时候，他就会拿来最权威的报纸，要含逸浏览一下最重要的新闻，让她脱稿播，还说这是考验含逸的应变能力。往往新闻的级别越高，出现的人物越大，台长的激情就越高，简直有起死回生之效。含逸今天反其道而行之，她没有多想，方才电视里的贪官新闻就是启示。她略一思忖，一条官员贪腐下台的消息就成了形。她义正词严，正气凛然，将官员“就地免职”了。台长顿时愣了神，然后，飞快地缩小了无数倍。

他居高临下，喘息着看着含逸。半晌，他昂起头，评点说：“你够狠，但是还不准。”含逸嘴里的新闻其主角纯属随嘴乱说，前面说的是张三，被撤职查办的却是李四。台长说：“就地免职便宜他了！”他看着含逸询问的眼神道：“就是某某某！他收受贿赂任用亲信，该当撤职查办！”含逸的眼睛瞪得更大了。某某某是本地高级首长，台长如此要求，特别怪异。含逸有点晕，有点怕。但台长幽默地说一声“走你！”用身子一催促，她不得不开播了。她无法播得连贯，檀口香唇不大利索，也播不出某某某犯事的具体情节，这倒无意间符合了高级别官员负面新闻的通常格式。最后一句话她说得流利：“移送司法机关侦察处理。”说时迟那时快，台长如山涧湍流，飞花溅玉。他嘴中念念有词：“我×死你！我×死你！……”句子虽短，主谓宾俱全。有道是飞流直下三千尺，疑是银河落九天。霎时云收雨散，他眼前直冒金星。

良久良久，含逸衣装整齐地坐在沙发上发愣。家里只剩下她一个人。洗衣机轰隆隆地旋转着，床单在里面纠结缠绕，她脑子里也在缠绕。看来，台长的话目前还管用，至少看不出马上就不管用。他曾经强调说：领导做了些什么，我们不播，从某种意义上讲，就等于他白做了，没做过！含逸起身，走到主卧室的电视机前，仔细察看。电视关着，屏幕是黑的。她弯下腰，伸手到后面，摸到了一根线，拽一拽。然后，她走到丈夫常睡的小卧室里，打开了电脑。这些设备都不是她安装的，是丈夫的手笔，但她早已有所警惕。没用多久她就找到了那个文件。她用 U 盘拷下来，把电脑删除干净。

小卧室里的电视也黑着，没有任何画面，当然也没有艳照。U 盘在她随身的包里装着，只由她掌握。和天下所有拍下此类视频的男女一样，她认为这东西将永远由自己掌控。

2013 年

加里曼丹

万家灯火时分，住宅楼的窗户都亮着光。楼群像一只只巨大的复眼，窥视着什么。楼群下面无非是蜿蜒的行道灯，远处闪烁着霓虹。楼下的行人或许会朝楼房随意一瞥，但除了玻璃窗的亮度，他看不出差别。

有人说：玻璃窗仿佛楼房的眼镜。这话有点酸。其实玻璃窗全都是平板玻璃做的，度数一样都等于零。如果说有差别，全在于你和这楼房的关系。王路的家就在这楼上，两个人住。说是家，其实很勉强，简直自作多情。房子不是他的，他和一苇合住。他们不是恋人，纯属合租。当然，合租的房子也是栖息地，是每一天上班后的终点，但王路心里更愿意它是一个起点：不但是上班的起点，更是他感情或婚姻的起点。一苇挺漂亮，他喜欢。他一回去就和一苇近了，在同一套房里。他看那玻璃窗的眼神有点像个诗人了。

房子在三楼，窗户亮着，这说明一苇已经回来。他两阶一跨地上了楼打开门，没有看见一苇，她在自己的那一间里。这是个两室一厅的小中套，他们各自一间房。合租与同居是两码事，他们各吃各的，基本都在公司或在外面解决，因此一苇系着围裙把厨房弄得香气诱人地等男人回家目前只是一个幻觉，或者是一个远景，不过远景里的男人不见得是他。他明白所有的合租都是不可长久的。尴尬难免，微妙也可想而知。这是一种临界状态，要么很快就分开，要么不久就滚到一张床上。就像两团绒絮，风一吹就散了；或者两尊沙塔，脚一跺就塌了，混成一堆。就是说极其细微的因素就可以改变这种微妙的状况。这种状况简直可算脆弱，关门的震动，走路的脚步，哪怕只是一个眼风，一声呼吸，都足以导致现状的终结——要么成为路人，要么合二为一。

王路站在客厅略发了会儿呆，顶上的小灯就熄了。他顺手打开了大灯。小灯先亮，再开大灯，这个是他的手笔。三个月前他搬来后不久，他就去街上找来了这么个装置，门一推小灯先亮，避免一苇抹黑找开关害怕。这是善意，是体贴，说是讨好也不为过。王路注意到一苇第一次被小灯照亮时脸上浮现出的惊喜。他忐忑着在心里自嘲："我这是追求的节奏啊！"但一苇只抬头望望灯，扭头看看他，说："真不愧是理工男。你一定能算出这盏灯的电费，我来付吧。"这话听上去是领情了，可界限明确。从此他们就是最规范的合租者。

所谓规范，其实就是规矩。主要有三条：平等相待，互不侵犯，互不擅入对方房间。这是公约，并没有写在墙上，是王路入住时一苇口头宣告的。一苇是个知书达理的女孩，语气平静甚至温柔，态度却坚决。王路本就觉得这规矩合情合理，自然点头称是。不赞同他也不能再住下去。他原先与一个同学合住一间，后来那同学搬走了，这个时候一苇强调一下规矩很有必要。这规矩或者公约十分类似于和平共处五项原则，譬如“互相尊重主权和领土完整”就简化成了“互不擅入对方房间”，问题是房子并没有划定国界，既然是合租，有些地方就是共用的。譬如客厅，小到只能称之为走道，于是他们就都只当各进各房的走道用；厨房也简单，基本都在外面吃，问题是，肠胃并不能在短时间内完成一次循环，你在外面吃了你还得回来上厕所。要知道这房子的厕所还兼盥洗室、洗衣间及浴室等功用，这就更麻烦。日常问题还可以谦让回避，但碰上拉肚子之类就难免尴尬了。王路有一次拉完肚子竟发现正遇上停水，一塌糊涂无所措手，不要说一苇，自己都觉得自己不像个文明人——王路是十分重视在一苇面前的形象的。他灵机一动，只能用一苇泡着衣服的水冲了厕所。那盆衣服里没有一件是内衣，饶是如此，王路也偷了东西似的难堪。

一苇是个素净的姑娘。手上戴一串木头手串的那种文艺范儿。虽说那厕所马马虎虎算是冲过了，但王路一直坐在房间里听着水管的声音。水管一有动静他动如脱兔，立即钻进厕所把洗衣盆里的水放到原来水位，再把厕所彻底冲了一遍。他是个自爱守理的人，他守理固然是因为性格和教育，更重要的是他在乎一苇。他珍惜现状——如果不能再进一步的话。原先他同学也住这儿的时候，一苇也跟她同公司的一个女孩同住，那时候倒是自然得多，偶尔一起做个饭吃吃，还凑成一桌打过牌。那两人先后走了，他和一苇就落了单；落单也就罢了，居然落成了一对，虽然目前只是一对房客。“大浪淘沙，最后留下的是两粒珠子！”王路在心里这样想着，一苇嗤笑道：“还两粒珠子！我看是猪！你就是猪！”想象中的一苇娇嗔可爱，令人心动。一苇有个男朋友的，在外地，来本市看过她，如胶似漆的样子，看得王路讪讪的，觉得自己十分多余。如果手头宽裕，他宁可去开房住。不过此人已经许久不来了，一些迹象也显示他们之间出了问题。首先听到的是他们在电话里争执，往往是先喁喁细语，然后声音就大起来；最近几次几乎是一上来就吵。有时她房里传出的争执会持续很久，那一定是在视频里吵，对着吵。王路心里有些窃喜，又代她着急：你可以去啊，当面说清楚嘛！她果然就去了，两天后回来，一脸晦气，板着个脸。那个男人从此再没有来过，连电话似乎都没有了——王路只能确定自己在家的时候没有。他和一苇毕竟只有晚上才在一个房子里。

那个男人王路见过的，实事求是地说，他比自己至少外形要强——王路不会丢弃有一说一的理工精神而违背事实。他早已学会严谨精确，也正是在这一点上，他比那个男人胜过一筹。那人持男版文艺范儿，头发半长不长，耳钉也有一个，说话做事看上去有点“甩”。现在不管是他甩了一苇，还是一苇甩了他，总之他们的缘分看来是尽了，王路的机缘也出现了。

明确的迹象已经出现。以前的一苇用客气做一堵墙，她走到哪里周围都像孙悟空的金箍棒画过圈，你进不去，她也不出来。就在最近，情况变化了。那天她在自己房间看电影，那音效透露，是个鬼片。她把声音调大，大概是觉得太吓人了，又调小，这下更吓人。于是王路发现，她把门悄悄打开了。门厅的瓷砖闪烁着明灭的光线。她怕了，需要一点阳气。这时她如若邀请他进去，陪她看，他一定会欣然而入，可惜她没有。他从门厅到厕所再进自己房间，好几个来回她依然没有理会。王路常看一些精短的小文章，心灵鸡汤那一类的，有篇文章曾提醒说：怀春的男女要注意对方释放的信息，譬如女方邀请或不反对两人去看鬼片，基本就是个有所允许的表示，允许男方在女方害怕时有所动作。可他除了看见她抱着肩缩在椅子上，信息并不明确。王路不敢造次，只能对她表示声援。所谓“声援”是真正的声援，就是打开自己房间的电脑，也放一个片子。但具体放什么，也不能乱来。她看着鬼片正怕哩，你也放一个，搞个鬼片双声道？这不是成心搞得屋子里群魔乱舞鬼气森森嘛。爱情片也不行，虽说可以顺便表示点什么，但考虑到她正失恋，这时候的任何爱情故事基本等于挖苦，至少是讽刺。最后王路点开了一部武打片，很烂的片子。结果是一苇的鬼片顺利看完的时候，他的武打还剩 20 分 11 秒。一苇走到他的房间门口，看着他，大幅度地点着脑袋，说：“你成心的吧，你！”王路也点头，因为他确实是成心的，他立即把片子关掉，以证明要不是为了一苇他确实不会去放它。一苇接着道：“你这叫成心捣乱。你这边打得乱七八糟，我还看个鬼哦！”王路刚要说你看的就是鬼，一苇自己扑哧笑了："知道你的好心了，啊。"这显然是个善意的道谢，王路觉得云开日出，春暖花开。

那天一苇没被吓着，王路今天回来却没有这个好运了。他安装的那个体贴装置，就是那个小灯熄掉后，他打开吸顶灯，心想她怎么不在呢？她房间的灯从楼下看是亮着的，从她房门下边看也亮着，正想着她一定在房间里做什么，怎么一点动静都没有，正想着，动静就来了。这动静竟然是从身后传来的，厕所那里。他转过身，面前赫然是个人，顶灯下，脸上一片惨白！他后退一步，直瞪瞪地看着，那是毫无血色的白，死白，两个眼睛黑洞洞的，忽闪忽闪。王路腿都软了。

王路被吓得不轻。事后他回顾与一苇的经历，主要就是两个场面，其中一个当然是后面将要发生的一段，还有就是这一幕。其实那天是有预兆的，他从进门那一刻就闻到了一股香气，幽幽的，似有若无，却直接钻到你脑子里。那是一苇点的香，熏香，沉香，据说是印尼的，加里曼丹。她很少熏香，因为很贵，她也许只是兴致来了，或者在一些对她有特殊意义的时候才会奢侈一下，王路是沾光的。他闻到了，并未在意，其实这就是端倪。王路当时吓得魂飞魄散，这个时候他倒闻到了香气，香气和魂魄齐飞。他看出来了，这是一苇，她最漂亮的是眼睛。一苇满面惊诧，她吓着人了她倒错愕地站在那里。她后退一步，突然捂住自己的脸，连说对不起。她说我敷了面膜我不该出来的。王路惊魂初定，有气无力地说："你，你这个太吓人了。你把它撕掉。我现在看着还是觉得怪怪的。”一苇听话地撕了，左一片，右一片，她有点舍不得。迟疑着说：“你没见过女人搞这些吗？”王路说：“你不该从后面出来。”一苇不说话。王路说：“你在厕所为什么不开灯？”一苇说：“我又不是在厕所贴面膜，不需要开灯。你管得好宽。”王路说：“你人不在房间干吗要关着门嘛！”一苇笑了：“你管得好紧！”王路这时已经松弛了，忍不住笑起来：“你到底是说宽还是紧啊？我不懂。”

一苇也笑了。“什么紧啊宽的，话赶话逼的。喏，撕掉了，这下没事了吧？”在撕掉的面膜的反衬下，她笑靥如花。她走进自己房间，门并不关上。“以后我保证，敷面膜一定提前预告。”她坐在椅子上朝外面说，“我一点也不讨厌你。你挺好的。”

这话友好，而且温情。意味着他们还可以一起住下去，甚至预示着这是一个转折点。王路觉得饿。他还没有吃晚饭，本该觉得饿，但今天的饿感比正常时要凶猛许多，于是他问：“你吃了吗？我要去吃点东西了。要不要我带点回来？”一苇说：“我也没有吃。”她在房间里说，“你看方便吧。”

约莫半小时后，客厅里拖来的一张小方桌上摆满了饭菜。有荤有素，热气腾腾，都用饭盒装着。一瓶红酒竖在桌上，两个杯子是各自的水杯。王路到了楼下的小饭馆，临时决定炒好菜带回去一起吃。区别是显然的，自己吃了带一份，那是照顾，而现在这样更像一家子的样子。一苇故意把眼睛瞪大了看看他，看看菜，不再做额外的表示，坦然坐下。两个人都饿了，碰一下杯，然后，开吃。

因为不知道一苇的口味，他有意识地叫师傅蔬菜淡一点，鱼肉不妨口味重些，这样也有个挑拣，不至于全然不合口味。一苇果然挑嘴，她鱼肉吃得很香，蔬菜只夹几筷子。这是个重口味的姑娘，据说口味重的姑娘行事比较果敢，神经也比较大条。当然他只是听说，听书上说，一苇平时的言行并没有予以印证。不管怎么说，他们现在坐在一个桌前吃饭，在一套房子里吃晚饭。一苇几杯酒下去，脸色酡红了，她头发绾在脑后，手臂从紫色毛衣里露出小半截，皓腕如玉。她抬起尖尖的下巴，筷子停在中途，问："说，为什么要请我吃饭？"

王路红着的脸顿时感到一热，说："是你说看我方便的。饭馆就在楼下，有什么不方便？""不对，饭馆不是今天才开张的。"一苇哧哧笑道，"是我今天吓着你了，你趁机请饭？"王路低着头，不看她眼睛，说："应该是我问你啊，我应该问你，为什么今天允许我和你一起吃饭了。"一苇说："我说过了，因为你被我吓着了。"自己嘻嘻笑起来。

王路对这个答案不满意。他们这是在兜圈子，但他们现在不是兜圈子的阶段。兜圈子是情侣的游戏，他们现在应该往前走。他很想问她男朋友——不不，前男友的事，但不太敢。她是个喜欢吃肉的姑娘，食肉动物，有脾气的。不想她自己提起了这个话题。她端起杯子和他碰一下，微微一笑，问："想知道我跟他怎么好上的吗？”王路点头，却又问：“谁？”他不是装傻，还真有点犯迷糊，酒还罢了，她燃的那个加里曼丹，也像是有后劲一样，越发浓重了。沉香本是醒脑的，但和酒叠加，效果大异。

一苇接着说下去。“他本来也在我们公司，平时也表示过，我不讨厌，但也没有接受。后来到过年了，家里催得紧，那意思是我不带个人回去就索性别回去，我没办法，就让他冒充我男朋友。后来——”她看着王路询问的眼神，“后来，我爸妈倒很喜欢他，还给他包了个不大不小的红包。他不肯还我了，点着钱笑嘻嘻的，坚决不还。这违反了我们的合同，但他说这个是他应得的。后来，我们就在一起了。”

王路瞪大了眼睛，说：“你们合同写的什么？”一苇说：“哪有什么合同。就是嘴说说的，君子约定。我付了他一千元的冒充费，可他红包就是不还。我被他耍了。”王路说：“倒也不能这么说。”一苇说：“你还为他辩护！我本来以为能长久的，不想他有个机会换了工作，后来，你知道的，我们就散了。”她斜眼看着自己房间的方向，“我啊，本想等今年过年我就可以到他家去，也把那红包挣回来，嘿嘿，失算了。”她没心没肝地笑起来。

“他不对的。他一千块钱应该退给你。”王路左右手比画着，正色说，“他是你男朋友，他就可以拿红包；他不是，才可以拿冒充费。两笔钱，只能得其一。”“对啊！你怎么不早说？”一苇不讲理地瞪着他，目光顿时又柔和了，“他是个小人，不说他了。我现在喜欢君子。”

这话让王路心里咯噔一下，脑子有点蒙。一时无话。两个房间的门都开着，两盏灯一南一北照过来，照在桌子上。酒已在杯中，王路端起杯子，对着桌上一苇的杯子碰一下，一仰头喝干了。一苇笑道："最后一杯酒，我还想说句什么呢！"笑着也喝掉了。王路的脑子像用久了的眼，有点糊。他闭上眼睛使劲转着眼球，思忖着一苇刚才的话：她说那人是小人，她现在喜欢君子。那么君子是谁？是自己吗？她似乎没说自己是君子，或许她的意思只是她喜欢君子那一类的……正胡思乱想着，一苇已经给他碗里拨了饭，自己也匀了一点。两人沉默着正要吃饭，门咚咚响了两下，有人敲门。一苇看看王路。门又响了几下："是我。"

"我"原来是房主老张，大号张文瑜，一苇在租房合同上见过这颇有功底的三个字。张文瑜五十多岁，是个艺术家——至少他给房客们自我介绍时是这么说的。他如此自我介绍也不全是为了炫耀，而是他的打扮需要解释，他留着长发，蓄着胡子，戴个耳钉，手上还戴着菩提手串，这样的装束如果不释疑可能会影响房客的租房意愿。他一进门就嗅着鼻子说："好香！好香！"他晃着脑袋找一找丝缕的香气道，"我能闻出是星洲系的香，清凉，带点奶香，具体产地，我就不那么内行了，呵呵。你们小日子过得不错啊！"一苇说："你这房子通风不好，改改味儿。""通风不好更有家庭气氛嘛！"张文瑜的逻辑有点奇怪，但一转就转到房租上来了，"房租也公道嘛。"

每月月底，他都要上门收租。本可以让房客们把钱打到卡上，但他坚持自己上门收，借此了解生活。他房子有好几套，父母所留再加上自己购置，他于是不再上班，专心在家里写作。他主攻“心灵鸡汤”，数量惊人，拥趸众多，收入也可观。上月他来时王路一个人在家，他一时兴起就揭秘了一下自己的创作。他确实极为精深，已把心灵鸡汤分成了心灵公鸡汤、心灵母鸡汤和加药的药膳鸡汤，分别针对不同性别、年龄和特定的心理状况。滋阴、壮阳或者猛药，各有妙用。王路听得目瞪口呆，钦佩不已，因此今天见面，直接称他为作家了。“作家啊，你的房租还算公道，就是不能再涨了。”他快步回房拿了钱，把两人的房租一起付了。张文瑜略显诧异，因为以前他过来，即使两个人都在，他们也是各付各的。他笑吟吟地接过去，看看桌上的两只空酒杯，说：“两只空酒杯，一对妙龄人。哈哈——不打搅了，告退。”脑后的马尾巴一摇，转身走了。走时不忘记把门轻轻拉上。

屋里两人都有些尴尬。至少王路尴尬。王路嗫嚅道：“这家伙，你看他说的，两口子。”他这是试探。一苇道：“随他说！”不再说话，若有所思。她浅浅地吃了两口饭，放下饭碗，看着王路吃。王路不敢正眼看她，因为她这姿态太迷人，太令人想入非非了。问：“你不吃了吗？”一苇摇头，说：“胖子没人要的。”她手在肚子上轻轻一拂道，“你说我胖吗？”王路道：“不胖，正好。”一苇笑道：“狡猾！”咯咯一笑，站起身回房间去了。

其实不是狡猾。一苇是略有一点点偏胖，但太瘦只是穿衣服好看，脱去衣服还是一苇这样好。他觉得自己是全面地喜欢她。

他默默吃完，把桌上的碗筷收拾到厨房去。“要不要我帮你？”一苇在里面道，“今天辛苦你啦。”倒似乎平时都是她洗碗的，只是今天例外。王路挺享受这个语气。他把刚当过酒杯的水杯洗干净，拿到一苇房间门口。一苇从里面出来，接过去了。

他很好奇她房间的样子。他还从来没有进去过。一苇接过杯子转身进去了，虽然没有关上门，但也没有邀请他。他很失望。正要走开，她却在里面喊：“你来。没事的，你过来啊。”

这是他第一次进来。典型的单身女的布置，特别的是这里香味更浓，一盏小香炉摆在写字台上，他带起的风吹弯了香线，很快又复原了，笔直地升上去。一苇坐在电脑前，随意点击着各式衣物，不像要买什么，只是随意看看。她头没有回，突然说：“我前天在这里看见过一个很恶心的东西。”她的 QQ 开着，左下角的图标在闪，她不理。声音也被她关掉了。她用手点着屏幕说：“就是在这里。”王路发蒙，心开始狂跳。她这什么意思？那种“恶心”的东西王路当然看过的，而且经常看。“我看到两人在干那个事。还是现场直播！”王路张口结舌。“而且我还认识那个男的。”一苇转过了脸，脸上微笑着，上牙齿却紧紧压着下嘴唇，很怪异的表情。王路瞪大眼睛，眉头紧锁，一副受惊了的样子。他几乎已经猜到了实情，但他以为是一苇装了软件偷窥的，但他不好出言谴责。“是他主动给我看的！他这是故意恶心我让我走远！这混蛋！”一苇的脸突然扭曲了，眼泪流下来，没等王路做出反应，她已经抽一张纸擦干了。王路说：“你应该把它录下来。”“我气糊涂了，他关掉我才想起这招。”一苇恨恨地站起身说，“要是录成了，我就放到网上去！”她双手一比画，“让他红遍全球！”王路插话说：“这可不行，这犯法的。不过可以留着。”“干吗？留着给你看啊？美死你喔！”一苇沮丧地说，“我刚才心生一计，想让你坐我旁边，打开视频也气他一下子，可他已经把我拉黑了。”

她把椅子往桌子边推推，这是个结束话题的动作。王路往后退了两步，转身出房，慢慢走向对面自己的房间。沉香味被他带出来，似乎连衣服上都沾惹上了。他等一苇走过房间门口，说：“其实我没说给我看。”一苇端着个盆，笑道：“你没说可你肯定想了。别以为我不知道你们男人。你呀，有心无胆，嘿嘿。”她进了厕所，也就是浴室。片刻后她在浴室喊道：“哎，学理工的男人，你帮我一下，我弄不出热水。”

浴室已经很陈旧了。瓷砖补过几块，设备也旧。很破的燃气热水器，一直凑合着。王路把水弄好，伸手试试洒下的热水，心里想：一会儿她就要在这里洗澡。脸一红，立即就出来了。

水声哗哗地响着。屋子里弥漫着一种暧昧的气氛。王路无事可做，准确地说他是什么也做不了。其实两人合租，洗澡总会有个先后的，就是说，他以前也面临过这样的局面，但他今天却格外地胡思乱想，简直心乱如麻。他先是待在房间里，耳朵竖着，期待着同时也害怕着一苇突然喊他，因为忘记洗发水沐浴液之类的也不是不可能。然而他没有机会害怕，水声伴随着人叮叮当当轻微的活动声，一切都很正常。

他忍不住走到了客厅。一苇的房间门虚掩着，他轻轻一推进去了。他蹑手蹑脚，小心得像个贼，香炉上的香线只轻微摇晃一下又变得笔直。香比刚才倒长了截，显然一苇洗澡前换过。他此后所有的动作都极轻微，但他的心被惊到了。他看见一苇的电脑上，屏保的画面竟然是一个男人，加着黑框，是遗像。他几乎立即就认出，就是那个男人，一苇的前男友。他死了？或者他这是在被诅咒？也许，这是一种为了忘却的纪念？就是说，一苇用这种方式把以前的情感彻底埋葬。

气氛就此诡异起来。王路悄然退出房间。他朦胧感到，今天应该是个转折点。要么，他和一苇就这么维持下去，前景不明；要么，他进一步，让这套房子里的所有的门，各自的房间的门，浴室的门，全都形同虚设。

但浴室的门关得很严实。他连走近的勇气都没有，更不用说去敲门，或者破门而入。他是个君子。心有企求的君子尤为守理。浴室里的灯光沿着门下的缝透出来，水声依旧。时间不短了，女人做什么都磨叽。王路的心渐渐静了下来，他期待着一苇洗好出来，似乎只是期待着湿发披肩身材窈窕的一苇从他面前走过。他目前能预见的只是这些。

无聊中他坐到自己的电脑前，随意浏览一些小文章。有个故事说，一对青年男女，因为与团队失落，只能单独住在山野里一个猎人遗弃的木屋里。两人虽然早有朦胧情愫，但他们各住一间。

木屋很破，虽然有房门，但早已糟朽不堪。夜里，男人心中天人交战，几乎一夜未眠。他多次起身，欲伸出手推开房门，但终于遏制欲念，守住底线。第二天，女人和他都走出了房间。女人手里捏着一根长长的头发丝，说：这根头发昨天夜里拴在我的门闩上，这是我的房间所有的防卫——最小的力量就能使它崩断，可它依然完整。女人说：你在我心里的形象也是完整的，是完美的。故事的结局是：女人抱住了男人。他们走到了一起。

王路问：自己会不会崩断那根头发呢？结论是：他不知道。事实上，今晚的事件将测试他的行为。

这时他突然意识到一苇洗澡的时间似乎长了点。但水声哗哗地，而且，似乎有动静。是一苇在动作。加里曼丹的味道太浓了，浓得有分量，再加上依稀飘来的沐浴液的香味，王路的鼻子目迷五色了。一苇洗澡的味道更迷人，最令他心驰神往的是浴室的门里那仿佛可见的身体。他悄悄靠近，贴近浴室门口，并随时做好跑开的准备。他的身体已经起反应了，立即又窘得不行。如果他现在去敲门，一苇肯定要骂他流氓——是的，真是流氓哩——如果他索性流氓一回，直接破门而入，事情的性质就变了——当然，也许一苇会欲迎还拒，半推半就，就此得谐鸳梦。真说不准呢。

夜晚的事件正如迎面而来的列车，不可阻挡地逼近，也将不可阻挡地远去。王路突然觉得紧张，耳边的水声稳定地响着，他听不见其他的声音。这很不对。当然一苇也许是在泡澡也说不定。

他喊了一声，没人应；鼓起勇气敲敲门，还是没有回应。“一苇，你好了没有？我，我要用厕所！”他觉得自己的借口很得体，立即又觉得这句话很弱智——一苇似乎喜欢开玩笑的，你说上厕所她没准就更不理你。他脑子一热，想冲进去，但是，里面什么情况他虽无法确认，可有一点却是确信无疑的，那就是此刻的一苇一定赤身裸体。他又喊了一声，犹豫着要不要采取措施。他冲进去，一苇一定呀一声惊起，抓个东西捂住自己，然后，然后他将被判定为乘人之危的小人。十有八九连朋友也做不成了。要么他离开这房子，要么她走。

王路开始慌了。他口发干，心脏狂跳。不祥的感觉攫住了他。他咚咚地敲门，边敲边喊。他几乎就要呼救了。但“救命”这两字非同小可，那一定会引来无数的围观者，万一没什么大事他将成为笑柄。他迟疑一下，飞快地冲下楼，他首先想到的是去喊那个房主张文瑜，他具有不可推卸的责任。因为房子是他的，出了事他也一定会合力遮盖，不要闹大。王路冲下楼道，却突然想起他并不知道房主具体住在另一个单元的几层。只能给他打电话，可王路这才发现出来得匆忙，他手机没有带。他大喘粗气飞奔回去，找到手机拨通了房主。

张文瑜很快赶到。他一进门就深深地吸了几下鼻子，回手关上门。“多长时间了？”不等回答，直奔浴室。他一把推开王路，用力试了试门，后退两步，抬腿就是一脚。门轰一声开了，水汽弥漫，他命令道：“去把所有窗户打开！不许动开关，不许打手机！”王路颤声问：“要不要报警？”“我报了！”

王路刚打开两个窗户，那边喊他：“快过来！快把她抱起来！”

浴帘已被撩开，一苇扭曲着躺在浴缸里。花洒还在洒水，噼里啪啦打在她的裸体上。王路手足无措。张文瑜一步跨上浴缸，哗地推开窗户，厉声道：“你还不动手？！”王路明白他的误会，他一定以为自己是一苇的男朋友。王路刚想辩解，张文瑜一把搡开他，哗地拽下了浴帘，浴帘上的金属环落在瓷砖上叮当作响，四处乱蹦。他把浴帘往一苇身上一包，一把抱了起来。

王路瞪大了眼睛。他倒不是不愿意抱，只是面对一具赤裸的肉体，他一时无法下手。可怜他只在梦里和一苇有过肌肤之亲，如果有过真的哪怕只有一次，哪怕只是她洗澡前他们有限地亲热过一下子，他也不会如此。这一切在张文瑜面前都不是个事。他给别人炖心灵鸡汤，自己并没有成为药渣。他有意志力执行力，拥有多套房产后毅然辞掉鸡肋工作专卖鸡汤就是一个佐证，只不过他在文章里不以此为例而已。他把一苇抱到门口，警车已经鸣叫着赶到了，这无疑证明了他的临危不乱。女人的头和双腿软软地垂着，脸色青紫，他已料到了事情的结局，神仙也无力回天。他已在思谋，这房子马上就要空出来了，怎么才能顺利地把这死过人的房子租出去呢？更迫切的任务是：他必须从这件事中全身而退。

他抱着一苇下楼，恨恨地瞪了王路一眼。

来了一个警察一个辅警，这是标配。辅警开着警车去医院，警察带王路回到了现场。张文瑜跟进了门，随手把围观的人关在外面。警察一进门就使劲吸溜着鼻子，他大概没有闻过沉香，他只知道煤气。但煤气的味道显然被掩盖了。他板着脸，尖锐地盯着王路。王路急切地说："是她点的。她点的香！"王路连忙带他去看香炉。香早熄了，立着的线香塌成了一小堆白灰。很难想象如此厚重的香味是从这里散发的。张文瑜长长短短地吸着鼻子，眉头紧皱。警察想：这里一定有问题！他走到浴室，四下张望一下，目光落在燃气热水器上。"你们搞什么玩意儿？"他嘴里问着，脑子里驻留的是刚才一瞥间发现的电脑上的遗像，还有那个香炉。他心里想：这太像一个诡异的仪式了。

2015 年